Un séducteur diabolique

Du même auteur
aux Éditions J'ai lu

Amour tendre, amour sauvage, *J'ai lu* 952
Les insatiables, *J'ai lu* 1265
Jeux d'amour, *J'ai lu* 1371
Le grand amour de Virginia, *J'ai lu* 1457
Au vent des passions, *J'ai lu* 1668
La femme impudique, *J'ai lu* 2069
Le métis, *J'ai lu* 2392
Esclave du désir, *J'ai lu* 2463
Insolente passion, *J'ai lu* 2557
Le feu et la glace, *J'ai lu* 2576
Le désir et la haine, *J'ai lu* 2577
Princesse ou gitane, *J'ai lu* 4452
Baiser volé, *J'ai lu* 5262
La dame de minuit, *J'ai lu* 5415
Sous bonne escorte, *J'ai lu* 5642

Rosemary Rogers

Un séducteur diabolique

Traduit de l'américain
par Elizabeth Clarens

J'AI LU

Titre original :

IN YOUR ARMS
Avon Books Inc., New York

Prologue

Le grand salon était calme. Presque trop calme. Il poussa la porte d'un geste impatient.

La femme assise sur un coussin devant le feu de cheminée se leva, effrayée. La robe en soie légère ne dissimulait rien de son corps voluptueux. Un nuage de cheveux blonds s'éparpillait sur ses épaules. Quand elle le reconnut, son visage s'éclaira de bonheur. Elle vint vers lui, les bras ouverts.

— Dev ! Je n'arrive pas à le croire... Vous êtes venu. Je croyais que...

— Comment pouvais-je ignorer votre message ? Qu'y a-t-il de si important, Maria ?

Il la serra contre lui, sans enthousiasme. Elle lui effleura le visage, le torse et le ventre d'une caresse intime, humecta ses lèvres sèches. Agacé, il la força à s'écarter.

Elle était belle mais volage, une femme inconstante, et il n'avait pas confiance en elle. Blonde et délicate, adulée par la haute société lors de sa première saison, Maria avait un regard bleu, candide, et des courbes à damner un saint.

Il lui maintenait si fortement les bras qu'elle retint son souffle.

— Qu'est-ce qui ne va pas, Dev ? N'êtes-vous pas heureux de me voir ?

— Trêve de plaisanteries ! Votre message disait que c'était urgent, alors que vous êtes assise ici à manger des friandises. Je me suis toujours demandé comment les femmes se distrayaient lorsqu'elles étaient seules.

Elle eut un léger rire gêné, joua avec les plis compliqués de la cravate que son valet avait patiemment nouée selon la dernière mode.

— Boyle n'apprécierait pas, dit-il en lui saisissant la main. Je n'ai que peu de temps. Racontez-moi ce qui se passe de si grave.

Elle fronça les sourcils.

— Je ne sais pas de quoi vous voulez parler, Dev. Quand Roger est parti, je suis venue ici, espérant vous y trouver, mais votre domestique m'a dit que vous aviez un rendez-vous…

— Alors vous avez pensé qu'il serait amusant de me faire parvenir un message, pour voir combien de temps je mettrais pour réagir ? Seigneur !

Il agrippa ses cheveux d'une main cruelle et lui tira la tête vers l'arrière.

— J'en ai assez de vos petits jeux, Maria. J'espère que c'est votre dernière visite chez moi.

— Dev… attendez ! Vous ne pouvez pas me renvoyer. Je ne le permettrai pas !

— Vous ne le permettrez pas ! se moqua-t-il.

C'est plutôt amusant. Et qu'en penserait votre mari ?

— Roger se fiche de ce que je fais, il a ses propres amusements. Mon Dieu, vous n'avez aucune idée de quoi il est capable ! Dev, vous ne pouvez pas mettre un terme à notre histoire.

Il la força à lâcher son bras, avisa l'ombre attirante entre les seins à moitié dénudés. Pour ne pas céder à la tentation, il recula d'un pas.

— Vous saviez que cela devait finir un jour, Maria...

— Oui, mais pas avant que je ne sois prête. Et vous n'êtes pas prêt non plus, sinon vous ne seriez pas venu ce soir. Vous n'auriez pas ce regard... vous ne seriez pas si hésitant...

Maudite soit-elle ! Ses mains ensorcelantes parcouraient son corps, frôlaient sa virilité.

— Ma décision est prise.

— Accordez-moi une dernière fois, Dev... Je vous en prie. Même si vous êtes décidé à rompre, passons une dernière nuit ensemble.

Sans hésiter, elle tira sur un ruban de soie, et la robe légère tomba comme un souffle à ses pieds. Elle était nue. Ses formes opalines luisaient à la lumière du feu. Les mamelons roses se tendaient vers lui, et les boucles blondes à la jointure de ses cuisses invitaient à l'amour.

Le désir le transperça. Le sang dans ses veines étouffa la voix de la raison. Il tendit les mains vers elle, ses doigts sombres sur la peau nacrée.

Pourtant, sa conscience lui murmurait qu'il devait rompre à tout prix. Maria était trop exigeante, trop peu soucieuse de la réputation de son mari. Une liaison discrète était acceptable, mais c'était dangereux de se montrer au grand jour.

— Dev... je sais que je peux vous faire changer d'avis, murmura-t-elle à son oreille.

Il happa les mamelons qui se durcirent. Elle déboutonna son pantalon. Une caresse langoureuse fit s'envoler ses dernières réticences.

Elle s'était transformée en animal sauvage, toutes griffes dehors, gémissant, mordillant sa peau nue, tirant sur sa chemise, sa cravate. Il fut emporté par cette vague de sensualité, cette chaleur érotique. Il n'avait plus qu'une obsession : éteindre l'incendie qu'elle avait allumé en lui. Il l'allongea parmi les coussins disposés devant l'âtre, retint ses poignets au-dessus de sa tête, puis il lui écarta les cuisses et la pénétra d'un mouvement fluide.

Elle arqua son corps, poussa un cri de joie. Il n'y avait jamais eu d'amour entre eux, seulement cet insatiable appétit de la chair.

Dans ce brouillard sensuel, il perçut un bruit insolite, comme un pistolet qu'on arme. Il tourna la tête.

Lord Wickham s'encadrait dans l'embrasure de la porte.

— Ah, je vois que vous avez reçu mon message... Est-ce que vous trouvez mon épouse à votre goût ?

Livre I

VOYAGES

1

Londres, mai 1808

Les pluies d'avril ruisselaient le long des toits, jaillissant des gargouilles pour se répandre dans les caniveaux. Les pavés étaient glissants. Des flaques d'eau traîtresses cachaient des trous profonds, où s'enfonçaient les roues des attelages qui descendaient Curzon Street.

Sarah, lady Winford, patientait en regardant par la fenêtre. Baxter lui avait dit que Holt était revenu à Londres, et elle attendait la visite de son petit-fils. La pendule dorée sonna deux fois. Elle était à la fois impatiente et agacée. Depuis toujours, elle détestait attendre.

Holt apparut enfin dans la cour, sans se dépêcher en dépit de la pluie. Il mit pied à terre et confia les rênes de son cheval au jeune palefrenier. Ses cheveux mouillés étaient plaqués sur son crâne. Lady Winford laissa retomber le lourd rideau en velours et revint s'asseoir près du feu. Dans l'âtre, les flammes brillaient de leur éclat rouge et jaune. La lumière joyeuse dansait sur le tapis et se reflétait dans le marbre de la cheminée. Elle prit soin de draper ses jupes en mousseline de soie autour d'elle.

Elle avait admirablement vieilli. Au deuxième étage, dans la galerie de tableaux, un portrait avait immortalisé sa beauté de jeune femme. On en devinait encore les traces à la tenue de ses épaules, aux lignes pures de son visage et à la grâce de ses gestes.

Même si elle tapotait parfois le sol avec la pointe de son soulier, elle maîtrisait son impatience. Holt venait toujours la voir à ses retours. Était-ce par amour ou par devoir ? Elle esquissa un sourire. Le jeune homme ressemblait à son père : Robert avait légué ses colères redoutables à son fils. Mais, heureusement, Holt savait se contrôler. Robert avait toujours agi sous le coup de l'émotion. C'était ce qui avait causé sa mort prématurée.

Elle poussa un soupir. La pluie tambourinait contre les vitres. Un courant d'air s'insinua dans la pièce. Elle étendit ses pieds vers le feu, observa les fils d'argent brodés sur ses souliers. C'était un dessin stupide, des chiens lancés à la poursuite d'un lapin, mais elle tenait désormais à porter des chaussures confortables.

Une bûche craqua, lâchant une gerbe d'étincelles. Le bois se consumait de façon moins efficace que le charbon, mais l'odeur était tellement plus agréable. Cela lui rappelait de doux souvenirs…

Lorsqu'elle entendit les pas dans le vestibule,

elle ramena ses pieds sous le fauteuil, lissa sa jupe, et saisit un livre posé sur un guéridon. Feignant d'être absorbée par sa lecture, elle ne leva même pas les yeux quand on frappa en ouvrant la porte.

— Tes manières laissent à désirer, Holt, dit-elle sereinement, en tournant une page. Avant d'entrer, on attend d'y être invité.

La porte se referma derrière lui.

— Comme nous voilà protocolaires ! Est-ce que je vous aurais manqué, grand-mère ?

Il la taquinait gentiment. Lady Winford fit la moue, les yeux obstinément baissés. Quand elle entendit les pas s'éloigner, elle risqua un coup d'œil : Holt s'était approché du cabinet à liqueurs. Il déboucha une carafe et se versa un cognac.

Détaillant la silhouette élancée, les épais cheveux sombres, la beauté virile, la parfaite élégance de sa tenue de cavalier avec ses pantalons beiges et ses bottes en cuir noir, lady Winford songea à Robert. Ce regard taquin, les yeux bleus ourlés de longs cils noirs, le demi-sourire aux lèvres... L'arrogance était un trait de caractère familial qu'il avait hérité de son grand-père et de son père, mais celui-ci semblait encore plus prononcé chez Holt – plus précisément Robert Holt Braxton, neuvième lord Deverell. Ses amis l'avaient surnommé *Devil* – le Diable – mais personne excepté Baxter n'osait mentionner ce ridicule surnom devant sa grand-mère.

— Comment va la guerre ? demanda-t-elle alors que le silence s'éternisait.

Elle tourna une autre page, imitant l'indifférence de Holt.

— Elle est longue et sanglante. Futile. Dangereuse… Comment va Socrate ?

— Qui ?

Il lui montra l'ouvrage qu'elle tenait à la main.

— Socrate. Mais pour savourer un traité sur Socrate, il est conseillé de tenir le livre à l'endroit, grand-mère.

— Va au diable, Holt !

Elle referma sèchement le livre. Il n'y avait aucune rancœur dans sa voix ni dans son regard.

— D'où sors-tu ? On dirait qu'on t'a traîné dans la boue.

— C'est une remarque qui reflète assez bien ma journée jusqu'à maintenant, fit-il en levant son verre d'un geste ironique. Je suppose que vous allez y remédier.

— C'est bien possible. Je voulais te prévenir que nous allons recevoir des invités, pendant quelque temps.

— Encore vos pasteurs de campagne. Que Dieu nous préserve des hypocrites bien-pensants !

— Cesse de blasphémer, Holt. Le révérend Smythe est un homme charmant.

— Il est terrifiant ! Est-ce qu'il revient habiter à la maison ?

— Non. Mais cela te ferait peut-être du bien de le revoir.

— J'en doute. Je leur en veux, à lui et à son idiote de femme, de vous avoir entraînée dans cette histoire de Réforme. La vie était beaucoup plus paisible avant que vous ne vous enflammiez pour la Cause. Désormais, je suis assailli par des vagabonds et des pasteurs.

— Tu es injuste, Holt. Le révérend Smythe a seulement donné une nouvelle direction à ma vie.

Elle marqua une pause, cherchant une explication adéquate.

— Il y a vingt ans, reprit-elle, j'étais très amie avec une certaine lady Silverage…

— C'est elle qui vient vous rendre visite ?

— Non, elle est morte. Cesse de m'interrompre.

Elle fronça les sourcils. Il marchait de long en large, de la fenêtre au cabinet de liqueurs, avec le pas souple et énergique d'un félin.

— Il y a quelques années, la fille de lady Silverage a eu la mauvaise idée de s'enfuir avec un homme des colonies. Elle a été déshéritée pour cette folie. C'était une charmante jeune fille, quoiqu'un peu obstinée et de nature trop indépendante. Elle est partie pour l'Amérique avec son soupirant, un certain capitaine Courtland.

— Tout cela est passionnant, grand-mère, mais j'ai un rendez-vous.

— J'essaye de t'expliquer quelque chose d'important, Holt. Sois assez courtois pour m'écouter, même si je t'ennuie.

Elle était agacée qu'il fût d'une humeur aussi désagréable, alors qu'elle avait pris son courage à deux mains pour lui parler. Vraiment, il se montrait parfois si difficile ! Sous sa façade aimable, Holt cachait un caractère d'acier. Il n'était plus un jeune garçon, mais un homme responsable, puissant, membre de la Chambre des lords.

Ses yeux bleus la dévisagèrent.

— Avez-vous invité ce capitaine et sa femme exilée à vivre ici ?

— Ne sois pas ridicule, Holt. Anna n'avait rien d'une exilée. Elle avait seulement été déshéritée. Sa mère Amalie, lady Silverage, n'avait pu empêcher son mari de la renier... Non, je n'ai pas invité le capitaine Courtland et son épouse à venir habiter ici.

— C'est une sage décision, grand-mère. Qui avez-vous donc invité ?

— Leurs enfants. Ne me regarde pas comme ça, Holt ! J'étais la marraine d'Anna, et nous nous sommes longtemps écrit. C'était une fille fantastique, malgré son côté buté.

— Pourquoi les enfants doivent-ils venir ici ?

Il arborait un visage renfrogné. Un mince trait rouge griffait sa joue gauche. On décelait la trace d'un bleu sur l'une des pommettes.

— Ton visage... Qu'est-il arrivé, Holt ?

— Ce n'est rien, répliqua-t-il avec un geste vague de la main. Revenons à ces enfants.

— Anna et son mari sont morts dans un tragique accident. Maître Dunbar, un avocat de Norfolk, en Virginie, m'a envoyé une lettre d'Anna dans laquelle elle me demande de veiller sur ses enfants si jamais elle venait à mourir. Puisque je suis la marraine d'Anna, je me sens obligée d'accéder à sa requête. Par sens du devoir...

— Un sens du devoir mal placé, comme d'habitude.

— Holt, il n'y a personne pour s'occuper de ces pauvres petits. Je me réjouis d'avoir à nouveau des enfants autour de moi... Et ne songe pas une seconde à les remettre entre les mains de lord Silverage ! Il est mort, lui aussi, et les enfants n'ont pas un sou.

Il y eut un silence. Sur la cheminée, les aiguilles de la pendule avançaient lentement.

— C'est un acte de charité que vous risquez de regretter, grand-mère. C'est bien joli de recueillir des pasteurs et des vieilles filles, et même ces odieux carlins qui me mordent les chevilles à la première occasion, mais cette fois-ci vous commettez peut-être une erreur. Je vous suggère d'y réfléchir à deux fois.

— C'est tout réfléchi. Ils seront ici dans un mois. Quant aux carlins, ils te mordent parce que tu les provoques.

Il la regarda d'un air exaspéré. Sa grand-mère avait l'art de le pousser à bout.

— Je préfère encore la marque d'une dentition de chien sur mes chevilles, que d'être assailli par des enfants indisciplinés. Vos carlins sont repoussants, mais des enfants… ce serait encore pire. Avez-vous pensé à ce dont ils auraient besoin, une fois arrivés ?

— Baxter a déjà passé les commandes nécessaires. Je veillerai à leur éducation. Le garçon deviendra notaire ou banquier… La fille sera sûrement jolie, car elle est de bonne famille et sa mère était ravissante. Le moment venu, nous lui trouverons un mari convenable. Elle est encore très jeune… Je crois qu'ils ont sept ou huit ans environ.

Lady Winford se mit soudain à examiner la pointe de ses souliers avec grande attention. Des cheveux blancs parsemaient sa chevelure, autrefois d'un noir de jais. Elle avançait en âge mais aux yeux de Holt, elle était toujours la même.

— Grand-mère, je vais demander à mon avocat de prendre les dispositions nécessaires pour ces enfants. Je vous félicite pour votre sens de la charité, mais on ne peut pas les laisser habiter ici.

Elle releva la tête. Son regard était aussi déterminé que celui de Holt.

— Inutile d'en discuter, insista-t-il. J'ai un rendez-vous et je ne pense pas rentrer dîner ce soir. Je serai à mon cercle.

Les lèvres serrées, n'ayant pas dit son dernier mot, lady Winford inclina légèrement la tête.

Il quitta le salon. Heaton, le majordome, apparut dans le vestibule comme par enchantement. Il avait le maintien élégant qui convenait au majordome d'un lord.

— Monsieur dînera-t-il à la maison ?

— Non. Prévenez Boyle que je sors ce soir. Il peut prendre sa soirée.

Holt resta un moment immobile, l'air soucieux. La générosité de sa grand-mère lui compliquait singulièrement la vie. Il devait la convaincre de maîtriser ses élans charitables. Les relations entre l'Angleterre et l'Amérique devenaient de plus en plus tendues, ce n'était pas le moment d'héberger chez lui des orphelins des colonies. Le Parlement risquerait de trouver cela inconvenant.

Il lui restait quelques détails à régler avant de retrouver lord Wickham. Il était furieux d'avoir été provoqué en duel, et un combat avant le dîner manquait d'élégance.

S'il avait de la chance, Wickham survivrait à leur rencontre. Sinon… Était-ce pire que d'affronter des centaines de Français sur un champ de bataille ? Napoléon s'était rendu maître de Rome, ainsi que de Madrid et de Barcelone, et le Corse avait l'intention de conquérir toute l'Europe. Les forces britanniques s'apprêtaient à débarquer au Portugal. Les hommes politiques discutaient, pendant que les soldats mouraient. Une autre absurdité.

Or voilà qu'il devait rester à Londres à cause d'intrigues politiciennes, alors que ses hommes se préparaient à combattre Napoléon. Il aurait préféré être à leurs côtés, plutôt que d'attendre qu'on lui affecte un commandement.

Il soupçonnait Wickham d'avoir conseillé à la commission de rédiger un rapport sur son cas. C'était sûrement à cause de sa liaison avec lady Maria Wickham : une façon de le punir d'avoir accepté ce qu'elle offrait si généreusement. On aurait pu en rester là, si l'obstination de Maria n'avait pas conduit son mari à le provoquer en duel.

Tout cela était décidément de très mauvais goût.

Il pensa brièvement et sans regret à Maria. Elle avait été une maîtresse insatiable. Il ne regrettait pas la fin de leur liaison, mais il était contrarié qu'elle eût choisi de l'étaler sur la place publique.

Holt se dirigea vers son bureau, une pièce à l'arrière de la maison qui devenait son refuge lorsqu'il partageait la demeure avec sa grand-mère. Personne n'avait le droit d'y entrer sans sa permission, même pas les femmes de chambre. Heaton, un domestique fidèle depuis de longues années, veillait lui-même à faire la poussière.

On n'y trouvait pas de jolies pendules dorées, ni de chaises rembourrées, mais des meubles austères. Son bureau était en acajou massif, le plateau satiné légèrement incurvé comme l'exigeait la mode. Des poignées en bronze ornaient les tiroirs qui avaient chacun leur clé.

Il écrivit rapidement plusieurs lettres à son avocat. Holt avait appris à ne pas se fier au destin. La guerre s'était chargée de lui enseigner la leçon : une vie ne tenait qu'à un fil. Un sabre tranchant, l'explosion d'un canon, et des hommes étaient expédiés vers l'éternité en quelques secondes.

Dans l'entrée, il posa les lettres scellées sur un plateau en argent, et rejoignit ses appartements au premier, afin d'éviter sa grand-mère. Il ne voulait pas qu'elle fût au courant du duel. Si tout se déroulait comme prévu, il serait de retour le lendemain matin.

Les ombres s'étiraient sous les immenses chênes. De chaque côté de la route qui menait à Londres, s'étendaient des prairies. Quelques spectateurs emmitouflés dans de longues capes patientaient dans la grisaille brumeuse.

— Wickham est un imbécile, marmonna David Carlton, le vicomte Stanfill. Chacun sait que tu ne rates jamais ta cible avec un pistolet.

—Je crois qu'il espérait combattre à l'épée, expliqua son ami.

David, que Holt avait choisi comme témoin, esquissa un sourire.

—Il aurait mieux fait de t'insulter copieusement pour t'obliger à le provoquer, lui, en duel. Ainsi, il aurait eu le choix des armes.

—Je crois qu'il s'en fiche... Donne-moi ça. Tes mains tremblent trop.

Inquiet, Stanfill lui tendit le pistolet.

—Je ne sais pas si je dois admirer ou maudire ta désinvolture. Wickham a l'intention de te tuer. Cette histoire n'a rien d'une dette d'honneur. La moitié de Londres a couché avec Maria Wickham et s'en est vantée. Tout ceci est trop délibéré pour n'être motivé que par l'honneur.

—Il est trop tard pour s'en inquiéter.

D'une main sûre, Holt chargea le pistolet, puis le donna à l'arbitre afin qu'il l'examine. L'arme fut déclarée en règle, comme celle de Wickham. L'arbitre se tourna vers ce dernier, pour lui offrir une dernière chance de retirer son défi.

Les taches de rousseur de Wickham se détachaient nettement sur son visage blafard. Son témoin, l'honorable M. Dalton, dut répéter la question de l'arbitre avant que Wickham ne tourne un regard troublé vers lui. Il semblait en proie à une lutte intérieure.

—Non.

—Et vous, lord Deverell ? Désirez-vous vous excuser ou refuser de poursuivre ?

—J'aimerais qu'on en finisse. On m'attend pour dîner à mon cercle.

Les témoins et l'arbitre se retirèrent au bord du pré où patientait le chirurgien. L'air était frais, revigorant. Une brise jouait parmi les arbres en fleurs qui dégageaient un léger parfum sucré. Les adversaires étaient dos à dos. Holt leva la main, le coude plié, le pistolet pointé vers le ciel. Il attendit que l'arbitre commence le décompte des pas.

Des pistolets à vingt pas. Il faudrait un homme aux nerfs d'acier et au bras assuré pour toucher sa cible.

— Un… deux…

Le décompte défila lentement.

— … dix-huit, dix-neuf…

Mais avant que le dernier pas n'eût été annoncé, lord Wickham se retourna dans un tourbillon de dentelle blanche.

Du coin de l'œil, Holt perçut un mouvement, puis un éclair orange. Aussitôt, il sentit une brûlure foudroyante à son côté. Elle le fit mettre un genou à terre. Il manqua de s'évanouir sous l'effet de la douleur. Ses poumons se vidèrent d'un seul coup. Serrant les dents, il réussit à se remettre debout et leva son pistolet. Il voyait trouble. Il essaya de discerner Wickham, une vague silhouette blanc et noir sur un fond de verdure…

Ses oreilles tintaient comme si l'on sonnait les cloches à toute volée. Une voix perça le brouillard et lui ordonna de s'asseoir sur l'herbe.

— Je suis le chirurgien. Laissez-moi examiner votre blessure.

— Non.

Il repoussa aussi Stanfill, qui protesta.

— Bon sang, Dev, je suis ton témoin ! C'est mon devoir de t'empêcher de te battre quand tu es blessé !

Il voyait bien l'inquiétude de son ami, mais il secoua la tête.

— Non. Je n'ai pas encore tiré mon coup de feu.

Il ressentait comme un immense vide intérieur. La tête lui tournait. David continuait à l'implorer, mais les mots lui parvenaient de très loin.

D'un seul coup, sa vision s'éclaircit. Il vit du sang sur les mains de David, comprit que c'était le sien. Quand il parla, il entendit sa voix résonner comme un écho.

— Reculez-vous. Il faut en finir.

Ils s'écartèrent. Wickham se tenait parfaitement immobile, impuissant, regardant la mort en face alors que le pistolet de son adversaire se levait lentement, mais sans trembler. La douleur répandait une traînée de feu dans le corps de Holt, comme si un animal sauvage lui déchirait les entrailles, mais il restait impassible.

Le silence était suffocant. Une brume humide étouffait les bruits. Holt n'entendait que son souffle saccadé et le battement de son cœur. Il arma le pistolet. Une lumière pâle se reflétait sur le canon. Le cliquetis résonna comme un coup de tonnerre.

Wickham l'observait, le regard égaré. Ses lèvres bougeaient sans produire aucun son.

Holt patienta. La peur de son adversaire était palpable. Wickham commençait à trembler. Il lâcha son pistolet désormais inutile. Une seule balle chacun : c'était la règle. Et Wickham avait utilisé la sienne.

« Mais je ne suis pas mort… songea Holt. Un mauvais choix, lord Wickham. »

Il entendit des sanglots étouffés. Wickham avait dérogé à l'honneur en tirant avant la fin du décompte, et on le traiterait de lâche pour avoir pleuré.

Les ombres du crépuscule gagnaient du terrain. Holt y voyait de moins en moins. Désormais, il était guidé par son seul instinct. Il appuya sur la gâchette, chancela sous l'effet du recul.

Désorienté, il tomba à genoux, et le pistolet lui échappa. Des voix indistinctes éclatèrent autour de lui.

Il se sentit attristé, parce qu'il n'avait pas dit adieu à sa grand-mère. Elle aurait mérité mieux de sa part…

Des ombres avides se jetèrent sur lui. Le gris vira au noir, alors qu'il résistait de toutes ses forces. Au loin, il entendait David crier son nom. Un rugissement retentit dans ses oreilles. Une houle se fracassant sur le sable et les rochers.

Puis, plus rien.

2

Tidewater, Virginie, 1808

Un vent vif, chargé d'effluves salés, soufflait de l'Atlantique. Non loin de là, la rivière James venait se jeter dans l'océan. Des pins, des chênes et des gommiers se dressaient le long du littoral. Des marais sablonneux regorgeaient de petites mares où grouillait toute une vie marine, parmi les plantes aquatiques et les hautes herbes bleuâtres.

Amalie Courtland avait de l'eau jusqu'aux genoux. Sa vilaine jupe marron était remontée et coincée dans sa ceinture. Les sourcils froncés, elle tenait un filet de pêche à la main. L'eau salée de la mare clapotait contre la rive où poussaient des herbes folles.

Elle cherchait des crabes, nichés dans le sable. Un mouvement attira son attention. D'un geste assuré, elle racla le fond et tira le filet, capturant plusieurs crabes.

— Je savais bien que je te trouverais ici…

Elle leva les yeux vers la dune de sable et ne s'étonna pas d'y voir son frère. Le vent jouait avec ses cheveux, aussi sombres que les siens. Même leurs visages se ressemblaient.

Elle sourit et agita son filet.

— Dans quelque temps, ils seront bons à vendre.

Sans répondre, Christian entra dans l'eau afin de l'aider à mettre les crabes dans un panier flottant, attaché aux roseaux. Il s'agenouilla pour étudier la cage. Quand il sourit, son visage mince au sérieux d'adulte retrouva toute l'insouciance d'un adolescent.

— Tu n'as qu'un malheureux filet, mais ta journée a été meilleure que celle de M. Covington, en dépit de sa centaine de casiers.

Elle grimpa sur la dune. Sa jupe était mouillée, quoiqu'elle l'eût remontée bien haut. Elle la relâcha, faisant voler du sable. L'ourlet humide pesa de manière désagréable contre ses chevilles nues.

— Ça ne m'étonne pas. M. Covington est un indolent, qui n'aime pas travailler.

— Tu es sévère.

— Mais j'ai raison. Aide-moi à faire le tri.

En silence, ils séparèrent les crabes bleus, qui avaient déjà commencé à perdre leurs vieilles carapaces, de ceux qui les conservaient encore. Le cliquetis des pinces leur était familier.

— Regarde-les ! s'amusa Christian lorsqu'ils eurent fini. Dès que l'un d'eux arrive à grimper jusqu'en haut de la cage, les autres le font retomber.

— Ça me rappelle certaines personnes que je connais…

Amalie essuya ses mains sur sa jupe. Des mouettes gracieuses griffaient le ciel, planant au gré des vents, leurs cris se répondant en écho.

Non loin se trouvait la petite ville animée de Newport News, mais ici la nature était encore inviolée. L'endroit paisible procurait un sentiment de sérénité à la jeune fille de dix-sept ans, dont la vie avait basculé.

— Est-ce qu'ils t'ont envoyé me chercher ?

— Mme Covington prétend qu'une jeune fille ne doit pas se promener toute seule. Ce n'est pas convenable. Les gens risquent de jaser.

Elle fit une grimace – grimace qui n'aurait pas manqué de provoquer une réprimande de Mme Covington.

— Comme si j'avais eu le loisir de me *promener,* ces derniers temps ! De toute façon, les gens ne cesseront jamais de médire. À propos de toi. De moi. De maman et papa…

Elle laissa mourir sa phrase. C'était encore un sujet délicat, profondément douloureux.

Le silence fut rompu par le battement sourd des ailes d'un échassier. L'oiseau plongea, agitant l'eau calme de la mare. Il fit surface quelques mètres plus loin, un poisson dans le bec.

Amalie regarda son frère. Dans ses yeux sombres, elle reconnut la même angoisse. Elle se força à sourire, avec l'impression que ses lèvres se craquelaient.

— Mme Covington peut bien patienter. En voyant les crabes, elle oubliera pourquoi elle t'a envoyé me chercher…

Des nuages couraient dans le ciel qui, à l'horizon, se confondait avec la mer. Ils marchaient sur la plage en silence, n'ayant aucun besoin de se parler pour se comprendre. Amalie s'assit sur l'herbe rase d'une colline sablonneuse et étendit ses jambes.

Ses doigts de pied creusèrent le sable chauffé par le soleil, formant des petits trous de souris. Les vagues s'échouaient en refrain monotone sur la grève. Au loin, les rouleaux se brisaient dans des gerbes d'écume qui se fondaient à nouveau parmi les courants. Une oscillation mystérieuse et vieille comme le monde, indifférente aux fragilités et aux désirs des humains. Un océan impitoyable, où les vagues disparaissaient pour renaître.

« Si seulement je pouvais disparaître aussi aisément… » songea la jeune fille.

Le vent jouait avec les mèches soyeuses de sa chevelure. Ses yeux verts se plissèrent pour se protéger de la réverbération. Ses cils formaient des ombres sur ses joues hâlées par le soleil. Le chagrin avait empourpré son visage.

Cette tristesse la taraudait le jour, la hantait la nuit, alors qu'elle aurait dû dormir dans son lit non loin de ses parents. Tout avait disparu. Tout avait changé en un clin d'œil, à cause d'une roue de calèche qui avait basculé dans une ornière. On avait parlé d'un accident, mais il lui semblait qu'il s'agissait plutôt d'un terrible coup du sort qui les avait laissés seuls, Christian et elle, orphelins dans un monde qui ne s'intéressait pas à eux.

Cela faisait six mois...

Les cauchemars s'étaient succédé. Alors qu'ils pleuraient encore leurs parents, ils avaient été jetés hors de la seule maison qu'ils avaient jamais connue, et abandonnés à des autorités indifférentes. Leur père avait été un amoureux de la vie, il n'avait pris aucune disposition. Il n'avait pas pensé à la mort, trop confiant dans son propre avenir pour envisager une fin aussi abrupte.

Pour Christian, les choses se présentaient autrement. Il était presque majeur. Mais pour elle, l'avenir était sombre. Elle dépendait des Covington, une famille avec six enfants de moins de dix ans. Elle avait trouvé un endroit où vivre, même si elle n'y était pas vraiment la bienvenue...

« Nous allons leur faire oublier leur éducation diabolique et leur inculquer le respect de Dieu, se plaisait à répéter Mme Covington, un sourire de bigote prétentieuse crispant son visage austère. Cela leur fera du bien de voir vivre des gens convenables qui craignent le Seigneur. »

Comme si maman et papa avaient été des personnes immorales !

« Ils me manquent tellement... » songea-t-elle. Finis les joyeuses escapades familiales, les rires et les plaisanteries... Ils restaient seuls dans une ville dont les habitants avaient méprisé le capitaine Courtland et son épouse hautaine.

Maman, hautaine? La femme qu'elle avait connue n'avait jamais été dédaigneuse. Elle avait été douce, rêveuse, parfois triste. Après sa mort, Amalie avait trouvé des lettres dans un petit coffret en bois, une correspondance interrompue depuis des années. La jeune Anna avait écrit des mots pleins de mélancolie, évoquant des amitiés qui n'avaient pas résisté aux regrets ni à l'éloignement, parlant à cœur ouvert dans des lettres jamais envoyées. Elles avaient été soigneusement attachées avec un ruban de soie, rangées auprès des rares missives reçues à travers les années. Pauvre maman! Son amour pour papa lui avait coûté cher…

Christian plia ses longues jambes pour s'asseoir à côté d'elle. L'adolescent dégingandé creusa des trous avec les talons de ses bottines éculées. Il sentait le tabac et l'alcool.

—Tu as encore traîné sur le port, dit-elle.

Ce n'était pas une critique, mais une constatation. Son frère haussa les épaules.

Il se laissa tomber en arrière et se dressa sur les coudes. Ses yeux verts brillaient de tendresse.

—Tu deviens acariâtre, Amie, se moqua-t-il gentiment.

—Ne m'appelle pas comme ça. Mon nom est Amalie.

—Amalie Sarah Anna Courtland… Que de noms pour un petit bout de fille à peine plus grande qu'une puce!

C'était la triste vérité. Elle était mince comme un roseau, sans grâce, avec des jambes et des bras trop maigres. Elle avait des pommettes saillantes, des yeux légèrement étirés vers les tempes telle une Gitane, et une bouche trop pulpeuse.

— Ne t'inquiète pas, Amie. Je m'occuperai de toi quand tu seras vieille fille, la taquina-t-il.

— Comment pourras-tu t'occuper de moi, alors que tu ne sais même pas veiller sur toi-même ?

Elle se releva d'un bond, secouant le sable qui retomba sur lui.

— Tu es presque un homme. Si tu veux t'en aller, personne ne t'en empêchera. Moi, je suis condamnée à rester chez les Covington jusqu'à ce que mort s'ensuive. Je ne crois pas que je vais le supporter !

Le regard amusé du jeune homme s'assombrit. Sa sœur tremblait légèrement.

— Qu'y a-t-il, Amie ?

Une mouette poussa un cri strident, flèche blanche dans le ciel bleu. Le vent plaquait la jupe marron contre ses cuisses, soulignait son ventre plat et les hanches qu'elle trouvait désespérément anguleuses. Elle inspira profondément en détournant les yeux. La chemise en coton s'étira sur ses petits seins.

Il se redressa à son tour, posa une main rassurante sur son épaule. Il hésita, le visage torturé.

— Moi aussi, ils me manquent, Amie…

La gorge nouée, elle s'écarta brusquement.

— Il n'y a pas que ça… Depuis quelque temps, j'ai l'impression que je vais exploser. Je ne sais pas ce qui m'arrive…

« Ce n'est pas vrai, se dit-elle, je sais exactement pourquoi. J'ai tous ces sentiments étranges au fond de moi, mais personne à qui en parler… Si maman était là… elle comprendrait, elle saurait m'aider… »

Elle releva sa jupe d'une main, pointa son pied vers le sable et fit une pirouette que sa mère lui avait apprise. Celle-ci avait parfois évoqué des souvenirs de sa jeunesse heureuse, raconté les leçons de danse et d'étiquette reçues dans des salons lumineux.

Fermant les yeux, Amalie essaya de se rappeler les mélodies qu'elles avaient jouées sur le vieux clavecin. Elle respirait encore le délicieux parfum de cire d'abeille sur les meubles, elle entendait sa mère lui dire en riant de danser avec légèreté, et de ne pas frapper du pied comme un ours.

Le visage baigné par les rayons du soleil déclinant, elle se mit à virevolter en imitant l'ondoiement des hautes herbes, les bras levés, se balançant au son d'une musique indicible et d'une tristesse sans fin.

Pour la première fois, Christian remarqua ses courbes féminines. Cette constatation le troubla. Amie avait toujours été sa petite sœur, souvent adorable, parfois irritante, mais il ne l'avait jamais regardée comme on regarde une femme. C'était déconcertant.

Enfin elle s'arrêta, le souffle court, les joues roses, relevant sa jupe pleine de sable pour dévoiler des jambes fines. Ses cheveux libérés de leur natte, éparpillés sur ses épaules, elle n'avait plus rien d'une enfant.

Il esquissa un sourire.

— Je vais t'aider à porter les crabes, dit-il.

Ils dissimulèrent la cage flottante dans les roseaux, à l'abri des regards indiscrets, et remplirent le seau de crabes pour Mme Covington.

Lorsqu'ils atteignirent la maison, il faisait presque nuit. Toutes les fenêtres du grand salon, pourtant jamais utilisé, étaient éclairées. Un attelage était garé devant la barrière.

Amalie retint son souffle et saisit le bras de son frère.

— Regarde... Cette voiture appartient à M. Dunbar. Le notaire qui nous a parlé de papa.

— Ce ne sont jamais de bonnes nouvelles qui amènent des hommes comme M. Dunbar.

Christian posa le seau où les crabes essayaient de grimper le long des parois lisses. La porte d'entrée s'ouvrit, et M. Covington apparut sur le porche. Petit et gros, avec son gilet et ses cheveux rares, il n'attirait pas d'emblée la sympathie.

— Vous devriez être rentrés depuis longtemps, tous les deux... Venez, je vous prie.

Inquiet de cette courtoisie inattendue, de la part d'un homme qui préférait donner des ordres, Christian se plaça devant sa sœur comme pour la protéger.

— Qu'est-ce qui se passe ?

— Vous verrez bien. Entrez.

L'homme était de toute évidence impatient, mais il restait singulièrement poli.

Dans le salon, Mme Covington était assise sur le rebord d'une chaise, raide comme la justice. Elle fit signe à Amalie d'approcher.

— Viens ici, mon enfant. Regarde-toi... tout ce sable sur ta robe et tes chaussures... Qu'est-ce que tu as bien pu encore inventer, cette fois-ci !

— Ma chère, maître Dunbar veut parler avec ces jeunes gens, s'empressa d'intervenir son mari en esquissant un sourire faux.

Le notaire se leva pour les saluer.

— Absolument, monsieur Covington. Mais j'aimerais leur parler en privé, si c'est possible...

— Bien sûr... bien sûr.

Avec mauvaise grâce, les Covington quittèrent le salon.

Sans un mot, Dunbar s'assura que la porte était bien fermée. Puis il se tourna vers le frère et la sœur, et les contempla d'un air grave. Il avait un visage long, un nez qui frémissait comme celui d'un animal de la forêt, des sourcils touffus au-dessus des yeux enfoncés dans leurs orbites.

Le notaire leur fit signe de s'asseoir. Amalie n'avait plus rien de la femme qui avait dansé sur la plage. Son anxiété la rendait à l'adolescence. Elle ne pouvait empêcher ses lèvres de trembler.

— Pourquoi revenez-vous après tout ce temps, maître Dunbar ? Cela fait six mois. Les affaires de mon père ont été réglées, n'est-ce pas ?

— Tout à fait. Comme vous le savez, une fois les dettes payées, il ne restait qu'un héritage bien mince. Le capitaine Courtland était un homme charmant, mais peu doué en matière financière. Mais ce n'est pas la raison de ma visite.

Il se racla la gorge et vint se placer près de la cheminée, ornée de petits chiens en porcelaine et de deux chandeliers en cuivre.

Les mains dans le dos, oscillant sur ses talons, Dunbar fit une moue en examinant les ridicules animaux bleus et blancs.

— J'ai reçu une lettre de votre marraine. Vous devez la rejoindre en Angleterre dès que possible.

— Notre marraine ? s'étonna Amalie. Je ne comprends pas…

— Dans le testament de votre père, il était mentionné que je devais avertir cette lady Winford s'il leur arrivait malheur, à lui et à son épouse. Avant de recevoir sa réponse, j'ignorais qu'elle était votre marraine, ainsi que celle de votre mère. Elle a pris les dispositions nécessaires pour s'occuper de vous. Tout est en règle : les papiers ont été vérifiés par ses notaires londoniens.

Il jeta un regard sur la pièce miteuse, avec son tapis élimé et ses pauvres meubles.

— Je crois que vous serez beaucoup plus heureux auprès de lady Winford, ajouta-t-il gentiment.

Dehors, les enfants criaient. Un chien aboyait de temps à autre. Mais dans le salon qui sentait le renfermé, on n'entendait que le sifflement ténu des respirations.

Pétrifiée, Amalie semblait aussi fragile que l'une des porcelaines, comme si le moindre mouvement allait la briser en mille morceaux.

— Je crois, en effet, que cela nous conviendra parfaitement, maître Dunbar, dit-elle enfin.

3

Amalie s'éveilla. Dans le silence lourd et oppressant, on n'entendait plus que le grincement des cordages.

Encore ensommeillée, elle se déplaça avec précaution. Le lit était étroit, une modeste couchette avec un matelas mince. Par le hublot strié de taches verdâtres, on voyait les vagues grises de l'océan s'agiter à perte de vue. Elle l'avait gardé ouvert le plus longtemps possible, mais l'humidité qui avait imprégné la cabine et ses vêtements était devenue plus inconfortable que l'absence d'air frais.

Depuis 1807, les navires américains n'avaient plus le droit de rejoindre des ports étrangers, ce qui avait obligé les jeunes gens à embarquer sur un navire marchand hollandais. Le *Success* battait certes pavillon hollandais, mais son capitaine était américain, manière subtile de contourner l'embargo qui imposait des restrictions au commerce avec l'Angleterre ou la France.

L'année précédente, un navire anglais avait ouvert le feu sur une frégate américaine. Plusieurs marins américains avaient été tués, et d'autres avaient été contraints d'intégrer l'armée britannique.

— C'est à cause des Français, lui avait expliqué Christian. Napoléon a fermé les ports français aux Anglais. Désormais, la loi anglaise exige que tous les bateaux qui veulent s'arrêter dans des ports français fassent d'abord escale dans un port britannique, afin de payer une taxe sur leurs marchandises. Les Anglais s'en prennent aux bateaux qui refusent de leur obéir, et les Français arraisonnent ceux qui se plient aux conditions anglaises. L'Amérique est prise entre deux feux.

Voilà pourquoi ils se retrouvaient sur un navire hollandais qui voguait vers l'Angleterre.

C'était comme un rêve... Après des mois de détresse, l'avenir leur souriait à nouveau. Lady Winford leur avait adressé une lettre chaleureuse, souhaitant la bienvenue aux enfants de sa filleule adorée.

En relisant la correspondance que sa mère avait conservée, Amalie avait compris combien lady Winford lui avait manqué. Dans ses lettres, l'aristocrate rapportait des détails anodins, décrivait les robes de soirée à la mode, les promenades dans Hyde Park, les mésaventures de son dernier petit carlin... L'encre presque effacée, le papier froissé, les profondes pliures prouvaient que les missives avaient été lues et relues.

« Comme je la connaissais mal... comme elle a dû se sentir seule », pensa Amalie, le cœur serré. Elle avait eu les yeux d'une enfant pour sa mère, sans percevoir le désarroi de cette femme répudiée par sa famille...

Elle resta allongée. Les grains de poussière dansaient dans la lumière. Le navire se hissa jusqu'à la crête d'une vague, resta, quelques instants, immobile, comme suspendu, puis il plongea.

Le silence était surprenant. D'habitude, on entendait les voix fortes des marins, les pas dans le couloir, le claquement du vent dans les voiles.

Ces trois derniers jours, Christian avait été trop occupé pour s'occuper d'elle. Il s'était pris de passion pour le navire, bien qu'il se rendît en Angleterre à contrecœur...

— Rien ne m'attend là-bas, Amie, avait-il avoué avant leur départ. J'ai d'autres projets.

— Mais tu viens avec moi, n'est-ce pas ? s'était-elle écriée, paniquée à l'idée d'affronter seule des inconnus. Sans toi, je ne pourrais pas le supporter.

Il avait réfléchi, avant de la serrer contre lui.

— Je viens, avait-il soupiré.

Elle s'était sentie coupable de lui forcer la main. Mais peut-être, au fond de lui, avait-il eu besoin d'être encouragé – comme autrefois, lorsqu'il boudait pour une broutille et que leurs parents le taquinaient pour le faire sourire...

Elle avait été soulagée de le voir s'épanouir sur le bateau. On aurait dit qu'il faisait partie de l'équipage, pieds nus dans son pantalon en coton, le torse musclé, halant les cordages sous le regard approbateur du capitaine.

Le capitaine Yarbrough se montrait indulgent avec lui, car Christian était un passager payant, mais Amalie avait remarqué sa sévérité envers l'équipage. Elle pensait que son frère se faisait des illusions : une vie de marin n'était pas forcément exaltante. Elle espérait qu'à la fin de la traversée, il aurait compris qu'une vie sur les mers ressemblait davantage à un esclavage qu'à une aventure.

Un coup de roulis la prit par surprise. Elle s'accrocha au rebord de sa couchette, posa les pieds sur le sol, prenant le temps de s'habituer au mouvement.

Elle avait appris à maîtriser le tangage du navire, qui se cabrait parfois tel un animal sauvage et lui donnait le sentiment de s'envoler. La sensation n'était pas désagréable, mais elle détestait le plongeon abrupt qui lui mettait le cœur au bord des lèvres.

Elle voulut saisir une chaise, qui glissa hors de portée, et agrippa la table vissée au sol.

Au-dessus d'elle, des pas s'étaient mis à crépiter sur les planches, des ordres étaient répercutés, et un sifflet strident retentit. Elle prit sa robe accrochée à une patère. La cabine était si petite qu'elle pouvait presque toucher les murs en écartant les bras.

Il faisait chaud. Elle respirait les odeurs de cannelle et de cèdre de la cargaison. Les soutes étaient remplies d'épices, de bois et de tapis précieux. La compagnie hollandaise empocherait une coquette somme, une fois les marchandises vendues à Londres.

Amalie s'habilla avec difficulté et attacha ses cheveux en se regardant dans le morceau d'étain astiqué qui lui tenait lieu de miroir. Le pot de chambre était caché derrière un panneau coulissant. Comme elle avait rougi lorsqu'elle l'avait déposé devant sa porte, la première fois ! C'était gênant d'être la seule femme à bord. Quand elle se promenait sur le pont, tous les regards la suivaient.

Au bout du corridor, une échelle étroite menait jusqu'au pont. Un carré de jour éclairait les ombres du couloir. Une fois dehors, elle cligna des yeux. Elle fut frappée par la force du vent et l'excitation qui régnait sur le pont.

— Amie... retourne dans ta cabine ! ordonna son frère.

— Pas question ! répliqua-t-elle, agacée par son attitude autoritaire. J'étouffe dans cette minuscule cabine, et je meurs de faim.

— Amie... reprit-il d'un ton inquiet. Ce n'est pas le moment de se chamailler. Descends tout de suite et enferme-toi dans ta cabine.

Elle regarda autour d'elle. On avait sorti les canons, répandu du sable sur le pont. Toutes les voiles étaient déployées.

— Que se passe-t-il, Christian ?

— La vigie a aperçu un navire qui approche à toute allure. Ses couleurs n'ont pas encore été hissées. Comme nous avons quitté Newport News depuis quelques jours seulement, ce n'est probablement qu'un navire marchand. Mais il pourrait s'agir de pirates. Le capitaine ne veut prendre aucun risque.

Les marins grimpaient dans les voiles, couraient sur le pont, attachaient tous les objets.

Son frère craignait qu'elle ne se rebelle, mais elle posa une main sur son bras.

— Prends garde à toi, Christian. Tu es tout ce qui me reste…

Il lui caressa la joue tendrement.

— Ne t'inquiète pas pour moi.

En retournant s'enfermer dans sa cabine, elle se demanda combien d'épouses, de sœurs et de mères avaient entendu ces mêmes paroles… Un frisson lui parcourut l'échine.

Le navire accéléra. Recroquevillée sur sa couchette, Amalie serrait ses genoux contre elle. Elle avait grandi dans une ville côtière. Toute sa vie, elle avait entendu parler des méfaits des pirates. Certains étaient devenus des légendes. Lorsqu'on racontait leurs aventures, les gens frissonnaient d'excitation. On décrivait leurs attaques comme autant d'exploits héroïques, comme si ces êtres cruels étaient des petits garçons s'amusant à des jeux dangereux. La réalité était beaucoup plus sombre.

Amalie discernait bien la vérité de la fiction, et elle espérait de tout cœur que le bateau n'était qu'une innocente frégate. Depuis les récentes lois qui interdisaient le commerce des esclaves, les pirates et les navires esclavagistes avaient été chassés de ces eaux. Le gouvernement, qui cherchait à sécuriser l'Atlantique, les pourchassait sans répit…

Ses espoirs furent rapidement déçus. Elle entendit le tonnerre d'un coup de canon. Le *Success* roula violemment, avant de riposter à l'agression. Elle se retrouva à genoux sur le plancher, le cœur battant. Sur le pont, on poussait des cris, des hurlements.

La terreur la prit à la gorge. Elle ne pouvait pas rester là, dans les entrailles de ce navire, à attendre qu'il fût englouti par les vagues !

Si elle devait mourir, elle préférait être près de son frère.

Se redressant tant bien que mal, elle déverrouilla la porte. Aussitôt, elle fut assaillie par l'odeur de soufre. Un épais nuage blanc flottait dans le corridor. La fumée lui piqua les yeux et les narines. On devinait à peine l'échelle et le carré de lumière. Elle avança à tâtons, les battements de son cœur résonnant comme un tambour à ses oreilles.

Elle agrippait l'échelle, à l'instant où la lumière disparut. Instinctivement, elle se rejeta en arrière, se pressant contre le mur humide. Quelque chose atterrit à ses pieds avec un bruit mat.

Sa vision s'éclaircit. La chose à ses pieds prit forme. C'était un homme, les yeux ouverts sur le vide, vitrifiés dans la mort, la mâchoire pendante, une plaie sanguinolente lui balafrant le torse.

Elle eut un haut-le-cœur. Les larmes aux yeux, elle enjamba le malheureux et grimpa à l'échelle, voulant s'assurer que son frère était encore en vie.

Lorsqu'elle émergea sur le pont, elle crut être tombée en enfer. Une fumée blanche aux relents de soufre flottait dans l'air. Ici et là, des blessés gémissaient entre les cadavres. Des flammes aux lueurs orange et jaunes semblaient lécher la mer grise. Un coup de roulis la fit vaciller. Elle voulut se retenir à une corde qui lui échappa des mains, glissant sur les planches comme un serpent. Les voiles, déchiquetées par les boulets de canon, pendaient tristement. Les gréements disséminés sur le pont menaçaient de faire trébucher les marins.

Elle fut prise d'une quinte de toux, mais partit à la recherche de Christian. Les hommes étaient méconnaissables, couverts de sueur et de suie, travaillant sans relâche pour recharger les canons, la brûlure de la poudre zébrant leurs torses et leurs bras nus de traînées rougeâtres.

Parfois, elle glissait sur un liquide gluant, mais elle refusait de baisser les yeux, enjambant les corps inanimés, les cordages et les morceaux de bois.

Elle trouva enfin son frère, près de l'un des immenses canons.

— Christian...

Il se tourna aussitôt vers elle.

— Qu'est-ce que tu fais là ? Je t'avais dit...

— Je ne veux pas mourir toute seule !

Son visage était strié de sueur et de poudre noire. Il la serra dans ses bras. Il tremblait. Elle comprit qu'il avait aussi peur qu'elle, et cette idée l'apaisa.

—Au moins, nous sommes ensemble, maintenant…

—Écoute-moi, Amie. Je veux que tu te caches derrière ces tonneaux et que tu ne bouges plus. Nous nous en tirerons peut-être, ajouta-t-il avec un sourire. Yarbrough est un habitué de ce genre de mésaventures, et le bateau flotte encore. Je dois te laisser maintenant. Le canonnier en chef est mort, ils ont besoin de mon aide…

Elle vécut des moments atroces, cachée derrière les tonneaux arrimés au pont avec de grosses cordes, regardant son frère manier le canon.

La bataille n'en finissait pas. Trempée par les embruns, elle étouffait à cause des fumées âcres. Qui allait gagner ? Les minutes s'égrenaient, interminables.

Puis, dans un curieux murmure, le combat prit fin.

Le bateau ennemi s'approcha. Les grappins des pirates s'accrochèrent au bastingage, et les assaillants montèrent à bord en poussant des cris de joie. Il y eut peu de résistance. Tétanisée, elle vit qu'on rassemblait les hommes au milieu du pont. L'air empestait le soufre et le bois brûlé.

Christian suivit ses camarades, sans même jeter un regard en direction des tonneaux. Sa sœur comprit qu'elle devait rester cachée.

Les nerfs à vif, recroquevillée dans sa cachette, elle savait que tôt ou tard, elle serait obligée de se montrer. Que faire si ces barbares s'en prenaient à son frère ?

Il y eut des rires brefs et cruels. Des ordres gutturaux. Un homme hurla, mais son cri s'interrompit de façon abrupte et se termina en gargouillis. Elle ferma les yeux.

Elle reconnut la voix du capitaine Yarbrough. Essayait-il de parlementer ? Les coques des deux navires frottaient l'une contre l'autre en grinçant.

Son cœur battait la chamade. Et s'ils se contentaient d'emporter la cargaison ? « Par pitié, Seigneur, faites qu'ils s'en aillent… »

Mais sa prière ne fut pas exaucée.

Le visage buriné fendu d'un large sourire, un pirate l'empoigna et la traîna vers le centre du pont.

Des rires gras éclatèrent, des regards avides s'attardèrent sur elle. Christian avança d'un pas :

— Laissez-la tranquille !

On se moqua de lui. L'un des pirates le força à s'agenouiller, le menaçant avec son sabre.

Un homme imposant, bardé de pistolets et vêtu de façon incongrue d'un haut-de-chausses et d'une redingote en satin rouge, était visiblement le capitaine de cette bande de pirates. Il scruta Amalie et Christian d'un regard opaque.

— C'est ta femme ?

— Non, rétorqua Christian. Ma sœur.

— Ah, ta sœur… Tu sembles avoir peur, ma jolie. Tu crois qu'on va te faire du mal ?

Les pirates éclatèrent de rire. Ceux qui n'étaient pas occupés à transférer les marchandises sur leur navire approchèrent, curieux. Les hommes spéculaient sur son destin. Elle ne compris pas certaines des allusions, mais le visage de Christian trahissait son angoisse.

Le capitaine Yarbrough protesta : cette jeune personne était une dame de qualité, elle n'était pas habituée aux manières vulgaires des hommes.

— Alors comme ça, tu es vierge ? murmura le capitaine des pirates.

Il leva une main pour lui effleurer la joue. Elle se mit à frissonner, de peur et de dégoût. Personne ne lui avait jamais parlé sur ce ton. Elle n'avait jamais été examinée comme si elle n'était qu'un animal.

— Emmenons-la, cap'taine Jack, proposa l'un des pirates. On lui apprendra la danse des couvertures.

— On pourrait, répliqua son chef, songeur.

Amalie n'osait ouvrir la bouche. Elle craignait d'éclater en sanglots. Une main cruelle lui serrait le bras.

Le pirate qui la tenait caressa son cou, puis ses seins. Elle se débattit en vain. Une haleine poisseuse lui frôla la joue.

Christian bondit et se jeta sur l'homme qui la maintenait prisonnière. Deux pirates le saisirent. Le soleil fit étinceler la lame d'un sabre.

Amalie poussa un cri.

— Christian, non ! Je vous en prie… ne lui faites pas de mal !

À son grand soulagement, elle vit le capitaine Jack lever une main apaisante. Les deux hommes forcèrent Christian à s'agenouiller. L'un d'eux lui saisit les cheveux et tira sa tête en arrière.

— Si vous la touchez, je vous tuerai ! s'étrangla-t-il, fou de rage et de désespoir.

Le chef des pirates ricana.

— Tu n'es pourtant pas en bonne posture, l'ami. Pour le moment, c'est nous qui prenons les décisions.

Malgré sa terreur, Amalie devina qu'il s'agissait d'un homme éduqué. Il parlait bien. Elle reprit espoir. Avait-il été autrefois un gentleman ? Écouterait-il la voix de la raison ?

— Capitaine, mon frère et moi sommes des orphelins, expliqua-t-elle. Nous sommes seuls au monde. Ne lui en voulez pas d'avoir essayé de me protéger. Il se comporte toujours ainsi.

— Vraiment ? s'amusa le pirate. Crois-tu qu'il serait prêt à tous les sacrifices pour toi ?

Son regard demeurait impassible, mais elle se doutait qu'il avait une idée sinistre derrière la tête. Elle perdit espoir. Cet homme n'avait rien d'un gentleman. Il commandait des monstres sanguinaires, habitués au pillage et au meurtre. Elle avait été naïve de croire qu'elle pouvait négocier avec un homme sans honneur.

— Je suis prêt à tout pour la protéger d'une vermine comme vous ! s'écria Christian.

Le capitaine l'ignora.

— Quel âge as-tu, petite ?

— J'ai eu dix-sept ans en septembre, avoua-t-elle en rougissant, car il regardait sa poitrine.

— Presque une femme... À ton âge, beaucoup ont déjà un enfant ou deux accrochés à leurs basques.

La houle soulevait les deux bateaux, les coques couinaient. Le capitaine fit un signe. Christian se retrouva debout, les poings serrés. Une corde fut nouée autour de son cou.

Un silence de plomb s'était abattu sur le pont. Impuissante, le visage blême, Amalie regarda le chef des pirates s'approcher de son frère.

— Tu parles avec aplomb, jeune homme. Nous allons voir si ce sont des paroles en l'air. Plusieurs de mes hommes ont été tués, aujourd'hui. Aurais-tu le courage de vivre sur un bateau portant nos couleurs, ou préférerais-tu que ta gentille sœur nous accompagne ?

Il se tourna vers elle d'un air moqueur, puis ajouta :

— On dit que les femmes sur un bateau portent malheur. Elles provoquent toujours des rivalités et des disputes. Je préfère un marin capable, à une femme éplorée. Qu'en dis-tu, mon ami ? Es-tu assez intrépide pour prendre sa place ?

Christian le regarda dans les yeux. La corde qui lui entaillait le cou rendit sa voix rauque :

— J'accepte d'aller avec vous, mais j'avais imaginé prendre la mer avec de vrais marins, et non avec des pirates.

— De vrais marins, dis-tu ? s'amusa le capitaine. Je connais Yarbrough. On dit que c'est un chef sévère, qui préfère fouetter un homme à mort plutôt que de faire preuve de clémence. Tu seras mieux traité avec moi… Allons-y, les gars, on l'embarque ! Ainsi que tous les célibataires qui préfèrent vivre libres, plutôt que d'être les esclaves d'un capitaine de marine marchande.

Amalie se jeta en avant et se pendit à son bras.

— Ne l'emmenez pas, je vous en supplie !

— Je ne l'emmène pas contre son gré. Je lui ai laissé le choix. Si tu préfères venir à sa place, mon équipage sera ravi. Pour le peu de temps qui te restera à vivre…

On avait retiré la corde du cou de Christian. Il vint vers elle et la serra contre lui.

— Amie… je te ferai parvenir un mot dès que possible, murmura-t-il à son oreille.

Il lui caressa les cheveux d'une main tremblante, cherchant à la réconforter, alors qu'il était tout aussi effrayé. La gorge nouée, elle s'accrocha à lui.

Puis, en un clin d'œil, il disparut de sa vie. Le vaisseau des pirates s'éloigna, ses voiles claquant au vent…

Les marins du *Success* s'activaient pour dégager le pont, hisser les voiles et empaqueter les corps pour les jeter à la mer.

Transie, paralysée, Amalie resta debout, les mains sur le bastingage, regardant dans la direction du bateau pirate longtemps après qu'il eut disparu.

Le capitaine Yarbrough la força gentiment à descendre dans la cabine, et lui donna un verre de cognac qu'elle avala à contrecœur.

— Il est jeune et robuste. Il n'est pas le premier garçon à être emmené par des pirates. S'il a de la chance, il trouvera un moyen de fuir.

— Et s'il n'a pas de chance ? demanda-t-elle, serrant le gobelet entre ses doigts gelés.

Il ne répondit pas. Elle ferma les yeux, désespérée.

La porte se referma derrière lui. Une fois seule, elle songea que c'était bien pire que la mort de ses parents. Au moins, elle avait su qu'ils avaient trouvé la paix. Doux Jésus, qu'allait-il arriver à Christian ? C'était de sa faute... Elle l'avait forcé à l'accompagner, alors qu'il voulait rester en Amérique.

Les larmes lui brouillèrent la vue.

Elle les laissa couler.

4

La ville de Londres était beaucoup plus vaste et plus sale que ne l'avait imaginé Amalie. Les nombreuses cheminées crachaient une fumée noire qui flottait au-dessus des toits comme des nuages d'orage.

En ce début d'après-midi, le temps était maussade. Elle regardait par la fenêtre de la calèche qui empruntait des rues tortueuses.

— Je suis venu vous attendre tous les jours de cette semaine, mademoiselle, lui avait expliqué le cocher. Lady Winford commençait à s'inquiéter.

— Avec des voiles en lambeaux et un équipage restreint, on aurait pu avoir bien plus d'une semaine de retard ! s'était exclamé le capitaine Yarbrough, avec un sourire satisfait qui avait fait enrager Amalie.

Comment pouvait-il considérer que ce voyage était un succès alors qu'il avait perdu sa cargaison, une grande partie de ses hommes, et que son navire avait été abîmé ? C'était un miracle qu'ils aient survécu. Elle ne reverrait peut-être jamais son frère. Et elle ne pensait plus jamais sourire...

Assise sur la banquette en velours de l'attelage rutilant, avec deux valets de pied accrochés à l'arrière, elle songea que Christian aurait apprécié la promenade. Sa détresse refit surface, mais elle se maîtrisa, comme elle avait appris à le faire.

Pour se changer les idées, elle observa les flèches des églises, les beaux immeubles aux corniches travaillées.

Puis la voiture s'immobilisa, dans une rue aux demeures élégantes. Un valet ouvrit la portière et descendit le marchepied. Elle prit garde de ne pas vaciller. Après tant de semaines passées en mer, elle se sentait maladroite sur la terre ferme.

Elle serra la poignée de sa petite valise. Elle redoutait la rencontre avec cette lady Winford, qui avait offert une nouvelle vie à deux étrangers. Depuis que les pirates avaient kidnappé Christian, elle avait passé des heures à réfléchir au destin tragique qui s'était abattu sur leur famille.

Lady Winford était peut-être une femme qui se sentait seule, elle aussi, sans personne pour s'occuper d'elle. Ce serait merveilleux si elles pouvaient devenir amies.

Mais elle avait très peur. Elle craignait de la décevoir, d'être rejetée. Elle craignait que lady Winford ne fût comme les Covington, à la recherche d'une domestique gratuite. Comme c'était terrible de dépendre de la bonté d'inconnus !

— Mademoiselle, si vous voulez bien me suivre...

Le valet patientait, le visage impassible.

Amalie rassembla son courage, sa dignité, et inclina légèrement la tête comme l'avait fait sa mère quand les femmes du village chuchotaient des choses déplaisantes derrière son dos. Le domestique frappa à la porte, qui s'ouvrit aussitôt.

Un homme aux cheveux gris, sanglé dans une redingote noire, la salua :

— Bienvenue, mademoiselle Courtland. Nous vous attendions.

— Merci.

Elle hésita, ne sachant comment s'adresser à lui. Les leçons d'étiquette de sa mère remontaient à si loin. À l'époque, personne n'avait pensé qu'elle s'en servirait un jour. Le capitaine Courtland n'avait été qu'un modeste officier de l'armée américaine, et on ne conviait pas sa famille dans des demeures où les domestiques portaient des tenues de soirée en plein jour !

Elle entra dans le vestibule, au sol à damier noir et blanc. Un escalier majestueux menait à l'étage. Tout était propre et reluisant. Un parfum de citronnelle et de cire d'abeille flottait dans l'air.

L'homme qui lui tenait la porte se racla la gorge. Confuse, elle s'aperçut qu'il ne pouvait pas la refermer, car elle s'était immobilisée dans l'embrasure.

Elle rougit en avançant. Il devait la prendre pour une petite sotte !

— Puis-je vous débarrasser de votre valise et de votre cape, mademoiselle ? demanda-t-il poliment.

— Non. Je… j'ai un peu froid.

— Lady Winford ne va pas tarder à descendre. Elle a donné des instructions pour que vous l'attendiez dans le salon.

Impressionnée, elle lui emboîta le pas. Leurs souliers claquaient sur le marbre. Elle se sentait très maladroite et désemparée. Comment parlait-on à des domestiques ? À moins que celui-ci ne fût pas un serviteur, mais un vieil oncle ou un ami de la famille…

— Lucy va s'occuper de vos malles, mademoiselle, dit-il en s'arrêtant devant une porte. Et Dora va vous apporter une collation. Auriez-vous besoin d'autre chose ?

— Non…

Sa voix tremblait. Elle laissa échapper un rire nerveux. *Lucy* ne trouverait aucune malle à défaire. Tout ce qu'elle possédait était réuni dans sa petite valise. Mais elle n'avait pas l'intention de le lui dire.

— Merci. Je vais attendre lady Winford.

— Très bien, mademoiselle. Si vous désirez quoi que ce soit, vous pouvez tirer sur le cordon.

Il lui indiqua un étroit morceau de tapisserie, discrètement accroché près de la cheminée.

— N'hésitez pas à vous en servir…

Elle resta seule dans le salon. Un feu crépitait dans l'âtre. Sur le manteau de la cheminée en marbre, une imposante pendule dorée comptait les minutes. De délicates figurines en porcelaine – qui n'avaient rien à voir avec les chiens de Mme Covington ! – étaient disposées de chaque côté de la pendule. Elle les admira, sans les toucher.

Un épais tapis à ramages colorés recouvrait le sol. Des canapés et des fauteuils invitaient à la détente. Posées sur des tables en bois précieux, des lampes aux pieds de cristal diffusaient une douce lumière. De lourds rideaux encadraient les fenêtres, par lesquelles on apercevait le ciel gris. Sur les murs étaient accrochés des tableaux aux cadres dorés. Le propriétaire semblait avoir une prédilection pour les paysages et les chérubins.

Mal à l'aise, elle posa sa valise et s'approcha d'un tableau. Le peintre avait dessiné une scène biblique. Elle effleura le cadre d'un doigt.

—*Le Serpent dans le Jardin*.

Surprise par la voix masculine, elle pivota. L'homme s'avança d'un pas. Comme il était à contre-jour, elle discernait mal son visage. Pour une raison étrange, le cœur battant, Amalie pensa aux pirates.

—Cette peinture de sir Joshua Reynolds, expliqua la voix moqueuse. On l'appelle *Le Serpent dans le Jardin*. C'est plutôt approprié, vous ne trouvez pas ?... Est-ce que vous l'admiriez, ou aviez-vous l'intention de la voler ?

Bouleversée, elle retint son souffle. Comment réagir à une pareille insulte ?

Il s'approcha.

— Comme vous n'êtes pas le genre de personne qui vient d'habitude prendre le thé, continua-t-il d'un air méprisant, je suppose que vous êtes venue le dérober, petite bohémienne... Je me demande comment vous aviez l'intention de le sortir du salon. Il est plutôt lourd, vous savez.

Elle fit un mouvement pour s'en aller.

— Ah non ! gronda-t-il. Ce n'est pas une bonne idée. Vous allez rester tranquille, en attendant que j'appelle le sergent de ville.

Il la prenait vraiment pour une voleuse ! Si elle n'avait pas été aussi épuisée et effrayée, elle aurait éclaté de rire, mais une boule s'était logée dans sa gorge.

Elle le dévisagea en silence. Même lorsqu'il avança, elle ne bougea pas.

Jusqu'à ce qu'il pose une main sur elle.

Il lui effleura seulement l'épaule, sans violence, mais le souvenir des pirates revint d'un seul coup. Elle se crut de nouveau à bord du navire...

Terrifiée, galvanisée par la rage et la colère, elle le repoussa de toutes ses forces. Pris par surprise, il se plia en deux de douleur.

Le souffle court, au bord de l'hystérie, elle siffla à travers ses dents serrées :

— Je vous interdis de me toucher ! Je ne suis pas un jouet...

— Espèce de petite morveuse...

Frappée par la férocité de son regard, elle recula d'un pas. Quelqu'un l'entendrait-il, si elle hurlait ?

Elle recula vers la cheminée et tira sur le cordon, mais elle ne perçut aucun son. Il continuait à avancer vers elle. Elle tira une nouvelle fois.

—Cessez d'agiter ce cordon, sinon tous les domestiques vont se précipiter avec des seaux d'eau, pensant qu'il y a un incendie!

Elle voulut s'enfuir, mais il la saisit et la plaqua contre le mur.

Elle poussa un cri strident, lui décocha des coups de pied. Avec un juron, il la retint par les épaules, l'épinglant comme un papillon au mur.

—Pour une voleuse, vous faites preuve d'un instinct de survie remarquable, grimaça-t-il.

—Je ne suis pas une voleuse!

Elle essaya de le gifler. Il lui emprisonna les poignets. La douleur la fit gémir.

—Calmez-vous. Je ne veux pas vous faire mal, mais ce sera inévitable si vous continuez à gigoter. Retirons ce chapeau ridicule, pour que je puisse voir votre visage.

Il défit le nœud et lui arracha son bonnet. Furieuse, elle refusa de lever les yeux.

—Qui vous a envoyée ici? Que cherchez-vous? Bon sang, maintenant ils prennent des enfants pour faire leur sale travail...

Il s'appuyait sur elle pour mieux la maintenir. Elle avait de la peine à respirer. Leurs visages n'étaient qu'à quelques centimètres l'un de l'autre. Elle reconnut une odeur de tabac. Sous les épais sourcils, les yeux étaient sombres, des abîmes sans fond.

La natte qu'elle avait soigneusement épinglée sous son bonnet s'était défaite. Ses cheveux libérés encadraient son visage. Visiblement, ce fou furieux habitait cette maison, et il s'attendait à ce qu'on lui vole quelque chose. Si elle n'avait pas été aussi fatiguée, sa curiosité aurait été éveillée par ce comportement étrange. Mais elle ne pensait plus qu'à s'enfuir.

Il la dévisageait. Deux rides encadraient sa bouche, comme s'il souffrait.

— Qui vous a envoyée ? répéta-t-il à voix basse, tenant son visage d'une main. Je ne pensais pas qu'ils enverraient quelqu'un comme vous. Mais j'ai déjà commis l'erreur de les sous-estimer, et ça m'a coûté deux hommes valeureux.

Stupéfaite, elle s'apprêtait à protester, mais la pression de ses doigts sur ses joues s'intensifia. Son cœur battait si fort qu'elle fut certaine qu'il devait l'entendre. Ses jambes se mirent à vaciller.

— Personne ne m'a envoyée… Personne.

— Menteuse ! Allez-vous prétendre que vous êtes entrée en frappant à la porte ? Jamais Baxter n'aurait laissé passer quelqu'un comme vous.

Elle savait qu'elle n'avait aucune allure dans sa robe de coton bleue, une modeste tenue, indigne de la haute société londonienne. Mais sa robe était propre, ses chaussures de bonne qualité, et elle avait été élevée comme une jeune lady, pas comme une voleuse.

— Il m'a pourtant laissée entrer ! rétorqua-t-elle. Vous n'avez qu'à lui demander.

—C'est bien ce que j'ai l'intention de faire.

Dès qu'il relâcha son étreinte, elle en profita pour lui échapper.

La porte venait de s'ouvrir. Elle se précipita dehors, bousculant une jeune femme qui portait un plateau avec une théière, des tasses et un gâteau. En tombant, la porcelaine se brisa en mille morceaux. Au même moment, toutes les portes s'ouvrirent. Le vestibule se remplit de femmes et d'hommes en uniforme, qui parlaient tous en même temps, essayant de couvrir les aboiements d'une dizaine de chiens.

—Que diable se passe-t-il ? Il y a le feu ? s'écria une voix.

—Qui a sonné comme ça ?

—Où est Baxter quand on a besoin de lui ?

—Je suis là, milady, déclara l'homme aux cheveux gris qui avait accueilli Amalie. Je crois que Mlle Courtland a dû sonner...

Tous les regards se tournèrent vers la jeune fille. Elle resta paralysée.

—On dirait que votre orpheline est arrivée, grand-mère, fit une voix sarcastique derrière elle.

Grand-mère ? Affolée, elle se retourna. Il était appuyé contre le chambranle de la porte, ses lèvres esquissant un sourire moqueur.

Les domestiques s'étaient tus. Mais les petits chiens à poil ras, avec des museaux écrasés et des queues en tire-bouchon, continuaient à japper.

Lady Winford s'avança vers Amalie.

—Mon Dieu, vous êtes beaucoup plus âgée que je ne le pensais. Baxter va devoir rendre tous les vêtements... Je vois que vous avez déjà fait la connaissance de mon petit-fils. Ne fais pas cette tête, Holt. Je t'expliquerai tout plus tard.

Amalie était consciente qu'il continuait à la détailler. Elle s'aperçut que ses yeux étaient en fait bleu marine. Il s'inclina d'un air ironique.

— Nous nous reverrons, mademoiselle Courtland, conclut-il avant de s'en aller.

Lady Winford eut un sourire rassurant.

— Il n'est pas aussi sévère qu'il en a l'air. Il se remet d'un accident, et il est de mauvaise humeur en ce moment... Au pied, Toby ! Venez, ma chère, Lucy va vous montrer votre chambre... Ça suffit, Sophy ! Baxter, soyez gentil de lâcher les petits dans le jardin. J'ai peur que tout ceci ne soit un peu trop pour Mlle Courtland. Puis-je vous appeler Amalie ? Savez-vous que c'était le nom de votre grand-mère ?

— Non, je l'ignorais, murmura-t-elle. Vous pouvez m'appeler Amalie, bien sûr, si vous le désirez, milady.

— Et vous, appelez-moi donc marraine. Mais n'êtes-vous pas deux ? Où est votre frère ? N'y a-t-il pas un garçon, Baxter ? Je suis sûre que la lettre mentionnait deux enfants...

Le domestique acquiesça.

— Certes, milady. Mais il y a eu un incident lors de la traversée. Je suis certain que Mlle Courtland vous expliquera, quand elle se sera reposée.

— Bien sûr, bien sûr... Ma pauvre enfant, nous aurons bientôt une longue conversation.

Vous ressemblez à votre mère comme deux gouttes d'eau. Hélas, je l'ai vue il y a si longtemps... Venez, il faut prendre un peu de thé.

Comme dans un rêve, Amalie suivit lady Winford, tandis qu'on emmenait les chiens dehors et qu'une femme de chambre ramassait les débris de vaisselle. Décidément, son arrivée lui réservait bien des surprises. Elle était aussi déconcertée par la manière qu'avait lady Winford de changer de sujet sans reprendre son souffle, que par l'hostilité de son petit-fils.

Elles empruntèrent des couloirs sans fin, jusqu'à ce que Sarah entre dans une chambre.

À voir les jouets, les poupées et les charmantes petites robes en dentelle, on comprenait qu'ils s'attendaient à accueillir une enfant.

— Je suis heureuse que vous soyez plus âgée, dit lady Winford. Si vous n'aimez pas cette chambre, nous en trouverons une autre. Mais je pensais que la vue des jardins vous plairait. J'adore les jardins... Oh, voilà mes petits ! Vous les voyez ?

Obéissante, Amalie s'approcha de la fenêtre, d'où elle admira les haies bien taillées, les parterres de fleurs... et une flopée de chiens.

— Oui, je les vois. Ils vous appartiennent tous ?

— Bien sûr ! Les gens cruels abandonnent souvent leur animal, lorsqu'il commence à les ennuyer. Ils ne pensent pas que la pauvre bête a aussi des sentiments. Je les recueille quand personne n'en veut. J'espère toujours leur trouver un foyer, mais ce n'est pas évident... Mais nous bavarderons plus tard, se reprit-elle. Vous aimez la chambre ? Bien. On m'a dit que le lit était très confortable. Reposez-vous. Lucy va vous apporter du thé. Si vous vous sentez d'attaque, le dîner sera servi à neuf heures. Autrement, je vous verrai demain matin.

Avec l'impression qu'elle venait d'être emportée par un ouragan, Amalie esquissa un sourire.

À la porte, la vieille dame se retourna une dernière fois.

— Je suis très contente que vous ayez accepté de venir, ma chère enfant. Parfois, je me sens très seule.

Elle referma la porte. Amalie avait les larmes aux yeux. Heureusement que lady Winford ne s'était pas attardée, car elle aurait éclaté en sanglots.

« Si seulement Christian était là... songea-t-elle. Je crois que nous aurions pu être heureux, ici. »

Mais il était loin, et elle ne pourrait pas être heureuse si jamais il souffrait.

Elle appuya son front contre la vitre et ferma les yeux. En moins d'une année, sa vie avait été bouleversée. Autrefois, elle avait imaginé son avenir avec un mari, des enfants, un bonheur paisible comme celui de ses parents. D'un seul coup, ses certitudes avaient été balayées. Elle avait perdu tous ses repères.

Un soleil timide apparut derrière les nuages. Un mouvement, au fond du jardin, attira son attention. Dissimulé derrière une haie, le petit-fils de lady Winford tenait quelque chose dans sa main, qui reflétait les rayons du soleil.

Une épée…

Comment s'appelait-il déjà ? Holt ? Il brandit l'épée plusieurs fois, esquissa des feintes. Le scintillement du soleil sur la lame lui rappela la bataille sur le navire.

Torse nu, il ne portait que des pantalons noirs et des bottes. Un bandage lui entourait une partie du ventre. La lumière jouait sur ses épaules musclées, recouvertes d'une fine couche de sueur. Elle se rappela son grognement de douleur, quand elle l'avait brutalement repoussé. Comment avait-il été blessé ?

Il maniait l'épée avec une détermination meurtrière, embrochant un adversaire invisible. Elle frémit. S'il s'était trouvé à bord du *Success*, les pirates n'auraient pu emmener Christian. Aucun des hommes qu'elle avait vus se battre n'avait possédé cette dextérité…

Elle frotta ses poignets endoloris. Il l'avait effrayée en l'accusant d'être une voleuse, sans même lui demander son nom. Mais cet homme avait des secrets, et il était persuadé qu'on lui voulait du mal.

Curieusement, il ne lui faisait plus peur. Peut-être parce qu'il était le petit-fils de lady Winford ? Bien qu'il se fût montré intransigeant, et mal élevé, elle aurait agi avec une même méfiance si elle avait trouvé un intrus dans son salon…

Maintenant qu'il savait que lady Winford

l'avait invitée chez elle, il se montrerait sûrement plus accueillant.

Le dîner fut servi à neuf heures précises, sans que Mlle Courtland eût donné signe de vie.

Holt ne s'en étonna pas.

— C'est une fille de la campagne, grand-mère. On ne peut pas changer la couleur d'un cheval.

— Elle n'a rien d'un cheval, Holt. C'est encore une enfant, enfin, presque... D'ailleurs, je ne veux pas la changer. Elle est charmante.

Il arqua les sourcils et la contempla de l'autre côté de la table, éclairée par les bougies.

— Vous qualifiez de « charmante » cette fille des colonies, maigre comme un chat écorché et dépourvue de manières ? On dirait une bohémienne. Et elle a bien plus que sept ou huit ans.

— C'est fou comme les enfants grandissent vite, tu ne trouves pas ? se moqua lady Winford.

— Pourquoi ne m'avez-vous pas dit que vous les aviez envoyé chercher, alors que j'avais pris d'autres dispositions ?

— Tes dispositions me déplaisaient. Par ailleurs, tu étais blessé. Je ne voulais pas t'alarmer.

— Vous vouliez me mettre devant le fait accompli. À cause de vous, je l'ai accusée d'être une voleuse. Seigneur, les choses auraient pu encore plus mal tourner ! J'étais sur le point d'appeler le sergent de ville. Je frémis en pensant à la scène que vous auriez causée... Tout Londres aurait su que nous hébergeons une bohémienne des colonies.

Lady Winford savoura un morceau de viande. Son silence agaça Holt.

— Grand-mère, si vous tenez absolument à ce qu'elle reste chez nous, donnez-lui des leçons de maintien. Lorsqu'on lui aura inculqué quelques manières, on pourra la marier.

— Depuis quand es-tu devenu un arbitre des bonnes manières ? Je crois me souvenir d'une certaine lady Wickham qui a failli causer ta perte... C'est seulement par la grâce de Dieu que tu n'as pas tué son mari, et qu'on ne t'a pas pendu pour meurtre.

— Je n'ai pas tué Wickham car c'était plus satisfaisant de le laisser vivre en disgrâce. C'est lui qui a pris la décision de se tirer une balle dans la tête.

Elle leva les yeux.

— Tu es en train de devenir cynique, Holt.

— Hélas, les cœurs tendres ont du mal à servir Sa Majesté sur les champs de bataille...

Il laissa passer un silence, avant de reprendre :

— Je croyais que votre chère Anna avait eu deux enfants. Où est passé l'autre ?

— Baxter m'a tout raconté. Leur navire a été attaqué par des pirates.

— Comment Baxter est-il au courant ?

— Baxter sait tout, affirma-t-elle avec fierté. Le jeune homme a été forcé de se joindre aux pirates. Ils étaient dirigés par un certain capitaine Jack, paraît-il. Une triste histoire... Essaye de nous le ramener, Holt. Nous ne pouvons pas laisser le fils d'Anna aux mains de ces barbares.

— S'il ressemble à sa sœur, c'est plutôt les pirates que je plains !

— Toujours aussi désagréable. Vivement que tu sois remis sur pied ! Tu es insupportable, en ce moment.

— Mon humeur ne changera pas si je dois abriter des indésirables sous mon toit.

Elle le dévisagea.

— Suis-je concernée, moi aussi ?

— Bien sûr que non, et vous le savez parfaitement !

— Comment puis-je en être certaine ? C'est ta maison, maintenant. Tu l'as héritée, tout comme ton titre, ton siège à la Chambre des lords... et ton mauvais caractère. Il est peut-être temps que je retourne chez moi, puisque je ne suis plus la bienvenue...

Furieux, il repoussa sa chaise.

— Ne soyez pas stupide, grand-mère. Vous êtes chez vous ici. Je désire seulement avoir la paix.

Lady Winford reposa ses couverts.

— Tes manières laissent vraiment à désirer ! Un gentleman ne se lève pas de table avant que la dame ait fini son repas.

— Et un gentleman ne dit pas à sa grand-mère qu'elle se comporte sottement, même si c'est la vérité. Mais sur ce point, nous sommes d'accord : je ne suis pas un gentleman. Envoyez la fille dans une école, ou à la campagne.

— Non. Je n'abandonnerai pas cette jeune fille.

— Pour l'amour du Ciel, grand-mère, je ne suggère pas qu'on la noie comme un chaton !

Il laissa échapper un soupir, puis ajouta :

— Puisque votre sentiment du devoir vous pousse à veiller sur elle, je vous laisse faire. Mais qu'elle ne vienne pas me déranger.

Un lourd silence s'installa. La vieille dame baissa les yeux.

— Amalie et moi-même allons quitter cette maison dès que possible, Deverell. Baxter nous accompagnera. Puisque nous sommes un fardeau, nous allons nous retirer de ta vue.

Deverell... Elle l'avait appelé par son titre, pour mettre de la distance entre eux. Il était à la fois furieux et surpris qu'elle eût pris la défense de l'inconnue, mais il demeura silencieux. Elle ne partirait pas. Elle ne partait jamais, même quand elle brandissait cette menace lorsqu'il se mettait en colère parce qu'un chien avait mordillé sa botte ou dévoré le pied d'une table...

Pourtant, cette fois-ci, sa grand-mère tint parole.

Trois jours plus tard, lady Winford et Amalie Courtland quittèrent la maison de Curzon Street pour la campagne, emmenant avec elles les carlins, une demi-douzaine de chats, et le stoïque Baxter.

« Bon débarras ! » se dit Holt tout d'abord. Il passa la semaine à jouer aux cartes. S'il laissait sa grand-mère le mener par le bout du nez, il aurait des cheveux gris avant l'âge de trente ans.

Mais, après une semaine de débauche, il commença à s'ennuyer.

Il était sur le point de se rendre à la campagne pour faire entendre raison à la vieille dame, lorsque l'Angleterre envahit le Portugal. Des révoltes éclatèrent en Espagne. Holt rejoignit son régiment, laissant une poignée de domestiques en charge de sa demeure en ville.

Son absence dura trois ans.

Livre II

RETOUR À LA MAISON

5

Londres, septembre 1812

Londres fêtait la victoire de Wellington à Salamanque. En juillet, l'armée de Napoléon avait été chassée de la ville espagnole, et on avait prévu une cérémonie militaire grandiose dans la chapelle de Whitehall.

Lord Deverell préférait s'abstenir d'y assister. En trois ans, son opinion sur la guerre et sur ceux qui la décrétaient avait beaucoup évolué. Désormais, il haïssait ces célébrations qui glorifiaient la mort de milliers d'hommes dans des conditions atroces.

Ni les membres du Parlement ni le grand public ne partageaient son point de vue. Mais ils ne s'étaient pas trouvés sur le pont d'une frégate de Sa Majesté, alors que les boulets de canon pleuvaient. Pire encore, ils ignoraient ces terribles corps à corps, dans des plaines arides, sous un soleil impitoyable, qui se déroulaient alors que les gentlemen de Whitehall se chamaillaient pour le moindre sou. Il ne retirait aucune satisfaction d'avoir survécu, ni de savoir qu'on allait le fêter en héros.

Pour oublier ses pensées moroses, il décida de s'offrir une partie de whist ou de faro. Après la fournaise de l'Espagne et la puanteur des navires bondés, le parfum de la luxure serait le bienvenu.

La nuit, l'obscurité permettait à ceux qui le désiraient d'accéder en toute discrétion à la petite maison sans prétention située dans une rue calme de Londres. Il frappa. Une prunelle s'encadra dans l'œilleton, puis la porte s'ouvrit.

À l'intérieur, on se serait cru dans une maison de jeu luxueuse. On reconnaissait les visages familiers de la haute société, et quelques diplomates étrangers. La plupart des femmes portaient des masques qui dissimulaient à peine leur identité, mais les rassuraient et les incitaient à se montrer plus audacieuses que d'habitude.

Madame la Marquise, intemporelle, ruisselante de bijoux et maquillée à outrance, vint l'accueillir. Les épingles à cheveux en diamants scintillaient dans sa perruque poudrée, une affectation à laquelle elle ne voulait pas renoncer.

—Lord Deverell, quelle joie de vous revoir ! susurra-t-elle.

—C'est un plaisir, madame L'Aigle, fit-il en lui baisant la main.

Elle rit, flattée.

—Je crois que votre ami le vicomte Stanfill est encore parmi nous. Il semblait vous attendre.

« David me connaît bien », songea Holt en entrant dans le salon. Un nuage de fumée flottait au-dessus des tables recouvertes d'un tapis vert. Quand il s'arrêta près de lui, son ami lui sourit.

— Tu es en retard. Ça fait des heures que je t'attends.

— On le dirait, en effet, plaisanta Holt en avisant la pile de jetons et le verre vide.

Une femme à moitié nue était penchée sur l'épaule de David. Son sein lui frôlait l'oreille, et elle caressait ses cheveux. Elle sourit à Holt, de manière aussi naturelle que s'ils s'étaient croisés dans le salon de sa grand-mère.

David tourna la tête, suça un court instant le mamelon, avant de se concentrer à nouveau sur les cartes.

Dans une galerie, des musiciens jouaient. Les valets remplaçaient aussitôt les verres vides de vin et de champagne. Le Club des Damnés méritait sa réputation. On y jouait des sommes astronomiques, on y prenait des paris aussi importants qu'à White's, le célèbre cercle de gentlemen.

— Désirez-vous prendre ma place ? s'enquit l'un des joueurs. Je suis ivre mort, et je n'ai pas envie de perdre ma chemise alors qu'une charmante personne m'attend au premier.

Holt acquiesça. Il remporta plusieurs parties, au grand agacement de David, qui se leva pour entraîner la catin aux formes généreuses vers une alcôve. Personne ne leur prêta la moindre attention.

Lorsque David revint vers son ami, Holt avait doublé ses gains.

— As-tu l'intention d'assister à la fête que va donner lady Winford pour Mlle Courtland, la semaine prochaine ?

— Je n'étais pas au courant. Mais je n'ai pas parlé à ma grand-mère depuis trois ans.

— Tu devrais peut-être faire une apparition... Ne me regarde pas comme ça ! Ça me rappelle l'époque où l'on te surnommait *Devil.*

— Tu ferais bien de t'en souvenir, grommela Holt. Si jamais tu étais tenté de t'immiscer dans ma vie privée...

Ils bavardèrent, jusqu'à ce que Holt s'intéressât à l'une des délicieuses créatures que Mme L'Aigle employait pour veiller au bien-être de ces messieurs.

David les regarda gravir l'escalier pour rejoindre les chambres. Holt avait changé. Il avait toujours été un homme téméraire et implacable, mais la guerre l'avait endurci.

Il se demanda, comme trois ans et demi auparavant, s'il était vrai que Holt avait joué un rôle dans le scandale concernant un ministre des Affaires étrangères accusé de trahison. Des preuves avaient été fournies. Après avoir démissionné, le ministre s'était tiré une balle dans la tête – tout comme lord Wickham, à la suite du duel qui lui avait coûté son honneur et sa réputation.

Lord Deverell n'avait jamais laissé entendre qu'il avait été mêlé au scandale de Whitworth. Les preuves – si elles existaient – avaient disparu. On se demandait encore qui avait fourni ces éléments accablants contre le ministre et certains membres du cabinet.

Peu de temps après, Holt avait obtenu la commission qu'il espérait et avait rejoint son régiment. Par chance, il avait été remis de sa blessure du duel. Il s'était aussi disputé avec sa grand-mère…

David songea qu'il aurait aimé être présent, quand Holt reverrait la petite orpheline des colonies. La jeune fille s'était… épanouie.

Holt serait sûrement invité à la fête d'anniversaire prévue pour Amalie Courtland. Lady Winford n'était pas rancunière, et elle adorait son petit-fils. David veillerait à ce que son ami accepte.

Ce serait un spectacle à ne pas manquer !

Un bal…

Amalie était reconnaissante à sa marraine d'organiser un bal en son honneur, bien qu'elle eût préféré une soirée plus discrète pour fêter ses vingt et un ans. Après tout, elle n'était pas une grande beauté, ni une héritière. Elle n'avait pas envie de boire du champagne ni de danser sous les étoiles.

— Cessez de gigoter, mademoiselle Amalie, soupira Lucy en tirant sur l'ourlet de la robe en mousseline. Cette traîne… elle ne se place pas comme je le désire, et chaque fois que vous bougez…

— Pardonnez-moi, Lucy. Je vais rester tranquille.

Elle se contempla dans le miroir d'un œil critique. La mode s'était simplifiée, et la longue robe en mousseline blanche brodée d'étoiles d'or soulignait à merveille sa silhouette élancée. Elle se trouvait un peu trop grande, mais sa marraine avait protesté :

— Voyons, disait-elle, c'est merveilleux de voir une jeune fille qui n'a pas l'air d'avoir été ratatinée dans une presse à biscuits ! Elles se ressemblent toutes, ces temps-ci, avec leurs cheveux blonds et leurs silhouettes menues, des courants d'air plein la tête. C'est malheureux que les hommes préfèrent toujours un joli minois à l'intelligence !

Amalie n'était pas une beauté conventionnelle, mais la robe blanche flattait la couleur mate de sa peau et ses cheveux noirs. Un bandeau de satin doré se croisait sous sa poitrine. Des rubans étaient piqués dans ses cheveux. Mme Lefleur s'était donné beaucoup de mal pour arranger quelques boucles sur ses tempes et son front.

— On dirait une déesse grecque, n'est-ce pas ? s'exclama Lucy.

— Magnifique, ma chère Amie. Tu es divine, décréta sa marraine.

Amie ne protesta pas. L'une des vertus les plus attachantes de sa marraine – et des plus irritantes – était sa manière de n'écouter que ce qu'elle voulait entendre.

Elle ajouta un peu de rouge sur ses lèvres et ses joues, enfila les longs gants, prit son éventail en soie et son châle en dentelle semé de fils d'or...

Elle était prête.

— Ne prends pas cet air de martyre, ma chérie, plaisanta la vieille dame. Nous allons accueillir les invités, et tout le monde va te complimenter. Notre fête sera la plus enviée de la petite saison. Ce serait merveilleux s'il venait, mais il n'aime pas les mondanités. Il les trouve ennuyeuses…

— De qui parlez-vous, marraine ? demanda Amie, nerveuse, alors qu'elles descendaient le grand escalier.

Le rez-de-chaussée brillait de mille feux. Par les portes ouvertes, on entendait les calèches qui arrivaient, et le brouhaha des conversations. Ce soir, Beacon House bourdonnait comme une ruche. La maison qu'elles occupaient en hiver s'était transformée en château de conte de fées.

— … bien sûr, j'ai envoyé une invitation à Holt, mais je doute qu'il se montre. Il déteste ces soirées encore plus que le prince… Ma chérie, tu te sens mal ?

— Non, non… je suis seulement un peu anxieuse.

— N'aie crainte, tu seras fêtée par tout le monde. Regarde le nombre de voitures alignées dans la rue. Elles feraient la fierté de la comtesse de Lieven !

Dorothea, comtesse de Lieven, récemment arrivée à Londres avec son mari, le comte Christopher Andreievitch, ambassadeur de Russie, était une remarquable beauté. C'était un grand compliment de lui être comparée, et Amalie serra affectueusement le bras de sa marraine.

Elle décida de ne plus s'inquiéter de savoir si lord Deverell ferait une apparition. Presque quatre ans s'étaient écoulés depuis leur rencontre. Il avait sûrement changé. Désormais, il était un héros, un vétéran bardé de décorations qui avait combattu sous les ordres de lord Wellington.

Un héros méritait d'être accueilli les bras ouverts par sa famille. Et surtout, il manquait à sa marraine, même si celle-ci feignait de ne pas se soucier de leur brouille.

Amalie se dit que Deverell devait lui en vouloir, car elle avait été la cause de leur dispute. S'il venait à la fête, elle serait courtoise avec lui. C'était la moindre des choses qu'elle pût faire pour sa marraine.

Les premiers invités s'approchèrent...

Très vite, Amalie commença à fatiguer. Elle avait le sentiment d'avoir passé des heures à sourire, à se rappeler les noms, les titres et la manière de saluer chacun, tout en veillant à garder la tête haute et le dos droit. N'avait-elle pas enduré des journées de leçons pour parfaire ce rôle ?

Elle tenait à se montrer digne de sa marraine, à qui elle devait tant. Désormais, la seule blessure de sa vie restait la disparition de son frère.

Christian...

On n'avait pas retrouvé sa trace. Ceux qui l'avaient cherché pensaient qu'il était mort, peu après avoir été enlevé par les pirates.

Avec le temps, la détresse s'était atténuée, mais Amalie n'avait jamais oublié Christian.

Tous les soirs, avant de s'endormir, elle pensait à lui, elle priait pour son âme, le remerciait pour son sacrifice. Elle se sentait coupable d'avoir causé sa mort…

— Mademoiselle, puis-je vous présenter mon neveu, Charles de Vane…

Elle sourit au jeune homme boutonneux, dont la paupière était agitée d'un tic nerveux. Il bégayait, et elle dut faire un effort pour le comprendre. Elle lui souhaita une belle soirée, espérant qu'il s'amuserait.

— S-Sans aucun d-doute, mademoiselle C-Courtland !

Il lui demanda d'inscrire son nom sur son carnet de bal, mais son oncle l'entraîna gentiment.

Sentant pointer un léger mal de tête, Amalie se tourna vers le prochain invité. Elle tendit sa main gantée, et fut soulagée de voir qu'on était presque arrivé à la fin de la queue. Bientôt, elle pourrait se détendre et prendre un verre de punch, avant de faire son devoir en ouvrant le bal.

— Stanfill avait raison, mademoiselle Courtland, murmura une voix profonde.

Elle leva les yeux vers l'homme qui lui serrait la main.

Deverell…

Il avait changé. Il semblait encore plus grand, plus redoutable. Sa peau avait bruni sous le soleil, et ses yeux bleus brillaient avec une intensité rare, dans un visage aux traits acérés.

Face à son silence, il arqua un sourcil ironique.

— On dirait que vous m'avez oublié, petite bohémienne…

Elle retira sa main.

— Non, monsieur. Je ne vous ai pas oublié… Votre grand-mère sera très heureuse de vous revoir.

— Pas vous ?

— Si vous me demandez si je suis attristée de vous voir ici, ce serait mal élevé de vous répondre oui.

« Comme c'est étrange… songea-t-elle. Il est toujours aussi furieux de ma présence. »

Ne sachant comment se tirer de cette situation délicate, elle se tourna résolument vers l'invité suivant, ce qui amusa Deverell. Il salua sa grand-mère avec nonchalance, comme s'ils venaient de se quitter.

Amalie fut agacée par cette attitude cavalière. Il n'avait pas besoin d'être aussi provocant. Pendant près de quatre ans, il n'avait envoyé aucune lettre, excepté quelques missives à son notaire. Sa marraine en avait beaucoup souffert, s'en voulant de s'être emportée et d'avoir causé la rupture.

— Avant ton arrivée, je n'avais que lui, Amie, avait-elle confié à la jeune fille. Nous nous sommes souvent disputés, mais c'est la première fois qu'il reste absent aussi longtemps. J'aurais dû me dominer, mais son arrogance m'avait tellement énervée ! Cette façon de me dicter ma conduite, de croire que j'allais obéir sans discuter… La même attitude que son père et son grand-père. Même mon second mari n'était pas si autoritaire.

Et voilà qu'il se présentait à Beacon Hill comme s'il revenait d'une semaine de vacances, ses manières toujours aussi désinvoltes.

Les bonnes résolutions de la jeune fille s'envolèrent. Visiblement, il la considérait encore comme une intruse.

Alors qu'elle saluait le vicomte Stanfill, elle était consciente de la voix de Deverell, qui parlait à sa grand-mère.

— Les retrouvailles sont toujours un moment merveilleux, vous ne pensez pas, mademoiselle Courtland ? lança Stanfill, un sourire aux lèvres.

— Certaines doivent l'être, assurément.

— Je crois me souvenir, en effet, qu'il y a eu un malentendu entre vous.

— Moi, je ne me souviens pas. Il faut m'excuser mais j'ai une mémoire sélective. J'oublie les désagréments.

Pour changer de sujet de conversation, elle lui demanda s'il avait l'intention de faire courir un cheval pour la coupe de Brighton. Aussitôt, il lui parla avec animation du pur-sang qu'il venait d'acheter.

— Ce sera une joie de le voir courir, conclut-elle, avant d'accueillir le dernier invité qui patientait pour la saluer.

Amalie ne buvait jamais d'alcool, car la tête lui tournait facilement, mais elle accepta la flûte de champagne que lui présentait un laquais. La délicieuse boisson pétilla le long de sa gorge.

Il faisait chaud dans les salons. Son visage brillait légèrement, la mousseline collait à sa peau de manière désagréable.

Elle se faufila parmi les invités et sortit sur le balcon. Dehors, l'air était frais. Elle ignora les tiraillements de son estomac et prit une autre coupe de champagne. Pourquoi s'en priver ? Ne fêtait-elle pas son anniversaire ?

Appuyée à la balustrade en pierre, elle sourit en entendant une jeune femme pousser un petit cri dans les jardins. Des amoureux profitaient de l'obscurité.

Elle pensa à sir Alex, si séduisant dans sa redingote en velours bleu, soulignée par les manchettes en dentelle blanche. Il avait délaissé les hauts-de-chausses pour des pantalons étroits qui épousaient parfaitement ses longues jambes.

Pendant quelques instants, elle s'imagina mariée à sir Alex. Il était le fils cadet d'un baron, et elle l'avait rencontré deux ans auparavant, à son premier bal. Elle avait été terrifiée, ce soir-là. Le jeune homme blond s'était montré particulièrement attentionné. Elle n'avait jamais oublié sa gentillesse, et elle essayait toujours de passer le plus de temps possible en sa compagnie.

Sir Alex était un vrai gentleman. Pas comme Deverell, qui était aussi peu adapté au rôle de gentleman qu'un carlin de sa marraine !

Elle respira le parfum des fleurs. La nuit lui semblait interminable. Si seulement sir Alex ne se contentait pas de lui sourire de loin…

Il se montrait toujours distant, alors qu'elle pensait sans cesse à lui. Mais curieusement, la nuit, elle rêvait d'un homme aux cheveux sombres plutôt que clairs, une silhouette fugitive, au visage dissimulé, une mystérieuse présence qu'elle ne pouvait identifier.

Elle porta le verre de champagne à ses lèvres. Déjà terminé !

Alors qu'elle le reposait, une main lui en tendit un autre. Le liquide ambré accrochait la lumière des lanternes. Surprise, elle se raidit en reconnaissant Deverell.

— Encore un peu de champagne, mademoiselle Courtland ?

— Non, répliqua-t-elle sèchement. Je n'ai plus soif.

— Tant mieux pour moi.

Appuyé à la balustrade, il la dévisagea avec une intensité qui la mit mal à l'aise. Il vida le verre d'un trait, sans la quitter des yeux.

— Vous avez beaucoup changé, mademoiselle...

— Est-ce un compliment ou un regret ? Pardonnez-moi, mais je ne suis pas habituée à des remarques aussi personnelles de la part d'un étranger.

— Nous ne sommes pas des étrangers.

Elle n'osait pas l'insulter, et provoquer une nouvelle dispute avec sa grand-mère.

— Nous ne nous sommes croisés qu'une seule fois, et brièvement. Nous ne sommes que de vagues connaissances.

— Quel dommage ! J'en suis attristé.

— Vous ne semblez pourtant pas très affecté. Vous cachez bien vos sentiments.

Soudain, elle se rembrunit. Les années passées avec lady Winford lui avaient appris non seulement à s'habiller et à avoir une belle élocution, mais aussi à parler avec franchise. Or la franchise était une qualité acceptable chez une dame comme sa marraine, mais peu conseillée chez une jeune fille sans relations.

Deverell rit doucement. Elle frissonna. Tout à coup, elle avait froid.

—Je dois rentrer. Marraine va s'inquiéter de mon absence, alors que les danses vont bientôt commencer.

—*Marraine* risque de se faire du mauvais sang, en effet. Je vous accompagne...

—Non!

Il afficha un sourire candide.

—Hélas, chère demoiselle, je crains que vous ne soyez obligée d'ouvrir le bal avec le petit-fils de lady Winford. Nous ne voulons pas faire un pied de nez au protocole, n'est-ce pas?

Surprise, elle fronça les sourcils.

—Je n'ai pas entendu dire...

—Je suppose qu'il y a beaucoup de choses que vous ignorez. On nous a annoncés. Croyez-vous que je serais venu à votre rencontre de mon propre chef? Nous devons ouvrir le bal, à moins que vous ne vouliez dire à tous que vous refusez...

Amusé, il attendit sa réponse. Elle était prise au piège.

—De quoi avez-vous peur? murmura-t-il, posant une main sur son bras. Il ne s'agit que d'une danse...

Mais elle savait que c'était bien davantage. Il lui avait lancé un défi. Il s'attendait à ce qu'elle parte en courant ou lui tombe dans les bras. Elle ne ferait ni l'un ni l'autre.

— Très bien. Si cela est mon devoir. Comme vous l'avez dit, il ne s'agit que d'une danse…

Dès les premiers accords, elle réalisa son erreur. On jouait une valse ! C'était sûrement lui qui l'avait choisie, car sa marraine n'aurait pas été aussi intrépide – même si la valse était devenue une danse à la mode. Il avait trouvé cette excuse pour la tenir serrée contre lui. La main dans le creux de son dos la brûlait, à travers l'étoffe de sa robe.

Comme le voulait la coutume, ils dansaient seuls pour ouvrir le bal. Des centaines d'yeux la scrutaient.

Son visage s'enflamma. Elle avait l'estomac noué. Il devait savoir que les gens allaient jaser ! Si elle se donnait en spectacle, elle perdrait l'espoir d'un bon mariage. Le visage fermé, elle essaya de garder ses distances.

Il dansait bien, la faisant tournoyer avec assurance, mais elle sentait qu'il était tendu.

Elle se concentra sur les pas. La pièce tournait autour d'elle, en un mélange de sons et de lumières. Elle avait déjà dansé la valse, mais jamais elle n'avait été serrée ainsi par son cavalier.

Enfin, la musique se tut. Amalie sourit d'un air crispé. Ils n'avaient pas échangé un seul mot. Les musiciens attaquèrent une polonaise, et d'autres couples les rejoignirent.

Toujours silencieuse, elle se laissa escorter à l'autre bout de la pièce. Quand elle vit son expression ironique, la moutarde lui monta au nez.

— S'il vous plaît, je voudrais vous parler en privé un moment.

Sans hésiter, il la fit entrer dans un petit salon. Quand elle se retourna pour lui dire ce qu'elle pensait de son attitude, il l'attira brusquement à lui... et l'embrassa. Son baiser était ardent, brutal, sans aucune tendresse.

Choquée, elle essaya de le repousser. En vain. Confuse, furieuse, elle dut admettre qu'il était plus fort qu'elle. Elle était à sa merci.

Il la lâcha aussi brusquement qu'il l'avait enlacée. Elle vacilla. Et laissa exploser sa fureur.

La gifle d'Amalie le prit par surprise. Il n'eut pas le temps de l'esquiver. Elle ne lui fit pas mal, mais elle réussit à le mettre en colère.

Il lui saisit le poignet.

— Que diable... ?

— Comment osez-vous me ridiculiser ? s'écria-t-elle. Comment osez-vous détruire ma réputation, pour vous venger de ce qui s'est passé entre nous il y a quatre ans ? C'est méprisable, milord, et je ne vous laisserai pas me traiter ainsi !

— Vous n'êtes pas dans la position de m'interdire quoi que ce soit, mademoiselle Courtland. Si vous ne vouliez pas être embrassée, il ne fallait pas m'inviter dans un salon privé.

— J'ai seulement demandé à vous voir en tête à tête pour vous dire ce que je pensais de vous. Seriez-vous assez vaniteux pour croire que toutes les femmes rêvent de vos baisers !

Il la relâcha en riant.

— Non, mais ce n'est pas moi qui ai réclamé cette valse.

Elle fronça les sourcils.

—Personne d'autre n'aurait eu cette audace, et votre grand-mère n'aurait jamais...

—Seigneur... Grand-mère m'a dit que c'est vous qui souhaitiez une valse avec moi. J'aurais dû m'en méfier. Pour une raison qui lui appartient, elle aimerait nous voir amis.

—Dans ce cas, je crains de la décevoir ! Tout le monde parlera de nous demain. Si vous n'avez pas détruit ma réputation, vous avez attisé les commérages. Vous pouvez être fier.

—Pourquoi ?

—Vous voulez vous venger de moi, c'est évident. Vous croyez à tort que je suis responsable de votre brouille avec votre grand-mère. Vous ne m'avez toujours pas pardonné d'être venue en Angleterre.

Un long moment, il la contempla, avant de hausser les épaules.

—Vous êtes encore plus naïve que je ne l'imaginais, mademoiselle Courtland. Vous confondez la vengeance avec une motivation beaucoup plus... prosaïque.

—Je ne comprends pas, fit-elle, incertaine.

Il lui effleura la joue.

—Pauvre petite fille des colonies. Par un coup de baguette magique, le moineau s'est transformé en rossignol... Mais vous êtes toujours en cage.

Il disait la vérité... Il avait deviné cette impatience dont elle n'avait parlé à personne, ce sentiment d'être prisonnière, même si elle était entourée de tendresse et d'affection.

Avec un dernier sourire narquois, il la laissa seule.

Elle pensa aux songes étranges qui hantaient son sommeil, aux envies confuses qui la réveillaient en pleine nuit. Dans ses rêves, des figures mystérieuses lui promettaient un plaisir ineffable, mais la laissaient toujours insatisfaite.

Elle réalisa soudain que la voix qu'elle entendait en rêve était celle de Deverell, et que les mains qui la caressaient étaient les siennes...

Alors que la musique lui parvenait à travers les murs de la petite pièce, elle resta comme pétrifiée.

6

Des voix éméchées se mêlaient aux mélodies de Mozart. Holt se dirigea vers les portes-fenêtres qui ouvraient sur le balcon. Pour un mois de septembre, il faisait encore chaud. Il se sentait oppressé.

Sa grand-mère avait disparu, ce qui n'avait rien d'étonnant. Elle aurait la sagesse de l'éviter, jusqu'à ce que sa colère se fût muée en simple exaspération. Il n'avait pas apprécié de passer pour un imbécile, et la réaction de la petite l'agaçait. Bon sang ! Elle l'avait toisé comme s'il avait été un crapaud !

Il n'était pas assez vaniteux pour croire que toutes les femmes recherchaient ses faveurs, mais une jeune fille aurait dû être flattée qu'un membre de l'élite aristocratique lui prête attention, le jour de son anniversaire. Cette sollicitude suffisait pour garantir la réussite d'une saison mondaine. Depuis des années, bien des mères avaient jeté leurs filles en travers de son chemin. Riche et titré, il était un parti très envié.

Mais la petite arriviste avait réagi avec horreur quand il l'avait touchée. Elle s'était comportée avec l'arrogance d'une beauté renommée de la haute société, alors qu'elle était sur le point de devenir vieille fille ! Certes, à vingt et un ans, on n'était pas encore sénile, mais pour une femme il était temps de se caser.

Le détestait-elle sincèrement ou jouait-elle à la coquette, comme certaines femmes qui feignaient l'indifférence pour mieux l'appâter ? Qu'à cela ne tienne ! Ces tactiques ne marchaient pas avec lui.

Il s'accouda à la balustrade en pierre. Beacon House, la maison londonienne de sa grand-mère, était vaste, pleine de courants d'air et chère à entretenir. Mais la vieille dame avait une fortune personnelle, et elle n'utilisait pas l'argent qu'il lui faisait verser tous les mois. Il s'en étonnait, car elle avait la réputation d'être dépensière…

— Lord Deverell ?

Il se tourna vers un homme aux cheveux roux, qui se tenait droit comme un militaire.

— Lord Cochrane… Je vous croyais à la tête d'une flotte dans la Baltique.

Le capitaine Thomas Cochrane, fils d'un lord écossais, secoua la tête avec un sourire amer.

— Vu mon impopularité au Parlement, je doute qu'on m'affecte à ce commandement.

— Dommage, regretta sincèrement Holt. Un homme que Napoléon a surnommé « le loup des mers » mérite de commander une flotte.

L'homme sembla touché par ce compliment. Il jeta un coup d'œil anxieux autour de lui.

— Je dois vous parler en privé, dit-il à mi-voix.

— Décidément, c'est la nuit des conversations en tête à tête, grommela Holt. Venez, je connais un salon où nous serons tranquilles.

Cochrane était un tacticien hors pair et un officier courageux. Il ne méritait pas l'humiliation que lui avait infligée la marine de Sa Majesté.

Lorsqu'ils se retrouvèrent dans le salon, Holt indiqua les carafes alignées sur une table.

— Cognac ou porto ?

— Rien, merci, Deverell. J'ai un problème, et je pense que vous pouvez m'aider.

Ç'aurait été manquer de tact que de lui dire qu'il détestait les problèmes, surtout ceux des autres. Holt se versa un cognac.

— J'espère qu'il ne s'est rien passé de grave. Pas de souci avec les femmes ?

Cochrane ignora le ton badin.

— On cherche à me tuer.

Holt haussa les sourcils.

— Vous ne parlez sans doute pas des armées de Napoléon... Est-ce à cause de vos opinions réformatrices ? Si c'est le cas, les parlementaires sont devenus encore plus redoutables qu'autrefois...

— Non. Ce n'est pas la raison. J'ai mis au point une nouvelle arme contre Napoléon. La semaine dernière, on m'a tiré dessus. Hier, une calèche a essayé de me renverser. Ce ne sont pas des coïncidences.

— En avez-vous parlé à quelqu'un ? Qui vous a envoyé vers moi, Cochrane ?

— Je ne peux pas vous le dire. Comme le prince et ses conseillers n'ont pas été intéressés par mon projet, ils ne se préoccupent guère de ma vie. Ce qu'ils veulent, c'est mon silence.

Holt tourna le verre entre ses mains. Le liquide ambré brillait comme de la soie.

— Vous étiez à Aix Roads, il y a trois ans, poursuivit Cochrane. À l'époque, vous avez défendu mon idée.

— Je me souviens… les navires incendiaires.

— Cette fois, j'ai amélioré ma technique en inventant des navires à explosion. Il s'agit de remplir un navire de soufre et de projectiles, d'y mettre le feu et de détruire une flotte ennemie dans un rayon d'un kilomètre. C'est une force destructrice capable de réduire à néant des navires français, même ancrés dans leur port. On pourrait aussi émettre des nuages toxiques. Les ennemis s'enfuiraient pour échapper aux gaz étouffants. Les soldats britanniques pourraient alors accoster sur les plages et occuper des positions stratégiques.

Holt reposa son verre. Cette idée offrait de vastes possibilités, mais la prudence s'imposait.

— Je me souviens de vos premières tentatives…

— Tout se passait bien, jusqu'à ce que cet imbécile d'amiral Gambier me mette des bâtons dans les roues ! Vous n'avez sûrement pas oublié…

— Je me souviens aussi que les Français ont établi un barrage pour arrêter les navires incendiaires.

— J'ai modifié le dessin de mes bateaux. Rien ne pourrait plus protéger l'ennemi. Bon sang, mon idée va révolutionner les méthodes guerrières et nous permettre de vaincre Napoléon !

— Dans ce cas, pourquoi le prince n'est-il pas intéressé ?

Nerveux, Cochrane passa une main dans ses cheveux. Avec ses mèches folles et ses yeux bleus, il faisait plus jeune que ses trente-six ans.

— Ses conseillers sont des imbéciles… Vous connaissez sir William Congreve, ainsi que son fils et le duc d'York. Ils faisaient partie du groupe des *experts*. Nom d'un chien, des experts, eux ! Les seuls qualifiés pour porter un jugement étaient les amiraux, lord Keith et lord Exmouth. Ils ont déclaré que l'idée avait du mérite, mais que ces procédés n'étaient pas conventionnels. Ils ont dit que si l'ennemi obtenait de tels renseignements, il pourrait retourner l'arme contre nous. Il y a de quoi pleurer devant une telle étroitesse d'esprit, alors qu'il suffirait de…

Il inspira profondément, avant de reprendre :

— Mais ce n'est pas la raison de ma visite. Je n'avais pas l'intention de vous en parler. Je suis d'accord avec eux. Si Napoléon l'apprenait, il pourrait l'utiliser contre nous.

— Si les Français ne sont pas au courant, qui essaye de vous tuer ?

— J'aimerais que vous m'aidiez à le découvrir, répliqua gravement Cochrane. Il y a peu d'hommes en qui j'aie confiance. Nous avons combattu ensemble, et vous m'avez défendu quand j'ai été cité devant la cour martiale qui a accusé Gambier, après le désastre d'Aix Roads.

— Je n'ai fait que dire la vérité.

Holt fronça les sourcils. Cette histoire pouvait devenir embarrassante. Si les Français apprenaient qu'il existait de nouvelles méthodes guerrières, ils n'auraient aucun scrupule à les employer contre les Anglais.

— Certaines personnes en Angleterre préféreraient me voir mort, plutôt que de permettre un jour à Bonaparte de fabriquer de nouvelles armes de guerre. Les Français ne demanderaient pas mieux, mais a priori ils ne savent rien.

— Excepté le prince et ses conseillers, qui est au courant de vos recherches ?

— Personne.

— Je ne sais pas très bien comment vous aider, mais je vais mener mon enquête.

Cochrane sembla soulagé.

— Je vous remercie, Deverell.

— Nous devrions éviter de nous voir en public. Le moment venu, je vous préviendrai.

Cochrane quitta la pièce en premier.

Holt se versa un autre cognac, retournant le problème dans sa tête. Il connaissait Cochrane depuis quinze ans. Ils avaient combattu ensemble à Aix Roads. La bataille avait été un fiasco. L'obstination de l'amiral Gambier avait causé la perte de nombreux hommes et de navires.

Cochrane avait partagé la culpabilité de l'amiral, mais il n'avait pas été aussi chanceux lors du verdict. L'humiliation qu'il avait subie avait flétri son image au Parlement. Cela lui avait aussi attiré de nombreux ennemis politiques et retardé sa nomination à un nouveau poste de commandement. Beaucoup de personnes pouvaient avoir une raison d'attenter à sa vie.

La porte s'ouvrit, et Holt se retourna.

— Te voilà ! T'enfuir comme ça, quelle idée !

Lady Winford l'observa un instant.

— Tu ne te sens pas bien ?

— Pourquoi me posez-vous cette question, grand-mère ?

— Tu as disparu si brusquement... Où est Amie ?

— Je n'en sais rien. Inutile de me regarder d'un air soupçonneux. Je ne l'ai pas étranglée.

— Vous étiez ici tous les deux, n'est-ce pas ?

— En effet. Nous avons bavardé quelques minutes.

Elle poussa un soupir.

— Je comptais sur toi pour veiller sur elle, Holt. Lui as-tu fait peur ?

— Elle n'est pas une femme facile à effaroucher. C'est plutôt moi qu'elle effraye.

Lady Winford éclata de rire.

— Elle m'enchante. Toujours désireuse de faire plaisir, avide d'apprendre... Un vrai bonheur. Je ne comprends pas pourquoi tu l'as détestée d'emblée.

— À l'époque, j'ai cru qu'elle était une intruse, grand-mère. Et elle n'a rien dit pour m'en dissuader.

— Es-tu toujours opposé à sa présence ici ? demanda la vieille dame, la tête inclinée sur le côté comme un oiseau curieux.

— Je n'ai pas dit ça.

— Mais tu le penses. Décidément, tu ressembles à ton père, Holt. Tu as des préjugés tenaces… Mais ce n'est pas le moment d'en discuter. Il y a beaucoup de personnes qui veulent te voir. Tu es devenu quelqu'un de fascinant depuis tes exploits à Salamanque. Est-ce vrai que tu as conquis une position stratégique des Français ?

— Je n'étais pas seul, répliqua-t-il en souriant.

Il se laissa mener vers la porte. Posée sur son bras, la main de sa grand-mère lui paraissait fragile. Des veines bleues la parcouraient, et pourtant la vieille dame semblait animée d'une énergie nouvelle.

Elle le guida parmi les invités, s'arrêtant pour les présentations, toujours gracieuse, jouant la parfaite dame du monde. Elle était à la fois capricieuse comme une enfant avec ses œuvres de charité ridicules, et majestueuse comme une grande aristocrate.

Elle lui avait manqué.

Elle était la dernière survivante d'une famille qui avait un malheureux penchant pour la ruine et la malédiction…

Des milliers de chandelles éclairaient la salle de bal. Les bijoux scintillaient sur les gorges opulentes, alors que ces dames évoluaient tels des oiseaux des Tropiques dans leurs robes de satin.

Les murs avaient été tendus de soie, des guirlandes de fleurs dégageaient un parfum sucré qui se mêlait aux arômes du dîner et aux senteurs exotiques.

Il lutta contre son impatience alors que sa

grand-mère discutait avec la présidente d'une œuvre de bienfaisance. Mlle Courtland semblait avoir disparu… Incroyable ! La plupart des jeunes filles en auraient profité au maximum, jetant leur dévolu sur l'homme le plus titré de la soirée pour se faire épouser.

Visiblement, sa grand-mère cherchait à les rapprocher tous les deux, mais il n'avait pas l'intention de coopérer. Et si Mlle Courtland espérait entrer dans ses bonnes grâces, elle s'y prenait mal.

Il avait le sentiment désagréable qu'elle ne l'appréciait pas. Certes, il en avait assez de l'adulation qu'on portait aux héros comme lui, mais la jeune fille semblait percer son vernis, elle semblait comprendre que tout cela n'était qu'une sanglante mascarade.

Au lieu de l'admirer, ses yeux verts avaient déchiré la façade impénétrable et l'avaient laissé, un court instant, vulnérable. Ce n'était pas une sensation qu'il aimait.

— Deverell, tu connais lord Exmouth, bien sûr ?

Il croisa le regard froid de l'homme dont lui avait parlé Cochrane, lors de leur entretien.

— Bien entendu, fit-il.

— L'Angleterre a de la chance de voir revenir un aussi grand héros, déclara Exmouth, mais ses yeux restaient glacés.

— Ce n'est guère héroïque de survivre, alors que tant d'autres sont morts. Plutôt une question de chance. Un boulet de canon qui explose à bâbord pendant qu'on se trouve à tribord.

— Quelle modestie ! On raconte que vous vous êtes battu comme un beau diable lors des corps à corps. Le général Wellesley a demandé qu'on vous décore. Mais je ne vous ai pas vu, aux cérémonies de Whitehall...

— Je regrette, j'avais un autre engagement.

— Un engagement plus important que de recevoir les félicitations de votre pays ? J'admire votre audace, Deverell. Dites-moi, avez-vous l'intention d'accepter le commandement d'une flotte contre les forces américaines, ou allez-vous rester à Londres pour d'autres... engagements ?

— Pour l'instant, je prends du repos, lord Exmouth. Je dois veiller à mes affaires personnelles, ayant été absent si longtemps, rétorqua-t-il, agacé par cette critique implicite. On m'a appris que la frégate américaine *Constitution* a détruit l'un de nos vaisseaux, le mois dernier. Les corsaires américains pullulent dans l'Atlantique, et ils ont arraisonné des dizaines de navires anglais. Ne devriez-vous pas vous en inquiéter, maintenant que Napoléon est occupé à envahir la Russie ?

Exmouth, qui venait juste d'être nommé à la tête de la commission chargée d'éliminer la menace américaine, haussa les épaules. Il se tourna vers lady Winford :

— Ce fut un plaisir de vous revoir, madame. Je dois malheureusement vous quitter car, ainsi que l'a rappelé votre petit-fils, j'ai beaucoup à faire. Je n'ai pas le temps de pouvoir me distraire sur la piste de danse auprès de jolies femmes, hélas.

Après son départ, lady Winford fit la grimace.

— Vraiment, Holt, tu as l'art de te mettre les gens à dos ! C'est un trait de caractère peu enviable.

— Moi, je trouve ça plutôt pratique.

Lady Winford scrutait la foule.

— Ah, la voilà ! Allons, il est temps que tu fasses ton devoir, c'est beaucoup plus amusant que de discuter avec de vieux lords pompeux... Amie, ma chérie, où étais-tu passée ? Je commençais à m'inquiéter. Même Baxter ne réussissait pas à te trouver. Holt, une autre danse serait la bienvenue. Les gens nous regardent et comme le... Mais où vas-tu ?

Il lui avait suffi de voir l'expression rebelle sur le visage de Mlle Courtland, pour décider qu'il serait mieux accueilli par les carlins !

Il s'inclina devant sa grand-mère.

— Je dois rentrer. Je viendrai bientôt vous rendre visite. Comme Exmouth, je préfère mon travail à des plaisirs discutables.

Il aurait dû être content d'embarrasser Amalie Courtland. Elle était une intruse, une manipulatrice qui cherchait à se servir de sa grand-mère pour gravir les échelons de la société.

Mais alors pourquoi la trouvait-il aussi attirante ? Sa beauté n'avait rien d'extraordinaire. Des cheveux noirs arrangés en boucles grecques à la dernière mode, de grands yeux verts lumineux, une silhouette élancée, mince, avec la grâce des danseuses de ballet... mais tout cela ne l'attirait pas.

Il aurait été incapable de dire ce qui le captivait chez elle, et pourquoi il était furieux qu'elle le prît de haut. Une nouvelle fois, il était à deux doigts de se mettre en colère.

— Deverell, tu ne peux pas partir déjà, protesta sa grand-mère. Sois gentil de m'obéir, et de te rappeler les manières qu'on t'a inculquées quand tu étais petit. Ne fais pas une scène maintenant, s'il te plaît, alors que nous venons de nous réconcilier.

Bien qu'elle se montrât autoritaire, lady Winford n'était pas certaine qu'il se plierait à sa volonté. Comme il pouvait être redoutable, par moments ! Elle avait si bien préparé ce bal. Amie s'était montrée obéissante, même si elle aurait préféré une fête plus discrète. Elle ressemblait tant à sa chère mère… Et voilà que Holt menaçait de tout gâcher, avec son visage austère et son regard implacable. Les gens diraient qu'il avait snobé Mlle Courtland.

Il esquissa un sourire.

— Vous êtes incorrigible, grand-mère. Mlle Courtland ne peut-elle pas danser avec quelqu'un d'autre ? Il y a suffisamment d'hommes convenables pour remplir son carnet de bal…

— Veuillez m'excuser, l'interrompit Amalie, mais je n'aime pas qu'on parle de moi comme si je n'étais qu'une potiche. Marraine, vous savez que mon carnet est rempli. Je dois danser le quadrille avec le colonel Whitworth. Ne vous servez pas de moi pour forcer votre petit-fils à rester parmi nous.

La vieille dame laissa échapper un soupir.

— Tu as mal compris… mais peut-être as-tu

raison. Deverell, je ne veux pas te retenir, si tu as d'autres *engagements.*

Brusquement, Holt offrit sa main à Amie et lui demanda, de manière à la fois courtoise et provocante :

— Mademoiselle, voulez-vous me faire l'honneur de cette danse ?

Lady Winford, soulagée, vit la jeune fille hésiter avant d'accepter sa main. Parfois, c'était une bonne chose d'être soumise à tous les regards. Amalie n'aimait pas Holt, mais un refus serait désastreux, et elle était assez intelligente pour savoir qu'un scandale retomberait sur sa marraine.

Holt avait cédé. C'était un premier pas, se disait Sarah. Il l'ignorait, mais Amalie Courtland était exactement le genre d'épouse qu'il lui fallait.

Il avait besoin d'une femme douce et aimable, mais avec du caractère. Ces dernières années, sa grand-mère avait désespéré de trouver la personne digne de lui. Puis Amalie était arrivée, comme un cadeau du Ciel. Elle était la petite-fille de son amie d'enfance, et était de bonne famille. Après tout, le capitaine Courtland avait été le petit-fils d'un chevalier anglais – ainsi qu'elle l'avait rappelé à lord Silverage quand Anna était tombée amoureuse, mais le vieil homme avait été intransigeant, et la malheureuse Anna était morte dans ce pays barbare qu'on appelait l'Amérique.

Elle était décidée à veiller sur Amalie, comme Anna le lui avait demandé. Hélas, elle ne pouvait s'occuper de son fils, kidnappé par d'affreux pirates. Mais quel meilleur avenir pour Amie que d'épouser Holt ?

Malgré ses airs arrogants, c'était un homme plutôt gentil. Et il était temps pour lui de se marier. À trente-deux ans, il n'était plus si jeune. Par ailleurs, il devait veiller à perpétuer la lignée. Or il fallait une femme déterminée pour lui tenir tête.

Lady Winford les regarda évoluer sur la piste de danse. Elle sourit. Oui, ils formaient un couple parfait.

7

Pour Amalie, ce fut l'humiliation suprême, l'insulte qui couronnait cette odieuse soirée. Et c'était la faute de ce lord qu'on appelait *Devil*, un surnom qui lui allait comme un gant.

Si elle n'avait été aussi attachée à sa marraine, elle aurait refusé cette danse. Mais pour rien au monde elle ne voulait provoquer un scandale qui aurait gêné la vieille dame. C'est pourquoi elle dansait avec Deverell alors qu'elle s'était juré, moins d'une heure auparavant, de ne jamais plus le laisser la toucher. Heureusement, il s'agissait d'un quadrille, elle n'avait pas à supporter ses bras autour d'elle comme lors de la valse.

Elle ne s'était pas encore remise de sa révélation... C'était donc lui, l'homme mystérieux qu'elle voyait en rêve depuis quatre années !

Les pas compliqués de la danse les empêchaient d'avoir une conversation. Elle fut agacée de voir que les autres femmes étaient émoustillées par la présence de son cavalier. Elles lui lançaient des œillades, riaient bêtement et le frôlaient à la première occasion. Quelles sottes !

Contrairement aux autres hommes, que ces simagrées flattaient, Deverell se montrait poli mais distant.

Ils se touchèrent la main, avant de s'écarter à nouveau. « Bien sûr, il a l'habitude des femmes qui se jettent à ses pieds ! » songea-t-elle.

Elle s'aperçut qu'il la scrutait de son regard incisif. Un frisson la parcourut. Elle perdit sa concentration, et trébucha. « Ressaisis-toi ! » se gronda-t-elle. Il ne méritait pas qu'elle pense à lui. Les années l'avaient changé mais, hélas, pas en mieux !

On parlait encore de sa liaison scandaleuse avec la femme d'un marquis – ou était-ce d'un vicomte ? De toute façon, le mari cocu était mort. Certains murmuraient qu'il n'avait pas supporté l'humiliation.

Le quadrille se termina, et elle voulut s'éloigner, sans un mot pour son cavalier. Mais il lui saisit le poignet.

— Ce serait une faute de ma part si je ne vous demandais pas de danser une nouvelle fois avec moi, mademoiselle Courtland. Je crois que vous appréciez les valses…

Il la mettait au défi.

— Vous êtes trop aimable, milord, dit-elle posément alors que son cœur battait la chamade. Mais ce serait une faute de ma part si je ne m'occupais pas de mes autres invités. Si vous voulez bien me lâcher…

— N'avez-vous pas entendu les ordres de ma

grand-mère ? Je dois m'occuper de vous. Peut-être pour éloigner les loups ?

Elle s'approcha d'un pas et murmura, afin qu'il fût le seul à l'entendre :

— Milord, le seul loup présent ce soir, c'est vous. À moins que vous ne vouliez humilier votre grand-mère, lâchez-moi.

Il glissa un bras autour de sa taille, la gardant prisonnière, et commença à tournoyer au son de la valse.

Il était beaucoup trop proche… Elle avait le sentiment d'étouffer. Bien qu'il fût grand, il bougeait avec grâce.

— Vous vous êtes bien débrouillée, mademoiselle. On dirait que ma grand-mère vous mange dans la main… Ne me fusillez pas du regard ! Vous risquez de créer un scandale, alors que vous essayez de vous faire passer pour une lady.

Furieuse, elle lui marcha délibérément sur le pied. Il se contenta de la soulever et de la faire virevolter, comme s'il s'agissait d'un pas de danse.

— Petite vicieuse, murmura-t-il froidement. Vous ne pesez pas assez lourd pour me faire mal.

— Dommage.

Elle déplaça sa main posée sur son épaule et enfonça les ongles dans la peau de sa nuque. Il grogna. Lorsqu'il la relâcha un peu, elle cessa de le griffer.

— Vous êtes teigneuse comme un petit chat, mademoiselle Courtland…

Elle grimaça un sourire.

—Merci, milord… La danse se termine. Vous pouvez me ramener auprès de marraine.

Les couples tournoyaient dans un tourbillon de bijoux, de satin et de soie. Mais ils paraissaient seuls au monde. Entre eux, l'air crépitait comme par une nuit d'orage.

—Vous ne ressemblez pas au héros que vous prétendez être. Mais vous devez le savoir…

Cette fois-ci, il ne la retint pas, et elle se dégagea aussi dignement que possible. Lorsqu'on quittait seule une piste de danse, on risquait de provoquer les médisances, mais elle ne pouvait plus supporter la proximité de cet homme.

Dieu soit loué, sir Alex choisit ce moment pour lui offrir son bras. Amalie eut l'impression de voir apparaître un ange blond, aux yeux gris limpides.

—Sir Alex, comme toujours, vous êtes un chevalier venu à ma rescousse, dit-elle en souriant.

Il la regardait poliment, mais froidement. Elle réprima un soupir.

—J'ai perdu mon cavalier, expliqua-t-elle avec une gaieté forcée. Auriez-vous l'obligeance de me ramener auprès de ma marraine?

—Bien sûr, mademoiselle Courtland.

Il l'escorta avec des manières exquises. Sir Alex était parfaitement bien élevé. Sa réputation n'avait jamais été entachée par le moindre scandale.

Lady Winford les regarda approcher d'un air mécontent.

—Sir Alex, pourrais-je vous demander de

m'apporter une boisson fraîche ? ajouta Amalie. Il fait chaud ce soir.

— Ce sera avec joie, mademoiselle. Et pour vous, madame, un verre de punch ?

Sarah agita son éventail.

— Avec plaisir, sir Alex.

Amalie le suivit des yeux. Si seulement il se décidait à lui faire la cour…

— Où est passé mon impossible petit-fils ?

— Je ne sais pas. Il m'a abandonnée sur la piste de danse.

— Cela lui ressemble bien, grommela la vieille dame en agitant plus fort son éventail.

— Je trouve son attitude très agaçante, marraine. Pardonnez-moi, mais je crois que je ferais mieux de l'éviter. Je pense qu'il préférerait vous voir en mon absence. Lorsque nous sommes ensemble, nous ne cessons de nous provoquer, alors que vous souhaiteriez que nous soyons amis.

— C'est vrai, admit lady Winford. Mais on n'obtient pas ce qu'on veut dans la vie sans quelques contrariétés… Ah, voici le cher sir Alex avec nos rafraîchissements. Un jeune homme séduisant, mais qui manque de caractère, tu ne trouves pas ? Il suffit de regarder son visage.

Malgré elle, Amalie repensa au visage inflexible de lord Deverell.

— Merci, dit-elle en acceptant le verre de punch. J'espère que vous vous amusez ce soir, sir Alex.

— Absolument.

Il sortit une boîte à priser de sa poche et offrit

une pincée de tabac aux deux dames, qui refusèrent poliment. Amalie reconnut l'odeur d'un tabac à la fois fort et subtil.

— Notre chère Amie vient de Virginie où pousse ce tabac, n'est-ce pas ? déclara lady Winford.

— C'est vrai.

— C'est un mélange de mon invention, expliqua sir Alex. Il provient d'une nouvelle cargaison. Personne ne connaît l'ingrédient secret que j'y ajoute.

— Du gingembre, devina lady Winford.

Un instant, sir Alex la regarda fixement, avant de renifler une pincée de tabac. Il éternua et referma la petite boîte avec un claquement sec.

— Vous êtes astucieuse, lady Winford. C'est en effet l'un des ingrédients, mais il y en a d'autres.

— Ah, j'ai raison ! s'exclama la vieille dame. Dites-moi, cher ami, comment se porte votre père ? On le voit peu, ces temps-ci.

— Il préfère la campagne. Depuis le décès de ma mère, il reste dans le Kent. C'était l'endroit qu'elle préférait, vous comprenez.

— Et votre frère ? Comment va-t-il ?

Amalie laissa ses pensées vagabonder. Le punch avait un goût acide, ce qui n'était guère surprenant : à cause de l'embargo, les fruits disponibles étaient souvent trop mûrs ou trop verts.

Maintenant que l'Amérique avait déclaré la guerre à l'Angleterre, de nombreuses marchandises étaient impossibles à obtenir ou de mauvaise qualité. Certains biens atteignaient des sommes astronomiques, et la contrebande faisait flamber les prix.

— Vous disiez que votre tabac venait d'une nouvelle cargaison, dit-elle soudain. Je croyais qu'on avait imposé un blocus.

— Bien sûr, mais j'ai de bons contacts, et l'on peut obtenir des petites quantités de tabac.

Ses yeux gris semblaient méfiants, bien qu'il continuât à sourire.

— Vraiment, ma chère Amie, tu n'es pas patriote au point de penser qu'il faille souffrir inutilement ? s'amusa sa marraine.

— Non, mais renoncer au tabac ne doit pas être un sacrifice si pénible.

Elle se mordit la langue, s'apercevant qu'elle venait de traiter sir Alex de mauvais patriote.

Celui-ci ne tarda pas à s'excuser. En le regardant s'éloigner, Amalie maudit sa franchise.

— Oh, voilà don Carlos ! s'écria sa marraine. Je dois absolument te le présenter…

Don Carlos de la Reine était un Espagnol, attentif et charmant. Bien qu'il ne fût plus très jeune, il avait des yeux sombres magnifiques et un visage séduisant.

— Vous êtes très belle, *señorita* Courtland. Je vous admire depuis le début de la soirée.

— Vous êtes trop bon, monsieur, murmura-t-elle.

— Je ne suis pas bon ! *Soy honesto sobre su belleza*… Je ne dis que la vérité concernant votre beauté, exquise demoiselle. Mais on dirait que je vous gêne ? Les Anglais sont plus réservés, n'est-ce pas ?

Elle se sentait rougir.

— En effet, admit-elle.

— Ah, ces Anglais… Ils sont très polis, mais ils rechignent à dire les choses telles qu'elles sont.

Sa main glissa sur son dos, et il la guida vers la piste de danse.

— Que pensez-vous de l'Angleterre quand vous la comparez à votre pays ? demanda-t-elle.

Ses yeux s'illuminèrent. Il parla avec passion de la beauté de son pays, des maisons, des vignobles, des collines que la guerre détruisait. Lorsque la musique s'interrompit, il l'escorta jusqu'au balcon.

— Mais je vous ennuie…

— Pas du tout, don Carlos ! J'ai toujours eu envie de visiter l'Espagne. Peut-être quand cette affreuse guerre sera finie…

— Mais si Napoléon n'avait pas envahi l'Espagne, je ne vous aurais pas rencontrée ! C'est merveilleux de rencontrer une jeune femme capable de comprendre la solitude qu'éprouve un exilé.

De son côté, Amalie appréciait qu'un homme lui parlât comme si elle était un être doué d'intelligence, et non avec condescendance comme Deverell ou sir Alex. Pourtant, en dépit des compliments de don Carlos, elle avait hâte que la nuit se termine…

Il était très tard lorsqu'elle retrouva enfin l'intimité de sa chambre.

Pieds nus, pensive, elle regarda le jardin par la fenêtre. On entendait les jappements des carlins que sa marraine appelait pour qu'ils rentrent se coucher.

Un grand cœur, une nature affectueuse et une excentricité sympathique définissaient lady Winford. Amalie avait de la chance d'être auprès d'elle, mais le retour de Deverell compliquait les choses. Il n'avait pas caché qu'il se méfiait d'elle et ne l'appréciait pas.

Et voilà qu'elle s'était brouillée avec sir Alex, le seul homme qu'elle trouvât intéressant. Excepté peut-être don Carlos.

Heureusement, son anniversaire était passé !

Elle ferait mieux de penser sérieusement à son avenir, même si sa marraine l'assurait qu'elle ne manquerait jamais de rien. Dans la vie, rien n'est jamais garanti. Cette leçon, elle l'avait apprise à ses dépens…

À cause de ce diabolique Deverell, elle risquait de se retrouver à la rue sans un sou, s'il arrivait malheur à sa chère marraine.

8

— Où est passée notre charmante Amie ?

Lady Winford entra dans le salon, vêtue d'une robe de chambre en brocart, un carlin sous le bras. Un petit jet d'urine se répandit sur la robe et forma une flaque à ses pieds.

Holt leva les yeux au ciel.

— Votre carlin vient de se soulager, madame, grommela-t-il. Dois-je demander à Lucy de venir nettoyer ?

— La pauvre chérie… elle est enceinte, tu sais.

Holt sursauta.

— Pardon ?

— Ne prends pas cet air outré, Holt. C'est un mot parfaitement digne d'être prononcé en privé.

Il regarda la chienne, qui gigotait dans les bras de sa maîtresse.

— Je présume que vous parlez de cet animal, grand-mère ?

— Bien sûr. À qui pensais-tu que je faisais allusion ? Cette pauvre Sophy… elle va mettre bas. Elle urine partout et elle semble tellement anxieuse. N'est-ce pas ?

— Je ne suis guère qualifié pour juger de son état.

— Les chiens ne sont guère différents des chevaux que tu possèdes à la campagne. Tu ne la trouves pas nerveuse ?

À contrecœur, il examina l'animal. Ses yeux semblaient exorbités, mais c'était toujours le cas chez les carlins. La truffe noire était sèche, et les babines retroussées lui donnaient un drôle d'air. Elle haletait, sa langue rouge pendant sur le côté. Il lui caressa le ventre. La chienne gémit.

— Je suis sûre qu'elle souffre ! s'exclama sa grand-mère.

— C'est possible. Faites venir le palefrenier, il connaît les animaux.

— C'est son jour de congé, et j'ai envoyé Trent au marché pour le révérend Botkin. Il fait beaucoup trop froid pour que le malheureux sorte. Il est malade, tu sais ?

— Non, je l'ignorais, dit Holt en rendant la chienne à sa grand-mère avec une grimace, car une tache sombre s'étendait désormais sur son gilet. Je ne connais pas le révérend Botkin.

— Bien sûr que si ! C'est lui qui… Oh, peu importe ! Il faut faire quelque chose pour Sophy, Holt.

— Bon sang, mais que voulez-vous que je fasse ?

— Tu devrais savoir quoi faire ! Tu possèdes des chevaux, des chiens de chasse…

— Ils sont beaucoup plus gros que ces touffes de poils. Je suis habillé pour aller à l'opéra, pas pour soigner ces vilaines petites bêtes. Je vous rappelle que vous étiez censée m'accompagner…

Mais comme sa grand-mère le suppliait du regard et que la chienne gémissait de plus belle, il gagna la cuisine. Il posa l'animal dans un panier, alors que lady Winford papillonnait autour de lui.

— Grand-mère, ça ne sert à rien de vous agiter. Où sont Lucy et Baxter ?

— Lucy s'évanouit dans ce genre de situation, la petite sotte. Et Baxter ne vaut guère mieux… Mon Dieu, pourquoi ai-je donné sa journée à Johnny, le palefrenier ? La cuisinière est chez sa sœur, Trent est sorti…

— Vous avez davantage que cinq domestiques, grand-mère. Où diable sont passés les autres ?

Elle releva le menton d'un air de défi.

— Je les ai congédiés. Je dois faire attention à mon argent.

Stupéfait, il la dévisagea.

— Bon sang, si vous aviez utilisé l'argent déposé pour vous chez mon notaire…

— Pas question ! Je n'accepte pas d'argent d'hommes en colère contre moi, même s'il s'agit de mon petit-fils.

Il soupira.

— Vous devriez vous inspirer de Mlle Courtland. Elle ignore ce genre de scrupules.

— Qu'est-ce que tu entends par là, Holt ?

— Rien… Je crois que le premier chiot arrive.

La chienne poussa un jappement, et un chiot glissa sur la couverture. Il resta parfaitement immobile. Sophy considéra la petite forme inerte et se dressa péniblement sur ses pattes.

— Idiote ! l'admonesta Holt. Il faut mordre le cordon.

Mais Sophy était trop pressée de regagner les bras rassurants de sa maîtresse. Holt trancha le cordon ombilical avec un couteau de cuisine. Il frotta le corps inanimé du chiot avec un linge. Une si petite créature... Il frotta plus fort, encourageant l'animal à vivre. Enfin, il vit bouger une petite patte.

— Tiens, c'est à ton tour, fit-il en l'approchant de la chienne.

— Mon Dieu, Holt, je crois qu'il est mort...

— Il a besoin de sa mère. Reposez Sophy dans le panier.

Il frotta le chiot jusqu'à ce que Sophy montre de l'intérêt. Elle le renifla, puis commença à le lécher. Enfin, le petit se mit à s'agiter.

— Tout va bien, marraine. Sophy sait maintenant ce qu'il faut faire, murmura une voix douce. Il faut rester calme, pour ne pas la perturber.

Holt se retourna. Amalie entourait d'un bras affectueux les épaules de la vieille dame. Puis elle retroussa les manches en dentelle de sa robe de chambre.

— Je vais chercher un autre panier pour les chiots. Quand ils seront tous nés, nous les remettrons avec Sophy.

Lorsque le chiot fut propre, ils le placèrent

dans le deuxième panier, pendant que Sophy accouchait du second. Holt n'eut pas besoin d'intervenir, cette fois.

Il échangea un long regard avec Amalie.

— Je vais préparer du thé en attendant le prochain, dit-elle. Prendrez-vous du thé, milord ?

— J'aurais préféré un cognac, mais je m'en contenterai.

Amalie sortit les tasses et la théière, arrangea le plateau avec des gestes calmes et assurés. Quand elle eut versé l'eau chaude, elle lui tendit une tasse. Il frôla délibérément sa main.

Elle rougit et s'assit à côté de sa marraine. Ils attendirent en silence.

En une heure, quatre chiots vinrent au monde. Lady Winford était aux anges.

Agenouillé sur le carrelage froid de la cuisine, Holt put enfin se redresser. Ses vêtements étaient couverts de taches.

Amalie se leva en souriant.

— Vous avez des talents cachés, milord.

— On dirait, en effet.

— Tenez, dit-elle en lui tendant un linge humide. Vos habits sont souillés. Je vais vous aider.

Il lui permit d'essuyer les taches sur son gilet. Des effluves exotiques et sensuels parfumaient ses cheveux.

Il trouvait agréable de sentir ses mains sur son torse, même si les gestes étaient parfaitement innocents. Il songea qu'il n'avait pas connu charnellement une femme depuis une éternité.

Comme si elle avait deviné ses pensées, elle s'interrompit et lui tendit le linge.

Il lui prit la main. Affolée, elle s'aperçut que sa marraine les avait quittés. Ils étaient seuls.

— Milord... murmura-t-elle.

Sans résister, elle le laissa embrasser sa bouche, sa joue, son cou. Il l'attira à lui, une main dans le creux de son dos.

C'était une vraie torture de la sentir pressée contre lui, de l'entendre respirer par à-coups. Quand il souffla sur son oreille, elle tressaillit.

La cuisine s'était assombrie. La seule lumière provenait du feu et d'une lampe. Les hautes fenêtres s'ouvraient sur le crépuscule du mois de décembre.

Elle se libéra et prit une carafe posée sur une desserte.

— Un peu de sherry, milord ?

— Sec ou doux ?

— Doux, je le crains. La cuisinière s'en sert pour les sauces.

— Dans ce cas, je préfère m'abstenir.

Il posa le linge sur la table pendant qu'Amalie versait un petit verre.

— C'est pour marraine, elle aime prendre un verre avec son dîner.

— Qui se chargera de son repas, puisque la cuisinière est sortie ?

— C'est toujours moi qui m'en occupe, dans ces cas-là.

— Je n'ai pas prêté attention aux détails d'organisation de la maison.

— En effet…

Il la regarda trancher du pain et préparer une assiette de viande froide.

Une conversation anodine, des détails sans importance… Alors que son corps était embrasé de désir.

Maudite soit-elle ! songea-t-il. Elle avait réussi à émousser sa méfiance. Ces deux derniers mois, à contrecœur, il avait peu à peu admis sa présence auprès de sa grand-mère.

— Cela fait quel effet, d'être un héros ?

— Ce n'est pas toujours très agréable, répliqua-t-il sèchement.

— Moi aussi, je ressens parfois la même chose. Je veux dire, je n'ai rien d'une héroïne, bien sûr, mais les gens ont des opinions injustes sur moi. Maintenant que l'Angleterre et l'Amérique sont en guerre, c'est pire. Je suis devenue une ennemie.

— L'héroïsme est souvent une question de chance. Il suffit d'être éloigné de quelques pas de l'endroit où explose le boulet de canon.

— Je comprends…

Elle posa du fromage sur le plateau, ses longs cheveux éparpillés sur ses épaules.

Agacé de jouer au galant homme, il lui prit la main et en baisa la paume, puis le poignet. C'était un geste de séducteur, répété des centaines de fois dans des salles de bal et des chambres à coucher. La petite main tremblait dans la sienne.

Comme c'était facile de faire succomber Amalie Courtland ! Facile de poser la main sur sa nuque, de l'attirer à lui.

Il l'embrassa à nouveau, et elle ne protesta pas.

Le baiser n'était pas doux comme le précédent, mais impérieux. Il s'aperçut qu'elle ne portait presque rien sous sa robe de chambre. Il la renversa légèrement vers l'arrière, contre la table de cuisine.

Il perçut une légère réticence, mais la plupart des femmes se sentaient obligées de protester. D'une main, il soupesa son sein, effleura le mamelon.

Brusquement, elle se débattit et il dut la relâcher à regret. Elle recula, le regard affolé.

Il réalisa soudain qu'il avait été aveuglé par son désir, qu'il se trouvait dans la cuisine de sa grand-mère, à deux doigts de commettre l'irréparable.

— Je ne suis pas à la recherche d'une aventure romantique, mademoiselle Courtland. Alors, à moins de vouloir vous retrouver dans mon lit, gardez vos distances.

— Cherchez-vous à m'effrayer, milord ? rétorqua-t-elle, furieuse. Ou voulez-vous seulement me prouver que vous êtes un grossier personnage ?

— Les femmes que je fréquente souhaitent davantage que quelques baisers. Nous ne perdons pas notre temps à flirter. Si vous êtes intelligente, vous oublierez ce qui vient de se passer. Trouvez-vous un amoureux ailleurs, mademoiselle.

Le visage d'Amalie s'empourpra de colère et de honte.

« Je pourrais lui dire que je lui rends un fier service en la repoussant, songea-t-il. Mais cette leçon-là, elle devra l'apprendre toute seule. »

9

Les vents de janvier fouettaient les maisons, la neige recouvrait les arbres dénudés, et le froid enveloppait les passants. Amalie descendit de la calèche de lady Winford, luttant avec les nombreux paquets de sa marraine. Elle sourit d'un air soulagé lorsque Baxter leur ouvrit la porte.

Lady Winford se pencha vers les carlins qui se précipitaient pour l'accueillir, leurs ongles cliquetant sur le carrelage, jappant à tue-tête. Prudente, Amalie les évita. Plus d'une fois, emportés par leur enthousiasme, les petits chiens avaient failli la renverser.

Alors qu'Amalie retirait sa pelisse, Lucy apparut, le visage empourpré.

— Le thé est servi dans le salon, mademoiselle.

— Tiens ! Aurions-nous un invité ?

La jeune servante lui jeta un regard lourd de sens. Amalie se retourna. Dans l'embrasure de la porte, Deverell, les bras nonchalamment croisés, esquissait un sourire moqueur.

— Encore des courses ! J'espère que l'argent est dépensé à bon escient.

— C'est sûrement quelque chose qui vous est étranger, rétorqua-t-elle. Ma migraine est revenue, marraine. Je regrette, mais je ne peux me joindre à vous pour le thé. Veuillez m'excuser.

— Pas question, mademoiselle Courtland ! dit Deverell en s'avançant pour lui prendre le bras. Votre absence nous manquerait trop. Je commence à penser que vous avez une petite santé. À chacune de mes visites, vous êtes souffrante. Essayez-vous de m'éviter ?

— Pourquoi pensez-vous une chose pareille, milord ?

Ses yeux bleu nuit la dévisageaient sous leurs longs cils noirs. Après la scène dans la cuisine, elle avait érigé entre eux une barrière fragile.

« Je suis folle de penser qu'il pourrait un jour être à moi, se disait-elle, mais personne ne me fascine autant que lui… »

— Séparez-vous quelques instants de vos affreux petits chiens, grand-mère. J'ai des nouvelles qui vont vous intéresser toutes les deux.

— Merveilleux ! s'exclama lady Winford en donnant un carlin à Baxter. Amie, ma chérie, allons prendre le thé.

Avec un soupir résigné, Amalie les suivit. Le feu distillait une chaleur réconfortante. Avec ses tapis moelleux, ses chenets dorés, et les tasses en porcelaine posées sur le plateau d'argent, le salon était accueillant.

Deverell s'approcha de la cheminée. Il portait la tenue d'équitation du parfait gentleman :

bottes noires cirées, redingote bordeaux ajustée aux épaules, et pantalons en peau beige qui soulignaient ses longues cuisses musclées.

Comme d'habitude, Amalie ressentait une étrange excitation. Pourquoi se sentait-elle toujours aussi maladroite en sa présence ? Même lorsqu'il ne s'occupait pas d'elle – comme en ce moment, où il répondait aux questions de sa grand-mère sur Napoléon et la campagne de Russie –, elle était tendue.

— Maintenant que l'embargo de la Russie vis-à-vis de l'Angleterre est levé, la guerre avec l'Amérique se renforce. Il n'est pas très facile d'obtenir des informations.

Amalie prit une gorgée de thé.

— Le président Madison a été réélu, dit-elle.

— Absolument, mademoiselle Courtland. Ils ne déposeront pas facilement les armes, j'en suis certain.

— Ils ne les déposeront peut-être pas du tout, milord.

Elle ne cilla pas, le mettant au défi de dire du mal de son pays. Les rares fois où elle acceptait de le voir, elle se laissait entraîner dans ce genre de conversation politique. Lui dénigrait l'Amérique pour la provoquer, tandis qu'elle défendait son pays natal, sans pour autant critiquer son pays d'adoption.

— Nous verrons bien, fit-il en arquant un sourcil. Maintenant que le Parlement a décrété un blocus des baies de Chesapeake et Delaware, les troupes américaines vont connaître quelques difficultés. Tout comme les pirates... Ce qui m'amène à la raison de ma visite. À cause de la guerre des deux côtés de l'Atlantique, il a été très difficile de retrouver la trace de votre frère, mademoiselle Courtland.

Le sang quitta brusquement son visage. Malgré la chaleur du feu, elle se sentit glacée.

— Dois-je comprendre que vous avez eu enfin de ses nouvelles ?

— Dans une affaire comme celle-ci, les sources ne sont pas toujours fiables. Mais, depuis mon retour à Londres, j'ai fait de mon mieux pour savoir ce qui était arrivé à votre frère.

Elle serra les poings sur son giron, faisant un effort pour garder une voix calme.

— Je vous en prie, milord, ne me laissez pas plus longtemps dans l'ignorance. Si vous avez des nouvelles de Christian, dites-le-moi.

— Selon mes sources, les hommes du *Success* qui avaient été enrôlés de force par les pirates ont été pendus à la Jamaïque il y a deux ans. Une erreur regrettable de la part des autorités, mais les pirates capturés prétendent toujours l'être devenus contre leur gré. Ainsi, les jugements sont le plus souvent expéditifs… Je suis vraiment désolé de vous apprendre cette triste nouvelle, mademoiselle Courtland.

Elle était bouleversée, et même la sincérité de Holt ne soulagea pas sa détresse. Silencieuse, tout entière abandonnée à sa tristesse, elle contempla les flammes. Des larmes lui piquaient les yeux, alors qu'elle n'avait pas pleuré depuis des années.

Brusquement, les larmes coulèrent, sans qu'elle

cherchât à les retenir. Elle n'écouta pas les murmures de sympathie de sa marraine qui s'agitait autour d'elle.

— Il lui faut du lait chaud avec du cognac, et au lit ! ordonna la vieille dame. Quel choc ! Enfin, Holt, n'aurais-tu pas pu trouver un moyen plus subtil pour annoncer cette tragédie ?

— Grand-mère, il n'y a aucun moyen subtil pour annoncer de mauvaises nouvelles.

Il tira deux fois sur le cordon pour appeler Lucy. Il avait songé à envoyer le notaire avec la nouvelle, mais il avait changé d'avis.

Au moins, la jeune fille ne s'était pas évanouie, et elle avait évité la crise d'hystérie. Curieusement, cette profonde détresse était d'autant plus bouleversante.

Il ressentait l'étrange besoin de la réconforter, et s'en irritait. Il se montrerait maladroit.

Sachant qu'il ne faisait que gêner, dans des moments délicats comme celui-ci, il quitta la maison.

Dehors, un mouvement furtif attira son attention. Une ombre disparut au coin d'un immeuble. Ce n'était guère surprenant qu'il fût suivi : on devait être au courant de l'enquête qu'il menait pour Cochrane. Il n'avait pas encore trouvé de réponses satisfaisantes.

Il n'était certain que d'une chose : quelqu'un voulait éliminer Cochrane. La dernière tentative, un verre de vin empoisonné, avait failli réussir. Visiblement, ces gens cherchaient à mettre la main sur la nouvelle arme, et ils étaient prêts à tuer pour l'obtenir.

— Votre cheval, milord, dit le palefrenier en frissonnant dans le vent froid. Il est un peu nerveux, ce matin.

— En effet, Johnny. Il a besoin de se défouler.

Le cheval bai souffla bruyamment, faisant claquer ses fers sur les pavés. Holt monta avec l'agilité d'un excellent cavalier. Il lui restait encore un peu de temps avant de retrouver Stanfill. Il décida d'aller détendre l'animal.

Hyde Park était presque désert. Quelques oiseaux s'agitaient dans les branches nues des arbres, et un écureuil fouillait les feuilles mortes. Même la Tamise avait presque gelé, et les journées devenaient de plus en plus froides.

Il choisit un chemin légèrement en pente pour laisser la bride sur le cou à son cheval. Le vent piquait ses poumons telles des aiguilles. Les sabots de l'animal, lancé au grand galop, volaient au-dessus du sol. Leurs souffles restaient suspendus comme de la vapeur.

Cette chevauchée lui fit du bien. Ses pensées devinrent plus claires : pour le moment, Cochrane était en sécurité dans une maison près de Londres, où il pouvait se consacrer à ses travaux. Les secrets de sa nouvelle arme n'étaient connus que de lui seul. S'il était fait prisonnier par les Français, et forcé de divulguer la formule qu'il avait mise au point, il pourrait être responsable de l'anéantissement de l'Angleterre.

Le prince et ses conseillers avaient eu tort de refuser d'utiliser cette nouvelle arme, bien que Holt comprît leurs réticences. Cela aurait été risqué et, maintenant que Napoléon revenait battu de Russie, probablement inutile.

Il ralentit son cheval et se pencha en avant pour tapoter l'encolure. Il y eut un léger bruit, puis il sentit une brûlure sur sa joue. Effrayé, l'animal se cabra. Il eut toutes les peines du monde à le calmer. Un liquide tiède coulait sur sa joue. En l'essuyant avec une main, il s'étonna de voir du sang.

Il regarda autour de lui. Personne.

Un soldat avait l'habitude d'être pris pour cible, mais c'était plus surprenant en plein Hyde Park !

D'anciens ennemis, peut-être ? Ce ne serait guère étonnant. Ses années au service de Sa Majesté lui avaient attiré bien des inimitiés…

Lorsqu'il retrouva Stanfill une heure plus tard au White's, son ami s'alarma :

— Bon sang, Dev, cette histoire devient dangereuse. Maintenant, des gens s'en prennent aussi à toi, et pas seulement à Cochrane. As-tu une idée du responsable ?

— J'ai des soupçons, mais hélas, pas de preuves… Que sais-tu de don Carlos de la Reine ?

— Le comte espagnol ?… Il a fui son pays à cause de Napoléon, mais maintenant que le Français a abandonné Salamanque, il essaye de convaincre des membres du Parlement de lui rendre ses terres.

— L'Espagne n'est pas encore un pays sûr. La menace française est toujours réelle.

Fronçant les sourcils, Holt effleura la trace que la balle avait laissée sur sa joue. Il avait eu tort de relâcher sa vigilance. Cette erreur aurait pu lui coûter la vie.

— Je sais aussi que don Carlos fréquente Beacon House. Il fait discrètement la cour à Mlle Courtland…

Deverell repensa à l'ombre mystérieuse qu'il avait aperçue en quittant la demeure de sa grand-mère.

— Curieux que personne ne l'ait mentionné. J'entends parler tout le temps de carlins et de pasteurs, mais pas un mot concernant don Carlos.

— La jeune femme a eu beaucoup de succès, pendant la saison. On a pensé qu'elle allait se fiancer avec lord Tunbridge, qui était fou d'elle. Il y a eu un léger parfum de scandale, mais les gens sont toujours prêts à voir le mal partout. La généreuse lady Sefton a sauvé la situation en l'invitant à Almacks.

— Elle est particulièrement gentille.

— Et maintenant on réclame à nouveau la chère Mlle Courtland. Ta bienveillance envers elle laisse espérer qu'elle aura une dot, d'autant que sa marraine est aussi ta grand-mère.

Cette pensée lui avait également effleuré l'esprit. Il était grand temps que Mlle Courtland se trouve un mari… ou un autre bienfaiteur, songea Holt.

10

Amalie descendait l'escalier. Les ombres de la nuit étaient repoussées par la lumière vacillante de sa bougie. Il faisait froid. Ses pieds nus frémirent sur le sol glacé alors qu'elle se dirigeait vers la bibliothèque.

Alignés sur leurs rayonnages, de nombreux livres reliés de cuir n'avaient pas été ouverts depuis des années. Lady Winford les conservait pieusement car son premier mari les avait appréciés. Parfois, Amalie se demandait ce que son deuxième époux, lord Winford, avait pensé de ces souvenirs qui rappelaient son prédécesseur.

Un silence profond enveloppait la maison. Tous les carlins se trouvaient avec leur maîtresse, allongés sur son lit ou éparpillés dans sa chambre. La demi-douzaine de chats préféraient des paniers dans la cuisine chaleureuse, ou des recoins confortables dans les écuries.

En dépit de la boisson alcoolisée qu'on lui avait offerte avant de se coucher, elle s'était réveillée. Rien ne pouvait atténuer sa douleur. Même si elle s'y attendait, la confirmation de la mort de Christian l'avait bouleversée, anéantie. Pour ne plus y penser, elle avait décidé de trouver du réconfort parmi les pages d'un livre…

Elle posa la bougie sur une table et se tourna pour examiner les nombreuses étagères. Deux échelles en bois permettaient d'accéder aux rayonnages les plus élevés. Des rideaux de velours encadraient les fenêtres à petits carreaux.

Elle frissonna. Les ombres dansaient sur les murs, vaguement menaçantes. On entendait le tic-tac de la pendule, et le vent gémissait dans la nuit noire, un ululement sinistre qui faisait écho à son chagrin.

Brusquement, elle tomba à genoux. La mousseline blanche s'évasa en corolle autour d'elle, formant une tache claire sur le tapis rouge et vert. Ses cheveux dénoués ruisselèrent sur ses épaules. Le visage entre les mains, elle ne put contenir la vague de douleur qui l'envahissait. Jamais elle ne s'était sentie plus abandonnée. La nouvelle de la mort de Christian lui rappelait cruellement qu'elle était le seul membre de sa famille à avoir survécu. Elle seule pouvait se rappeler d'eux. Mais, lorsqu'elle ne serait plus, qui penserait à elle ? Personne. Si la vie suivait son cours logique, elle survivrait longtemps à lady Winford, l'unique personne qui se préoccupait vraiment d'elle.

Dans la bibliothèque sombre et déserte, elle imagina les longues années de solitude qui l'attendaient, et pour la première fois elle ne décela aucune lueur d'espoir. Une chape de glace se referma sur son cœur. Elle resta ainsi longtemps, agenouillée sur l'épais tapis, le regard perdu dans le vide. Elle ne ressentait rien, excepté la plus profonde souffrance.

— « Belle dame, pourquoi êtes-vous préoccupée ? »

Les paroles étaient murmurées, douces, presque intimes...

Elle leva la tête, sa vision troublée par le cognac et la tristesse, et reconnut la haute silhouette.

— « Parce que la vie est si triste, mon seigneur... », répondit-elle en citant le même poème.

Sa présence ne l'étonnait pas. Il était venu quelques heures auparavant, porteur d'une triste nouvelle, et voilà qu'il était de retour, tel un ange de la nuit qui l'appelait « belle dame », et lui demandait pourquoi elle était malheureuse, alors qu'il le savait.

— L'éducation de grand-mère a été complète, je vois, dit-il en s'agenouillant près d'elle.

Il sentait le froid du dehors. Des flocons parsemaient son manteau sombre. Il lui effleura la joue.

— Vous êtes triste... et vous êtes glacée. Je vais faire un feu, d'accord ?

Elle ne répondit pas. Il frotta une allumette. Bientôt, l'odeur familière du bois se répandit dans la pièce.

Il retira son manteau, puis il la prit par le bras et l'obligea à se relever.

Ankylosée d'être restée si longtemps à genoux, elle s'assit sur le canapé. Il posa une couverture sur ses jambes. Pourtant, elle continuait à frissonner. Les secousses qui la parcouraient étaient si fortes que le petit canapé tremblait.

Deverell secoua la tête.

— Pieds nus en janvier... grommela-t-il. Du suicide... Non, ne résistez pas. On dirait des blocs de glace.

Ces remarques la ramenèrent dans le monde des vivants. Elle le regarda prendre son pied droit entre ses mains et le frotter doucement, ignorant ses légers gémissements, car la douleur remontait le long de ses jambes. Il fit de même avec l'autre, le frottant pour faire circuler le sang.

Comme il tournait le dos au feu, elle ne le voyait qu'à contre-jour, son visage dissimulé par les ombres que la bougie n'arrivait pas à chasser. Mais elle sentait son regard sur elle, comme s'il la caressait, et ce regard la réchauffa des pieds à la tête. Son ventre se noua, et ses seins lui parurent brusquement plus lourds.

Étonnée par sa propre réaction, autant que par cette gentillesse inattendue, elle voulut dégager son pied.

Il l'en empêcha.

— Allons, ne soyez pas timide, ma petite bohémienne aux pieds nus... La première fois que je vous ai vue, j'ai sincèrement pensé que vous étiez une Gitane, avec votre halo de cheveux noirs et votre peau dorée comme une pêche mûre.

De ses doigts, il frotta vigoureusement sa

plante de pied, son talon. Ses gestes étaient à la fois délicieux et excitants. Elle n'eut pas la force de protester.

Elle laissa les merveilleuses sensations se répandre dans son corps, ferma les yeux et écouta le ton velouté de sa voix :

— La tristesse n'est pas éternelle, belle Gitane aux yeux verts. Ne l'avez-vous pas encore compris ?

Il massa sa cheville, puis son mollet, avec des mouvements répétitifs qui détendaient ses muscles noués. Puis il posa son pied contre sa propre cuisse. Elle enfouit ses doigts de pied dans le tissu soyeux de ses pantalons.

Ses mains remontèrent jusqu'au genou. Elle retint son souffle quand elle sentit ses doigts lui effleurer la cuisse.

Il s'intéressa à l'autre jambe, commençant avec les orteils. Comme c'était apaisant, ces doigts magiques et cette voix profonde, sans aucune hostilité... C'était sûrement le lait chaud au cognac qui lui permettait de se détendre aussi bien. Il lui semblait si naturel que Deverell fût là, à la réconforter...

Elle poussa un léger soupir lorsqu'il appuya le pouce sur sa cheville, puis remonta le long du mollet. Une onde exquise la parcourait, chaleureuse et réconfortante. Tous ses sens s'éveillaient, comme la nature s'éveille au sortir de l'hiver.

Puis... quelque chose se modifia. Son massage devint plus sensuel. À la lumière de la bougie et du feu de bois, ses yeux brillaient comme ceux d'un félin. Il posa les mains sur ses genoux, les écarta avec douceur.

Lentement, il glissa les mains sous la robe de chambre. Il frôla du bout des doigts ses cuisses, formant de petits cercles au-dessus des genoux.

Elle sentait son cœur battre la chamade. Elle voulut le repousser, mais son geste manquait d'assurance… et de conviction.

Alors elle le laissa faire. Ses mains remontaient inexorablement sur sa peau frissonnante. Sa robe de chambre fut relevée presque jusqu'à la taille, ses cuisses pâles luisaient dans la pénombre. Le souffle court, elle enfouit les mains dans ses cheveux. Il déposa une myriade de baisers sur ses cuisses tremblantes.

La couverture en laine glissa sur le côté. Il la caressait, l'embrassait… Quand elle voulut protester parce qu'il lui retirait la robe de chambre, il la fit taire d'un baiser.

Jusqu'alors, elle n'avait eu l'habitude que de baisers furtifs dans les jardins, qui n'avaient éveillé en elle qu'une curiosité vague, sans commune mesure avec le désir ardent qu'elle était trop gênée pour admettre.

Une nouvelle fois, elle ressentit ce besoin urgent, qui allumait un brasier au creux de son ventre. Elle était à bout de souffle. Son cerveau fonctionnait au ralenti, et son corps avait sa propre volonté.

Deverell effleura ses seins sous la mousseline. Cette caresse l'enflamma. Le pouls entre ses jambes devenait plus insistant.

Il murmura quelque chose d'incompréhensible. Puis elle se retrouva étendue par terre, sur la couverture en laine. Sa langue brûlante léchait ses mamelons, il se mit à les sucer. Jamais elle n'avait connu une sensation aussi divine.

Quand il s'écarta, elle ressentit la morsure du froid. Elle prit peur et se redressa, mais il était à nouveau là, chuchotant des paroles apaisantes. Ses doigts agiles effleuraient sa peau, puis se glissèrent entre ses jambes.

— Oh non… dit-elle en lui saisissant le poignet.

— C'est trop tard, ma chérie.

Du bout des doigts, il caressa les plis de son intimité. Des frissons de plaisir la parcouraient des pieds à la tête. En elle, explosa comme une lumière blanche, qui balaya ses dernières résistances.

Épuisée, choquée par cette intensité qui la laissait pantelante, elle le sentit se pencher au-dessus d'elle. Sa chemise était ouverte, ses pantalons déboutonnés. Il se plaça entre ses jambes et ses mains jouèrent avec ses cheveux pendant qu'il l'embrassait.

Il baisa ses lèvres, sa joue, son front, puis à nouveau sa bouche, l'incitant à lui répondre. Elle leva les bras, caressa sa peau nue. Puis il se déplaça légèrement, et elle sentit sa virilité peser entre ses cuisses.

Elle n'était pas assez naïve pour ignorer ce qui allait se passer. Mais quelle importance ? S'il s'agissait d'un rêve, il se briserait bientôt. Et sinon… La vie était si courte… et elle était seule. Seule au monde.

De toute façon, il était trop tard pour faire machine arrière.

D'un mouvement fluide, il la pénétra. Elle se crispa sous l'effet de la douleur, dissipant tout le plaisir des caresses. Elle le repoussa avec ses deux mains.

Qu'est-ce qui s'était passé ? Elle avait l'impression d'être déchirée de part en part.

— Allez-vous-en ! souffla-t-elle.

— Nom de Dieu ! jura-t-il d'un air surpris.

Un instant, il resta suspendu au-dessus d'elle, appuyé sur ses bras, son visage éclairé par les flammes. Elle ne pouvait pas supporter son regard perçant. Elle fut envahie par le désespoir.

Elle ferma les yeux.

Il eut un petit rire.

— Une Gitane innocente...

— Oui, répondit-elle, incapable d'exprimer ce qu'elle ressentait.

Elle était emportée par un tourbillon d'émotions contradictoires. Le passage abrupt des sensations érotiques à cette cuisante douleur la laissait hébétée.

— Il est trop tard pour arrêter maintenant, murmura-t-il. Le mal est fait.

Le mal ? « Il a raison... se dit-elle. Mais je ne m'étais pas attendue à cela... Pas du tout. »

Tendrement, il lui caressa la joue. Lorsqu'il se pencha pour couvrir son visage de baisers, chuchotant des mots doux, elle sentit son corps se détendre peu à peu. Il la serra contre lui.

Lentement, la douleur s'estompa. Il commença à onduler. Elle l'entoura de ses bras comme il le lui avait demandé, bougea les hanches pour suivre son rythme.

L'espace d'un instant, elle imagina quelqu'un entrant dans la pièce et les découvrant, allongés sur le sol de la bibliothèque, l'homme à la peau mate et aux cheveux noirs étendu sur son corps pâle, exécutant la danse éternelle de l'amour.

L'amour... C'était sûrement de l'amour. Sinon, il ne l'embrasserait pas aussi tendrement, ses gestes ne seraient pas aussi attentifs...

Le rythme alla crescendo. Enfin, il gémit, puis il se retira et l'attira dans le creux de son épaule. Elle posa une main sur son torse et attendit que son cœur retrouve un battement normal.

Un sentiment de sérénité les enveloppa. La tempête était passée, la douleur n'était plus qu'un mauvais souvenir. Il lui baisa la joue.

La sensation de vivre un rêve était encore plus forte. Elle hésitait entre le sommeil et la réalité. Il murmura des paroles douces. Elle acquiesça.

Il la souleva dans ses bras, quitta la bibliothèque et gravit l'escalier dans le noir. Sa porte grinça en s'ouvrant. Il la déposa sur son lit, la recouvrit tendrement avec les couvertures jusqu'au menton.

À moitié endormie, elle caressa sa joue râpeuse.

— Dormez, petite Gitane. Mon Dieu, j'ai l'impression que vous êtes à moitié ivre.

Il étouffa un rire, puis ajouta :

— La fichue boisson de grand-mère... J'aurais dû le deviner.

Elle glissa aussitôt dans le sommeil.

Elle se réveilla un peu plus tard, et se demanda si tout cela n'avait été qu'un rêve. Mais des taches de sang maculaient sa chemise de nuit…

Elle se demanda ce que dirait Deverell quand il la reverrait.

Livre III

ILLUSIONS

11

Louisiane, février 1812

À une centaine de kilomètres au sud de La Nouvelle-Orléans, sur la côte de Louisiane séparée du golfe du Mexique par Grande Terre et Grand Isle, s'étendait une région marécageuse connue sous le nom de baie de Barataria. Une douzaine de bayous, infestés d'alligators, y formaient un véritable labyrinthe.

Il était dangereux de s'y aventurer seul, et souvent mortel de rencontrer leurs habitants, qu'ils soient des bêtes sauvages ou des humains.

Sur Grande Terre, une rangée d'arbres dissimulait les activités illicites aux yeux des douaniers qui naviguaient dans le golfe.

Des arbres épais, des racines noueuses, sortaient de l'eau marécageuse. C'était un monde sauvage, ultime avant-poste de la civilisation, et pourtant l'on y découvrait des maisonnettes aux toits de chaume, des maisons de jeu, des cafés et des maisons de passe. Les marchandises volées étaient entreposées dans d'immenses entrepôts.

Kit Silver – ainsi qu'il se faisait appeler désormais, son vrai nom étant Christian Courtland – s'appuyait nonchalamment au tronc d'un cyprès. Son voisin regardait d'un air ravi les marchands de La Nouvelle-Orléans émerger de la demeure en pierre située au centre de la colonie, clignant des yeux dans la chaude lumière hivernale qui filtrait à travers les branchages couverts de mousse. Ces marchands fortunés, invités de la Fondation Laffite, contribuaient à la prospérité de Barataria.

— Ah, mon cher Kit, le commerce est florissant, déclara Pierre Laffite, un sourire aux lèvres, sa moustache de pirate tranchant avec ses vêtements raffinés.

— Que penses-tu du discours du gouverneur Claiborne ? répliqua Kit. Il a demandé aux habitants de La Nouvelle-Orléans de ne plus avoir de rapports avec les gens de Barataria.

— Claiborne est agaçant. Jean retourne aujourd'hui en ville avec moi. Tu devrais nous accompagner.

— Je connais La Nouvelle-Orléans. Et j'ai d'autres affaires à régler.

— Tu as enfin décidé de faire des recherches concernant ta famille ?

— Oui et non. Je n'ai plus qu'une sœur. À ma connaissance, elle vit à Londres. Elle doit me croire mort.

Pierre éclata de rire.

— Mais tu l'es, mon ami ! Tu es mort et enterré !

L'homme que tu étais devait mourir, pour ne pas terminer sur l'échafaud. Ça ne doit pas être drôle de se balancer au bout d'une corde, en donnant des coups de pied dans le vide sous les yeux du gouverneur… Mais la mort n'est jamais agréable, n'est-ce pas ?

Kit contempla la place animée tandis que le patron raccompagnait John R. Grymes, le procureur. Ici, Jean Laffite était dans son élément, à la tête d'un empire qu'il avait créé en rassemblant des pirates et des riverains du fleuve. Des personnalités influentes fréquentaient Barataria. Les hommes politiques y amenaient leurs épouses faire des emplettes, car les frères Laffite étaient d'excellents « importateurs ».

Jean Laffite – le « patron », comme l'appelaient ses hommes – avait aussi des amis parmi la noblesse. Élancé, le visage rasé de près, avec sa peau claire, ses cheveux et ses yeux noirs, il était un parfait gentleman, parlait quatre langues, et se présentait avant tout comme un homme d'affaires. Il savait flatter, cajoler, et intimider.

Kit esquissa un sourire. La semaine précédente, le chef des pirates avait répliqué aux affiches du gouverneur Claiborne, en offrant mille cinq cents dollars à celui qui livrerait le gouverneur à Grande Terre. C'était une réponse audacieuse à l'offre de cinq cents dollars proposée par le gouverneur pour l'arrestation de Jean Laffite…

—Regarde Grymes, reprit Pierre. Il est censé nous protéger d'hommes comme Claiborne, et pourtant nous sommes pourchassés. C'est difficile de faire des affaires lorsqu'on est harcelé par des douaniers stupides.

— Un jour, tout cela n'existera peut-être plus.

— Peut-être, mais pour le moment ça existe, et c'est agaçant.

Kit emprunta le chemin qui menait jusqu'à l'eau. Bientôt, il serait temps…

Il se préparait depuis deux ans, depuis qu'il avait échappé au capitaine Jack lors d'un rude combat contre Laffite, qui avait été furieux que Jack fît des incursions sur son territoire. Après la bataille, il avait été impressionné par la prestance de Laffite et avait demandé à se joindre à lui. Il ne l'avait jamais regretté. Cela avait d'ailleurs été un cadeau de la Providence, car peu de temps après l'équipage du capitaine Jack avait été capturé, et tous avaient été pendus haut et court.

Désormais, il possédait son propre bateau, acheté avec sa part du butin pris aux navires espagnols qui s'aventuraient dans le golfe. Laffite était à la tête de mille hommes. Cinquante bateaux battaient le pavillon de Cartagena, un drapeau de corsaire, avec la bénédiction de la Colombie. La vie n'était pas désagréable, mais Kit était nerveux : cela ne durerait pas éternellement. Claiborne représentait la première fissure dans le commerce florissant de Barataria.

Quand il atteignit le port, il vit que la marée montait. À la fin de l'hiver, il serait temps de hisser les voiles. Son bateau était prêt pour l'Atlantique. Ce serait son premier voyage en tant que capitaine.

Le *Spitfire* était un petit sloop rapide, hérissé

de canons. Il avait été espagnol à l'origine, mais il naviguait désormais sous les couleurs de la Fondation Laffite, composée de pirates et de corsaires.

Parfois, Kit repensait à ses années à Newport News quand, jeune et naïf, il s'imaginait qu'une vie de marin était excitante… À vrai dire, c'était une existence extrêmement difficile. La mer était toujours la plus forte, et il fallait courber l'échine devant ses tempêtes. La vie à bord était dure. Celui qui ne savait pas se défendre ne faisait pas long feu…

Le moment était venu de faire savoir à Amalie qu'il était en vie. Mais il ignorait comment s'y prendre, sans se faire arrêter.

Ils étaient séparés depuis quatre ans. Il voulait la retrouver et lui proposer de le suivre, bien que ce ne fût pas une vie pour une fille comme Amie. Il envisageait de l'installer à La Nouvelle-Orléans, dans l'espoir qu'elle y serait heureuse. Leur lien de parenté, évidemment, resterait secret.

Il pensait très souvent à elle, se demandait si elle était mariée, si elle pensait à lui. Il voulait qu'elle sache qu'il n'avait pas oublié sa promesse de revenir un jour.

—*Amante,* murmura une voix derrière lui.

Il se retourna.

Rosa lui souriait. Elle avait des yeux et des cheveux noirs, un corps splendide. Elle se blottit contre lui en l'effleurant d'une caresse intime.

—Petit chaton audacieux, dit-il en espagnol, et elle éclata de rire.

— C'est comme ça que tu m'aimes, non ?

— C'est vrai…

Il lui caressa un sein et elle poussa un soupir lascif. Il continua à la caresser, tout en réfléchissant au voyage qui l'attendait…

Amie était peut-être mariée. Dans ce cas, elle risquait d'être horrifiée par son retour. Il ne pourrait l'en blâmer. Un frère pirate pouvait être plutôt gênant, quand on appartenait à la bonne société anglaise. Serait-elle choquée par ses choix ? Mais la vie ne lui avait pas facilité la tâche. Il avait dû survivre avant tout.

Rosa glissa une main dans son pantalon. Il éclata de rire et lui saisit la main.

— Tu n'as aucune honte ! Veux-tu que je te prenne ici, sur le port, devant tout le monde ?

Elle eut un sourire coquin.

— Si ça te fait plaisir…

Se hissant sur la pointe des pieds, elle lui mordilla le cou. Il s'abandonna aux caresses habiles, attrapa la lourde chevelure et lui scella les lèvres d'un baiser.

La frustration et l'incertitude pouvaient être oubliées entre les bras d'une femme, même pour quelques instants…

Il l'entraîna à l'abri des arbres, l'allongea par terre, amusé par ses petits cris de plaisir. Rosa aimait être un peu rudoyée. Pour lui faire plaisir, il retroussa ses jupes et la pénétra sans attendre. Le souffle haletant, la prostituée drapa ses jambes autour de lui. Elle le mordit, mais il n'y prêta pas attention, parcouru de frissons délicieux.

Il regrettait de pouvoir être aussi facilement distrait par une femme. Décidément, il avait beaucoup changé depuis Newport News…

Amalie le reconnaîtrait-elle ?

La plupart du temps, il ne se reconnaissait pas lui-même. Le miroir lui renvoyait le reflet d'un inconnu.

12

Londres

Deverell était de très mauvaise humeur, l'une de ces humeurs noires qui incitaient Stanfill à la prudence. Le vicomte sirotait un excellent cognac français qui vieillissait dans les caves de la famille de Deverell depuis un siècle. Les flammes bondissaient dans l'âtre.

Il ignorait la raison de l'état d'esprit de son ami, mais devinait que c'était à cause d'une femme.

Probablement Mlle Courtland.

Deverell s'était rendu chez sa grand-mère afin de dire à la jeune fille de se méfier de don Carlos de la Reine, ce coureur de dot paré de quelques recommandations familiales douteuses. L'entretien avait dû être houleux, comme c'était souvent le cas…

— Qu'elle aille au diable ! grommela Deverell. Il faudra que je parle à grand-mère demain matin.

— Je présume que l'entretien de ce soir s'est mal passé ?

À la surprise de son ami, Deverell eut un éclat de rire mordant. La pendule sonna minuit.

— Hélas, il s'est plutôt bien passé. C'est tout le problème…

Stanfill s'étira en bâillant.

— Je crois que je vais rentrer. Viendras-tu demain à Portland House ?

— Oui. Si je suis en retard, attends-moi. Un informateur doit m'apporter des renseignements, mais il n'est pas toujours ponctuel.

Stanfill esquissa un sourire.

— Jemmy Taylor, je suppose…

— C'est un voyou, mais il a un excellent réseau de renseignements. Il est plus efficace que bien des parlementaires.

David se leva pour prendre congé.

— Si quelqu'un peut découvrir qui sont ces hommes qui vous en veulent, à toi et à Cochrane, c'est bien Jemmy…

En quittant Curzon Street, Stanfill songea qu'il était regrettable qu'un ancien policier de Bow Street fût plus intègre que les hommes qui dirigeaient le pays. Il frissonna, remonta le col de son manteau et grimpa dans un fiacre. Les roues tressautèrent sur les ornières glacées. Il n'allait pas tarder à neiger. La Tamise était désormais complètement gelée.

Une idée lui traversa l'esprit, et il faillit arrêter le fiacre et retourner sur ses pas.

Mais il changea d'avis.

Il en parlerait à Deverell le lendemain.

La neige recouvrait les rues. Les véhicules et les passants se déplaçaient avec prudence.

Holt mit pied à terre dans la cour de Beacon House, donna des instructions précises concernant son cheval, et se dirigea vers la maison. La fumée s'échappait de la cheminée pour se mêler aux nuages gris. Des flocons tombaient sans interruption, se déposant sur les arbres et les arbustes qui pliaient sous leur poids.

Baxter l'accueillit à la porte et le débarrassa de son manteau.

— Lady Winford prend son petit déjeuner, milord.

— Et Mlle Courtland ?

— Mademoiselle prend son petit déjeuner dans sa chambre, ce matin.

Tant mieux ! Il n'était pas d'humeur à la voir. De toutes les bêtises commises dans sa vie, celle de succomber à la tentation dans la bibliothèque de sa grand-mère avait été la plus stupide…

Pourtant, il n'avait rien prémédité. Il s'était rendu à Beacon House afin de réprimander sa grand-mère, qui laissait don Carlos courtiser Mlle Courtland, et afin de gronder la jeune fille qui encourageait l'Espagnol. Il ne s'était pas attendu à trouver tout le monde couché, et Amalie éplorée, les cheveux dénoués sur les épaules, en chemise de nuit.

Il ne s'était pas attendu non plus à ressentir cet élan de désir foudroyant. Pour la première fois de sa vie, il regrettait amèrement ce qu'il avait fait. Et ce remords attisait sa fureur.

Toujours aussi imperturbable, Baxter ne semblait rien savoir de ce qui s'était passé la veille.

— Je crois que lady Winford vous attend, milord...

Holt réprima un soupir. La jeune fille s'était probablement empressée de se plaindre. Sa grand-mère allait le tancer. Il l'avait sans aucun doute mérité, mais il n'avait pas envie de subir un sermon...

Lady Winford leva la tête en le voyant pénétrer dans la salle à manger.

— Te voilà enfin ! Assieds-toi. Nous devons parler.

Comme d'habitude, les chiens patientaient autour de la table, dans l'attente d'une friandise.

Il grimaça.

— Je ne prends pas mes repas avec des chiens, grand-mère.

La vieille dame leva les yeux au ciel.

— Trent, emmenez mes chéris, je vous prie.

Le valet obéit d'un air résigné. Holt s'assit à table.

— Mon Dieu, tu es blessé au visage... s'exclama sa grand-mère. T'es-tu encore battu en duel ? Celle que tu fréquentes en ce moment est sans doute mariée, elle aussi. Décidément, tu cherches les ennuis, Holt.

— Il m'est arrivé un léger incident dans le parc. Vous écoutez trop les médisances, grand-mère.

Elle brisa la coquille de son œuf à la coque.

— Pas du tout, cher enfant. Je suis beaucoup trop occupée pour écouter les médisances.

Mme Fry m'entretient tous les jours de ses idées de réformes sociales. Je n'ai pas le temps de m'informer des ragots.

—Je suis certain que Baxter est une mine de renseignements.

La vieille dame haussa une épaule.

—Il est merveilleux, c'est vrai. Mais il y a certaines choses que même Baxter ne peut pas découvrir… Holt, je m'inquiète pour Amalie.

Il sirota le chocolat chaud que lui avait servi le valet de pied, s'attendant aux habituelles pirouettes de sa grand-mère qui la mèneraient inéluctablement à son but : l'accuser d'avoir pris la virginité de Mlle Courtland.

Aussi fut-il surpris lorsqu'elle ajouta :

—C'est ce don Carlos de la Reine qui me crée des soucis.

—Comment ? s'étonna-t-il, alors que le visage de sa grand-mère s'assombrissait.

—Je crois qu'il cherche à nous mener en bateau. Il paraît qu'il s'est exilé à cause de ce maudit Napoléon, mais son histoire ne me semble pas claire. Que penses-tu de lui ? Crois-tu qu'il soit un prétendant digne pour notre chère Amalie ?

—Je le connais à peine, grand-mère.

—Oui, mais tu as un instinct pour démasquer les menteurs. J'aimerais que tu enquêtes sur lui. Je crois qu'il songe à demander la main d'Amalie.

Il arqua les sourcils. En fait, ce serait une solution idéale de la laisser épouser l'Espagnol. Cela effacerait son sentiment de culpabilité de lui avoir pris sa virginité…

Mais il n'avait, lui non plus, aucune confiance en don Carlos.

— Pourquoi pensez-vous qu'il veut l'épouser ?

— Il y a des signes qui ne trompent pas, Holt. Même toi, tu devrais pouvoir reconnaître un homme amoureux. N'as-tu jamais éprouvé ce genre de sentiments ? Un jour, j'espère que tu trouveras une femme digne de ta position et de ton caractère.

Il réprima une grimace.

— Comme vous ne cessez de me le rappeler, grand-mère, je ne suis pas quelqu'un de facile.

— Certes, mais il y a sûrement une femme qui saura t'amadouer. Si tu as l'intelligence de l'admettre...

— Nous parlions de don Carlos et de Mlle Courtland, il me semble, répliqua-t-il, les lèvres pincées.

Elle acquiesça avec un sourire.

— Je veux que la charmante Amalie soit heureuse. Nous devons lui trouver quelqu'un de bien, qui appartienne à notre milieu.

Visiblement, la « charmante Amalie » n'avait pas encore parlé de sa mésaventure. Il songea un instant à l'évoquer lui-même, mais préféra garder le silence.

Il ne comprenait toujours pas pourquoi il n'avait pas su se dominer. Bon sang, ce n'était pas la première fois qu'il voyait une femme en chemise de nuit ! Elle n'était pas une beauté remarquable. Il ne la trouvait même pas à son goût, avec sa chevelure sombre, ses immenses yeux au regard dédaigneux. Elle était une Américaine, rustique et naïve, en dépit de son sens de la repartie qui ne manquait pas de pertinence.

Pourtant, sa vulnérabilité l'avait ému, la veille. Tandis qu'il lui massait les pieds, son élan de sympathie s'était transformé en désir impérieux.

Il n'en revenait pas d'avoir agi de cette façon ! Amalie Courtland, en tant que filleule de sa grand-mère, était aussi sa protégée. Il avait défié les convenances toute sa vie, mais cet acte était impardonnable.

— Alors, que penses-tu d'un mariage entre Amalie et don Carlos ? insista sa grand-mère.

— Elle doit certes se marier sans trop attendre, mais elle ne doit pas épouser don Carlos. Nous lui trouverons quelqu'un de plus convenable.

Étonnée, lady Winford reposa sa cuillère.

— C'est curieux... On dirait que tu te préoccupes de son avenir. C'est très encourageant. Pour une fois, tu penses à quelqu'un d'autre que toi.

— Je pense surtout à vous, grand-mère. Vous savez que je n'encourage pas votre manie de recueillir tous les déshérités de la terre, et Mlle Courtland a été une locataire tenace. Il est temps que quelqu'un d'autre veille sur elle. Il faut la marier au plus vite.

La vieille dame haussa les sourcils.

— Comme tu es dur ! Alors que je me disais que tu avais tout de même un cœur.

— Mlle Courtland est une responsabilité, voilà tout. Il est temps de l'admettre, grand-mère. Elle représente un poids pour nous, et il s'agit de s'en débarrasser.

Choquée, elle secoua la tête.

— Amalie m'a apporté beaucoup de bonheur, et elle me tient compagnie... ce que ne daigne pas faire mon petit-fils. Je veux la rendre heureuse. Si tu refuses de te renseigner au sujet de don Carlos...

— C'est hors de question, l'interrompit-il. J'ai l'intention de trouver un mari pour votre orpheline. Mais je ne lui permettrai pas de vous mettre dans l'embarras par un scandale.

Elle eut un rire amer.

— Toi, tu ne t'en es jamais privé !

— Il y a une différence. La bonne société conçoit qu'un homme ait des maîtresses. Mais un scandale peut affecter beaucoup plus gravement une femme.

— Je me demande ce qu'en pensent les maîtresses.

Il repoussa sa chaise d'un geste brusque.

— Notre conversation dérape vers un débat sur les réformes de société. Restons-en là, vous voulez bien ?

La lumière grise, qui pénétrait par les fenêtres, se refléta sur les perles de lady Winford.

— Tu interromps toujours une conversation quand elle te déplaît. Renseigne-toi sur don Carlos, je t'en prie. Mais je pense qu'Amalie ne doit pas l'encourager... Dois-je te l'envoyer, s'il fait sa demande ?

— Oui. Finalement, je leur donnerai peut-être ma bénédiction et les expédierai sans attendre vers l'Espagne !

— Ne sois pas ironique, Holt.

Il poussa un soupir excédé.

— J'en ai assez de la « charmante Amalie » et de ses problèmes ! Ne me regardez pas comme ça, grand-mère. Je vous ai dit ce que je pensais d'elle, quand vous l'avez recueillie comme si elle était l'un de ces petits chiens qui vous courent après en salivant ! Vous auriez pu aussi bien adopter un autre carlin !

Il n'avait pas voulu se montrer aussi acerbe. Quand sa grand-mère blêmit, il comprit qu'il l'avait heurtée. Bon sang ! Depuis qu'elle avait accueilli cette fille, les choses n'allaient plus entre eux.

Elle lui jeta un regard noir.

— Ne parle pas si fort, Deverell. Je ne veux pas que les domestiques aillent rapporter tes propos dans toute la ville.

Il regarda en direction de la porte, qui oscillait légèrement. Il prit une profonde inspiration pour se ressaisir.

— Grand-mère, en réalité, j'étais justement venu vous dire de vous méfier de don Carlos de la Reine. Je n'ai pas besoin de mener une enquête. S'il pense qu'Amalie a accès à votre argent, il ne manquera pas de la demander en mariage.

— Tu sauras l'en dissuader, je présume ?

— Certainement… Je dois vous quitter, maintenant. Saluez Mlle Courtland de ma part, et rappelez-vous qu'elle doit se marier le plus vite possible.

La vieille dame serra les mâchoires.

— Elle épousera un homme digne d'elle ! J'ai mes idées là-dessus…

— Je lui donnerai une dot, mais n'attendez pas davantage de moi.

Il ignora la surprise de sa grand-mère et quitta la pièce.

L'une des femmes de chambre disparut au fond du vestibule, il ne vit que l'ourlet de son tablier blanc. Sa grand-mère avait raison : les domestiques écoutaient aux portes.

La journée commençait mal. Heureusement, il avait évité Mlle Courtland. La marier était la meilleure solution. Appâté par une jolie dot, le prétendant fermerait les yeux sur la perte de sa virginité.

Il lui offrirait une coquette somme, pour lui permettre de faire un beau mariage.

C'était la moindre des choses.

Dans le corridor, Amalie s'adossa au mur. Son cœur battait la chamade. Elle avait la nausée.

J'en ai assez de la charmante Amalie et de ses problèmes… comme l'un de ces petits chiens qui vous courent après en salivant…

Jamais elle ne s'était sentie aussi humiliée ! Pourquoi avait-elle pensé – même un seul instant – que cet homme s'inquiétait pour elle ? Sa compassion avait été feinte ! Il avait tout manigancé pour la discréditer aux yeux de sa marraine. Mon Dieu, qu'est-ce que la vieille dame devait penser d'elle, maintenant ? Que lirait-elle dans ses yeux ? des reproches, une terrible désillusion ?

Il était un diable, un véritable démon, et elle n'avait pas essayé de le repousser. Elle s'était donnée si facilement à lui... Probablement parce qu'il apparaissait dans ses rêves... Une autre folie. Le Deverell de ses rêves était beaucoup plus humain que le vrai.

Désormais, elle allait devoir affronter les conséquences de son acte...

Prenant son courage à deux mains, elle se dirigea vers la salle à manger. Si elle devait être jetée à la rue, autant le savoir tout de suite.

13

Lady Winford fronça les sourcils. Que diable racontait la chère Amalie ? Elle ne l'avait jamais vue dans un état pareil – à peine cohérente, la pauvre enfant semblait au bord des larmes. Il fallait avouer que le choc avait été rude : apprendre que son frère avait sans doute été pendu comme pirate...

— Veux-tu que je demande à Lucy de te préparer une autre boisson apaisante, ma chérie ?

— Non, marraine, c'est justement la boisson qui... Non merci, je préfère m'abstenir.

La vieille dame vint poser une main rassurante sur l'épaule de la jeune fille.

— Tout va s'arranger, mon enfant... Tu ne veux rien manger ? Non ? Dans ce cas, allons au salon. Tu as mauvaise mine, ce matin. Je comprends que tu aies mal dormi, après la visite de Deverell. Les hommes manquent parfois de compassion et de tact, mais je suis sûre qu'il ne te veut que du bien...

— Marraine...

Sarah se retourna, alarmée par le ton d'Amalie.

— Qu'y a-t-il, ma chérie ? Tu ne te sens pas bien ? Est-ce que la boisson t'a rendue malade ?

Un son étranglé, mi-rire mi-sanglot, échappa à la jeune fille. Elle porta la main à sa bouche.

Soucieuse, lady Winford la guida au salon et l'obligea à s'asseoir dans un fauteuil, près du feu.

— Tu me fais peur, Amie... Qu'est-ce qui ne va pas ?

— Marraine, j'essaye de vous expliquer... Vous ne savez rien, n'est-ce pas ? Je pensais qu'il vous en parlerait. J'aurais dû refuser, évidemment, mais... je ne l'ai pas fait...

La main de lady Winford s'immobilisa sur les cheveux d'Amalie. Un soupçon se forma dans son esprit, et elle étudia le visage blême de sa filleule. Au fond des grands yeux verts, elle découvrit les ombres qu'elle avait déjà remarquées chez d'autres jeunes filles qui avaient commis une erreur.

Mais elle s'en étonnait, de la part d'Amalie. De qui s'agissait-il ? Aucun homme n'avait semblé l'intéresser, excepté sir Alex, et tout le monde savait qu'il préférait les garçons. Aurait-elle été assez naïve pour se donner à lui ? Impossible... Amalie ne pouvait pas ignorer les penchants du jeune homme.

Sir Alex aimait également le jeu, et une jeune fille sans le sou ne pouvait éveiller en lui aucune émotion. Même si Amie avait souhaité commettre une bêtise, sir Alex l'aurait repoussée.

Une pensée horrible la frappa de plein fouet : et si elle s'était donnée à don Carlos !

Quel ennui... Alors que Sarah avait tout manigancé pour attirer l'attention de Holt sur la jeune fille, en lui racontant que l'Espagnol la courtisait...

— Ma chérie, tu peux tout me dire. Je suis loyale envers ceux que j'aime.

— Je sais, fit Amalie avec un pauvre sourire, mais je ne me comprends pas moi-même. Depuis longtemps, je fais des rêves stupides où il apparaît, mais lorsqu'il est venu ici, il s'est montré très distant, et j'ai compris que mes rêves n'étaient que des illusions. Autrefois, je trouvais si romantique et audacieux d'avoir participé à un duel à cause d'une femme...

Effarée, lady Winford comprit qu'elle parlait de Holt. La véhémence du jeune homme s'expliquait. Parfait, songea-t-elle. Mais si elle laissait Amalie se confesser, elle serait obligée de s'immiscer entre eux, et cela pourrait tout gâcher... Ces deux-là étaient faits l'un pour l'autre, elle n'en démordrait pas.

— Ma chérie, les nouvelles de ton frère t'ont bouleversée. Je sais aussi que tu n'aurais jamais rien fait pour nous nuire, à toutes les deux. Je serais effondrée si j'apprenais que tu avais agi de façon déshonorante. Je me sentirais trahie. Mais je te fais confiance : tu ne me décevras jamais... n'est-ce pas ?

Il était difficile et pénible d'ignorer le désespoir dans le regard d'Amalie, mais la vieille dame baissa les yeux.

La jeune fille poussa un soupir.

—Non, marraine, je ne ferais jamais rien pour vous blesser…

Lady Winford étouffa son sentiment de culpabilité, certaine que son subterfuge était pour la bonne cause.

Quand Amie et Holt seraient mariés, rien d'autre n'aurait d'importance.

La neige continuait à tomber. Le cœur serré, Amalie se sentait encore plus glacée que le paysage autour de la maison.

Elle ne pouvait avouer la vérité à sa marraine. Il n'avait qu'à s'en charger, lui !

Comme elle était lâche… Et si seulement elle pouvait oublier les paroles blessantes de Deverell…

Elle serra le poing et l'appuya contre la vitre. Le froid engourdit ses doigts. Un profond désespoir la tenaillait.

Il y avait peut-être une solution. Le mariage…

Elle ne pensait pas à don Carlos, mais à sir Alex. Celui-ci continuait à lui rendre visite, en dépit de son faux pas lors de la soirée, et semblait content de la voir. Ils avaient des intérêts communs et il aimait l'entendre parler de son enfance en Amérique.

Sir Alex était beau, attentionné. Comme il n'était qu'un fils cadet, il avait besoin d'argent, et puisque Deverell allait lui donner une dot – ce qu'elle ressentait comme une nouvelle humiliation... Mais les mariages de raison étaient fréquents, dans la bonne société anglaise.

Voilà ce qu'elle devait faire ! Bien qu'elle eût honte de lui demander une somme d'argent, Deverell la lui devait. Puisqu'elle serait obligée de supporter les conséquences de leur acte.

Elle fit un effort pour surmonter son terrible désarroi. Dès que le temps s'améliorerait, elle irait voir sir Alex. Ce n'était pas bien vu de se rendre chez un gentleman, mais quand on se trouvait au bord du gouffre, il ne fallait pas tergiverser.

Longtemps, elle resta devant la fenêtre, contemplant le paysage. Le vent soulevait des tourbillons de flocons. Le temps répondait en écho à son cœur, glacé par ses illusions brisées.

Elle pensa à son frère. Elle espérait que Christian lui avait pardonné, avant de mourir.

Elle aurait aimé pouvoir se pardonner elle-même.

La tempête s'apaisa le lendemain. En dépit du froid, les Londoniens sortirent pour se divertir sur la Tamise gelée, où une foire s'était installée.

C'était un excellent prétexte pour quitter la maison.

— Lucy va m'accompagner, dit-elle alors que lady Winford protestait. Je suis certaine de retrouver des amis.

— Mais, ma chère enfant, il y a aura aussi des voleurs. Toute une faune peu recommandable fréquente ce genre d'endroits.

— Je ne vais pas emporter une grosse somme d'argent, marraine. Ne vous inquiétez pas. J'en ai assez de rester enfermée dans la maison.

La vieille dame soupira.

— Les jeunes gens ont tellement d'énergie, de nos jours, dit-elle en étendant ses pieds vers le feu de cheminée.

L'un des carlins poussa un petit jappement, et elle le réconforta d'une caresse.

— Toute cette neige... ajouta-t-elle. Baxter m'a dit qu'ils avaient dressé des tentes sur la glace, avec des marionnettes et des jeux de boules.

— Oui. L'année dernière, je me suis bien amusée. Je ne vais pas m'attarder.

— Les filles des rues s'y divertissent aussi, insista Sarah, puis elle se mordit la lèvre. Mon Dieu, je suis intolérante, n'est-ce pas ? Mme Fry serait déçue si elle m'entendait... Mais il faut faire attention en se promenant dans Londres. On ne sait jamais qui va vous dérober votre porte-monnaie. Prends soin de toi, Amie. Emmène Trent. C'est un jeune homme robuste, et il adore Lucy. Je crois qu'ils seront heureux d'être ensemble.

— Vous êtes très gentille, marraine.

Sarah esquissa un sourire coquin.

— Pas du tout, seulement raisonnable. Si je fais appel à ton bon cœur en ce qui concerne Lucy, j'ai plus de chances de te faire accepter la protection de mon valet.

En dépit des grognements méfiants du carlin, Amalie se pencha pour embrasser la vieille dame sur la joue. Elle se retint de lui avouer la vraie raison de sa promenade…

Un peu plus tard, elle descendit de voiture devant la maison de sir Alex. Le cœur battant, elle grimpa les marches glissantes.

Lucy avait été étonnée par le détour, mais Amalie lui avait expliqué qu'elle voulait déposer sa carte de visite, et la jeune femme de chambre avait été ravie de rester un moment seule avec son soupirant.

Si le majordome de sir Alex fut étonné de découvrir une dame sans chaperon, il ne le montra pas et la pria de l'accompagner au salon.

— Je vais voir si Monsieur est à la maison, mademoiselle Courtland.

Le salon triste sentait le renfermé. La lumière pénétrait à peine entre les rideaux épais. Il n'y avait pas de feu dans la cheminée. Le froid la fit frémir et elle enfouit les mains dans son manchon de fourrure. Elle ne repoussa pas non plus le capuchon de sa cape en laine rouge. Il lui tenait chaud, et elle savait que la doublure en soie rose pâle flattait son teint. Elle s'en voulut d'être aussi frivole, mais il valait mieux se montrer sous son meilleur jour.

« Seigneur, qu'est-ce que je fais ? songea-t-elle. Comment vais-je aborder le sujet ? Comment parler mariage à un homme qui ne vous a même jamais baisé la main ? Quelle absurdité… »

Elle n'aurait pas dû venir. S'il refusait, elle passerait pour une imbécile. Et s'il acceptait, comment vivrait-elle, en sachant qu'elle s'était vendue à un homme ?

« Non, même pour éviter de gêner marraine, je ne peux pas m'avilir de cette façon… »

Elle s'apprêtait à repartir, quand sir Alex apparut. Ses cheveux blonds retombaient en boucles à la Brutus sur son front. Il la regarda d'un air ensommeillé.

— Vous partiez déjà, mademoiselle Courtland ?

— Je… je ne voulais pas vous déranger.

Ses joues s'étaient empourprées. Ses mains tremblaient.

— Vous ne me dérangez pas. Je suis toujours content de vous voir… Aimeriez-vous un chocolat chaud ?

— Non merci, sir Alex. C'est audacieux de ma part de venir vous voir, mais je… je me demandais si vous aviez le livre de Maria Edgeworth sur la société londonienne. Nous en avons parlé, vous vous rappelez ?

— Bien sûr. Un roman très amusant. Allons dans la bibliothèque. Il y fait plus chaud qu'ici. Mais vous tremblez, mademoiselle Courtland…

Lâche ! se gronda-t-elle. Il lui avait pris le bras, et elle se dit que sir Alex était très différent de Deverell, alors qu'ils avaient les mêmes origines sociales.

Un feu de cheminée flambait dans la bibliothèque, aux murs garnis de rangées de livres. Des lampes éclairaient les fauteuils et les sofas. Un tapis élimé masquait le plancher.

— Restez ici, près du feu, mademoiselle Courtland. Il faut vous réchauffer.

Elle frémissait de nervosité, non de froid.

— Sir Alex, il me semble que nous nous sommes toujours bien entendus…

— C'est vrai. De toutes les femmes que je connais, vous êtes la plus aimable. Vous vouliez le dernier roman de Maria Edgeworth, n'est-ce pas ?

Elle se jeta à l'eau.

— Je ne suis pas venue vous parler du livre, déclara-t-elle, raide comme un piquet.

— Comme vous semblez agitée, mademoiselle Courtland…

Inquiet, il la prit par les épaules pour la dévisager. Sa voix se fit douce, intime, et la jeune femme reprit espoir.

— Vous n'êtes plus la même depuis que Deverell est revenu d'Espagne, constata-t-il. Salamanque fut une magnifique victoire, mais je crois que Deverell préfère ne pas en parler…

— Nous ne sommes pas assez proches pour qu'il me raconte ses souvenirs de guerre, sir Alex.

— Pourtant, il se rend souvent à Beacon House. Il ne parle jamais de ses projets ?

Elle était ennuyée par le tour que prenait la conversation, mais elle ne savait plus comment s'en sortir sans l'offenser.

— Il parle de la guerre à sa grand-mère. S'il a discuté de ses projets, je ne suis pas au courant. Sir Alex…

— Vous ne trouvez pas curieux que Deverell n'ait pas passé l'hiver avec Wellington au Portugal ? On aurait pu penser qu'il resterait à ses côtés, après cette merveilleuse victoire contre les Français.

— Sincèrement, sir Alex, ses voyages me laissent indifférente ! Je suis venue pour une autre raison…

— Ah oui, le roman.

— Il ne s'agit pas du livre ! Je vais vous paraître effrontée, et vous n'avez jamais encouragé ce genre de sentiments, mais je suis convaincue que nous sommes de vrais amis.

Il la regarda, de plus en plus méfiant.

— Je vous en prie, poursuivez, mademoiselle…

Il lui lâcha les épaules, et brusquement redevint aussi distant que dans les salles de bal. Elle prit une profonde inspiration.

— Des circonstances récentes m'ont mise dans une situation difficile, et je voulais vous demander…

Un mouvement derrière la porte attira son attention. Un gentleman s'arrêta, la main sur la poignée. Il semblait étonné.

— Désolé, Maitland. Je ne savais pas que tu avais de la visite. Dois-je revenir plus tard ?

— Pas du tout, répondit Alex. Mademoiselle Courtland, vous connaissez sans doute lord Carlton ?

— Nous avons été présentés.

Elle était partagée entre le désarroi et le soulagement de ne pas avoir été plus précise. Elle eut un sourire crispé. Un silence gêné s'établit dans la pièce.

— Mademoiselle Courtland, vous vouliez me demander quelque chose, il me semble ? reprit sir Alex.

— En effet… Mais c'était stupide. Pardonnez-moi, sir Alex, je vous ai fait perdre votre temps.

— Un homme ne perd jamais son temps en compagnie d'une jolie femme, mademoiselle Courtland.

La flatterie était facile, digne d'une jeune fille naïve, et elle agaça Amalie.

— Si je peux vous emprunter le livre, je vais m'en aller. Ma femme de chambre m'attend…

Lorsqu'elle se retrouva dans la voiture, une brique chaude sous les pieds, elle regarda le roman qui s'intitulait *Raison et sentiments,* écrit par un auteur anonyme. Visiblement, sir Alex avait été troublé lui aussi, puisqu'il lui avait donné le mauvais livre.

Peut-être que l'arrivée de lord Carlton avait été une chance. Elle aurait dû se préparer plus sérieusement à cette conversation délicate.

La prochaine fois, elle trouverait le moyen d'obliger sir Alex à abandonner son indifférence.

14

De nombreux attelages encombraient les rues qui menaient au pont de Londres. Sur les bas-côtés gisaient quelques fiacres accidentés. Bien que les routes gelées soient dangereuses, toute la ville semblait s'être donné rendez-vous pour assister à la foire sur la Tamise.

Les échoppes étaient serrées les unes contre les autres. On y vendait des livres, des tourtes chaudes, des huîtres, des fruits... Certains badauds jouaient à des jeux d'argent. Des odeurs de pain chaud et de bière flottaient dans l'air. Coude à coude, les vendeurs haranguaient les passants. L'atmosphère était joyeuse, et la jeune Lucy riait aux plaisanteries de Trent.

Ils déambulèrent lentement parmi la foule. Trent leur acheta de délicieuses tourtes à la viande. Amalie réalisa qu'elle avait faim. Elle n'avait quasiment rien mangé depuis deux jours.

L'escapade lui faisait du bien, même si elle n'avait toujours pas trouvé la solution à son dilemme. Au moins, ici, elle pouvait s'abandonner aux plaisirs simples et oublier ses soucis.

— Des marionnettes, mademoiselle ! s'écria Lucy. On peut regarder ?

Des rideaux rouges encadraient les facéties des deux poupées, Punch et Judy, qui se disputaient en évoquant les tracas quotidiens des Londoniens. Amalie s'amusa avec le public de la satire, parfois osée, de la vie politique et de la famille royale.

— On dirait que vous cultivez votre goût pour le vulgaire, mademoiselle Courtland...

Elle reconnut sans hésiter la voix profonde derrière elle. Elle tressaillit, effarée. Quelle poisse de le croiser parmi toute cette foule !

— Hélas, ces derniers temps, la vulgarité semble me poursuivre, répliqua-t-elle. Au moins, les marionnettes sont un amusement innocent.

— Pour beaucoup de gens présents, ce n'est pas aussi innocent, plaisanta Deverell.

— Vous ne voyez toujours que le pire chez les autres.

— Et j'ai le plus souvent raison.

Les yeux bleu foncé la dévisageaient, et elle eut le sentiment détestable qu'il savait d'où elle venait.

— Veuillez m'excuser, milord. Nous allions partir.

— Quelle chance ! Moi aussi. Je vais vous raccompagner, puisque je dois voir ma grand-mère.

— Ce n'est pas nécessaire, milord. Nous nous débrouillerons. La voiture est tout près.

— Tant mieux. Mes amis m'ont abandonné et je déteste prendre un fiacre.

Ne voulant pas se montrer impolie devant les domestiques, elle ne put l'empêcher de les accompagner.

Dans le carrosse, il s'assit à côté d'elle. Sa haute silhouette emplissait tout l'espace. Devant eux, Lucy était posée sur la banquette comme un petit oiseau, son visage empourpré par le froid et la présence du séduisant valet.

Amalie fut soulagée quand la voiture s'ébranla. Bientôt, elle pourrait se réfugier dans sa chambre.

Tourmentée, elle repensa malgré elle à l'autre nuit, dans la bibliothèque. Les souvenirs étaient vagues, comme ceux d'un rêve, mais la douleur qu'elle ressentait était bien réelle.

Elle remarqua une nouvelle cicatrice sur le visage de Deverell, qui lui donnait un air encore plus menaçant. Elle se força à regarder par la fenêtre. La neige immaculée dissimulait la grisaille de Londres.

— On dirait que vous aimez flirter avec le danger, mademoiselle Courtland.

Elle se retourna pour le dévisager.

— Pourquoi dites-vous une chose pareille ?

— C'est dangereux de se promener dans ce quartier.

— En plein jour…

— Vous oubliez les meurtres de Ratcliffe Highway.

— Pas du tout ! Mais c'était il y a un an, à l'est de la ville.

— Ce n'est pas si éloigné d'ici. Nous sommes

proches des quais de Londres qui regorgent de marins, de manœuvres et de prostituées. Certains n'hésiteraient pas à prendre votre porte-monnaie... ou votre vie.

— Vous exagérez, milord. Si je me souviens bien, les meurtres de Ratcliffe ont été commis par un membre de la famille.

— On a pendu l'assassin, certes, mais d'autres personnes étaient impliquées.

Lucy étouffa un petit cri angoissé.

— Cessons cette conversation, milord, décréta Amalie, agacée. Elle ne nous mènera à rien.

Deverell n'insista pas. Ils dépassèrent la cathédrale Saint-Paul, avant de s'arrêter bientôt devant le perron de Beacon House. Trent aida Amalie à descendre, et elle gravit les marches de la maison en ignorant ostensiblement Deverell.

Baxter les accueillit.

— Milord ! Madame sera heureuse de vous voir. Elle est dans le salon.

— Ne vous enfuyez pas, mademoiselle Courtland, dit Deverell en lui attrapant le poignet. Joignez-vous à nous.

Elle se crispa.

— Veuillez m'excuser, mais la promenade m'a fatiguée.

— J'insiste.

En présence de Baxter, elle n'osait pas faire une scène. Elle trouvait odieux de devoir supporter la compagnie de Deverell.

Curieusement, au lieu de l'emmener vers le salon où attendait lady Winford, il la fit entrer dans la bibliothèque. Il referma la porte derrière eux.

La jeune femme le fusilla du regard.

— Que voulez-vous, milord ? Dépêchez-vous. Je ne veux pas rester seule avec vous.

Il croisa les bras et s'adossa à la porte.

— C'est un peu tard pour dire une telle chose.

— Oui… Mais je ne voudrais pas que cette regrettable situation se reproduise.

— Suggérez-vous que j'y serais favorable ? la nargua-t-il.

— Pas du tout…

« Mon Dieu, il me met si mal à l'aise… songea-t-elle. J'aimerais tant qu'il me laisse tranquille ! »

Deverell la contemplait comme un chat épie sa proie, sachant qu'il est maître du jeu.

— Dommage. Nous avons tous deux commis une erreur, mademoiselle Courtland. Il risque d'y avoir des conséquences. Je suis prêt à les assumer.

Il n'offrait pas d'excuses, ne manifestait aucune sympathie… Mais qu'espérait-elle ? Il n'était pas le genre d'homme à se justifier ou à éprouver des remords.

Il passa une main nerveuse dans ses cheveux. Il les portait un peu longs. Une mèche lui tombait sur les yeux et les boucles noires frôlaient son col blanc.

— Si vous êtes enceinte, il faudra prendre des mesures…

Elle sursauta : cette idée ne l'avait pas même effleurée.

— À quoi pensez-vous, milord ? demanda-t-elle, alors qu'elle sentait la colère monter en elle.

— Dans ces cas-là, un mariage est la solution la plus recommandable. Je suis sûr que nous pourrons vous trouver un mari convenable. Quelqu'un qui s'accommodera du fait que vous ne soyez plus… innocente.

— Ou que je porte un bâtard.

— Si cela se vérifiait, il faudrait s'occuper du problème.

Elle inclina la tête d'un air ironique.

— Vous avez pensé à tout.

— Pas vraiment. J'ai plusieurs prétendants en tête, mais j'imagine que vous préférerez choisir.

Elle se sentait si fragile qu'elle craignait de se briser en mille morceaux. Elle s'approcha du feu de cheminée. Chaque pas lui coûtait un effort. Au même endroit, devant cette cheminée, elle avait été allongée dans ses bras, elle avait sollicité ses caresses. Elle se rappela la chaleur de son corps contre le sien.

C'était il y a deux jours ? Trois ? Une éternité… Il fallait si peu de temps pour gâcher une existence.

Il l'observait d'un air méfiant, comme s'il craignait qu'elle ne lui saute dessus, toutes griffes dehors, mais il était trop fort. Il existait d'autres moyens que la force physique pour attaquer un homme.

— Vous n'êtes pas en mesure de prendre une décision à ma place, milord, puisque vous n'arrivez pas à en prendre pour vous-même. Votre réputation ne vous permet pas de me juger. N'a-t-on pas parlé d'un duel, d'un suicide ? Pourquoi devrais-je vous confier ma vie, alors que vous avez si parfaitement gâché la vôtre ?

Elle entendait le sang battre à ses oreilles. Les bûches sifflaient dans l'âtre, et la petite pendule égrenait les secondes avec une lenteur terrifiante.

— Rentrez vos griffes, tigresse, murmura-t-il, alors que son visage tendu révélait que ses flèches acerbes l'avaient touché. Nous parlons de vous, pas de moi.

— Nous parlons de la meilleure manière pour vous d'éluder vos responsabilités, corrigea-t-elle.

Il laissa échapper un soupir excédé.

— Bon sang, mais je veux assumer ma part de responsabilité ! Je tiens à ce que les choses s'arrangent au mieux.

— Est-ce une demande en mariage, milord ? ironisa-t-elle. Hélas, je dois refuser. Voyez-vous, je ne veux pas épouser un homme dénué de scrupules.

En deux enjambées, il se dressa devant elle et l'empoigna d'un air furieux.

— Puisque je n'ai pas de scrupules, vous avez tort de me provoquer. Je suis prêt à vous donner une somme conséquente pour vous dédommager. Elle devrait vous permettre de trouver un mari convenable. Je vous suggère de surveiller vos propos, sinon vous regretterez d'avoir été trop loin.

— Comment peut-on aller « trop loin » avec un homme comme vous, milord ?

Elle ne cilla pas, tandis qu'il lui serrait cruellement le poignet, et continua :

— Serait-ce aller « trop loin » si je vous disais que vous êtes l'homme le plus mesquin que je connaisse ? Si je vous rappelais que vous avez profité de moi alors que j'étais diminuée ? Je reconnais mes torts, mais c'est moi seule qui dois subir les conséquences de cette erreur. Vous, vous poursuivrez allégrement votre chemin, comme après le suicide de lord Wickham.

Les yeux de Deverell virèrent au noir. Des lignes blanches encadraient sa bouche pincée. Il semblait soudain si redoutable qu'elle prit peur.

— Ceux qui prétendent que les femmes sont le sexe faible ne vous ont jamais rencontrée, mademoiselle Courtland, grogna-t-il en la lâchant. S'il y avait une once de vérité dans votre venin, il serait mortel. Vous vous amusez à détailler mes erreurs, mais votre problème reste entier : votre réputation est en lambeaux. Si j'étais cruel, je veillerais à ce que vous passiez le reste de vos jours dans un couvent. Malheureusement pour vous, la société serait beaucoup plus indulgente envers moi.

Il avait raison. On le traiterait simplement de séducteur, ce qui pouvait être un compliment, alors qu'elle serait considérée comme une catin. Des jeunes filles perdaient leur réputation pour un malheureux baiser, ou parce qu'on les surprenait en compagnie d'un homme sans un chaperon digne de ce nom. Et elle avait commis un acte beaucoup plus grave...

Elle releva le menton.

— Quoi qu'il en soit, je refuse d'être vendue au premier venu comme un cheval à Tattersall. J'ai déjà fait mon propre choix.

Il la contempla d'un air narquois.

— Ah bon ? Et puis-je savoir qui est l'heureux élu ?... Allons, ne soyez pas timide, mademoiselle. Après tout, votre dot sortira de ma poche.

Elle demeura silencieuse.

— C'est bien ce que je pensais, ricana-t-il. Vous bluffez.

— Pas du tout !

— Alors, donnez-moi le nom de votre fiancé. Viendra-t-il bientôt me demander votre main ?

— Il viendra, répliqua-t-elle, les poings serrés. Sir Alex n'aura pas peur de vous.

Il ouvrit de grands yeux.

— Sir Alex Maitland ? s'exclama-t-il, incrédule. Ce n'est tout de même pas à lui que vous songez ? Vous ne pouvez pas être aussi naïve !

— Sir Alex est votre contraire. C'est un homme gentil, attentionné et galant. Il préfère les conversations stimulantes à des liaisons indignes.

Elle avait une boule dans la gorge. Pourquoi la regardait-il ainsi ? Elle aurait dû se taire.

— C'est vrai, Maitland est discret, reprit Deverell, un sourire au coin des lèvres. Ma pauvre mademoiselle Courtland... Êtes-vous la seule personne à Londres qui ignore les préférences de sir Alex ?

Elle fronça les sourcils.

— Ne soyez pas stupide. Je le connais bien.

Il éclata de rire.

— Alors vous savez que sir Alex préfère la compagnie des jeunes garçons... Mais, si vous pensez qu'il vous épousera, vous avez ma bénédiction.

Consternée, elle comprit qu'il disait la vérité. L'attitude étrange du jeune homme s'expliquait, et désormais elle n'avait plus d'espoir...

Mais quelle humiliation de l'apprendre de la bouche de Deverell, qui la scrutait d'un air cynique comme s'il lisait dans le tréfonds de son âme !

15

« Quelle petite menteuse ! » songea Holt avec un mélange d'ironie et de tendresse. Amalie Courtland ne cessait jamais de le surprendre. Elle était la femme la plus exaspérante et la plus fascinante qu'il eût jamais rencontrée. Sous sa dignité fragile, il voyait bien qu'elle se décomposait. Avait-elle vraiment espéré se faire épouser par Maitland ? Absurde !

Elle serra les dents.

— Sir Alex semble être l'un de vos ennemis, milord.

— Pas du tout. Contrairement à vous, il m'est parfaitement indifférent.

Elle s'était assise sur le sofa. Il s'approcha, lui souleva le menton. Ses grands yeux le contemplaient avec méfiance.

— Ne soyez pas naïve, mademoiselle Courtland. La vie est souvent rude avec les innocents. Soyez assez sensée pour accepter mes propositions.

Il la lâcha. Ses doigts laissèrent comme une brûlure sur sa peau fragile.

Le silence dans la pièce devint pesant. Il pensa à leur première rencontre, à l'époque où elle était une jeune provinciale maladroite et pauvrement vêtue. Les années aidant, quoique son caractère n'eût pas changé, elle avait fait de réels progrès en élégance vestimentaire. Comment avait-il pu la juger laide ?

Il y avait de la distinction dans ses traits, les yeux verts lumineux, le chignon de cheveux soyeux. Gracieuse, éloquente jusque dans son silence, elle ne ressemblait en rien à une fille de campagne.

En repensant aux courbes délicieuses de son corps, il sentit un flot de désir le submerger.

Un bref instant, il songea qu'il y avait peut-être une autre solution. Elle semblait si malheureuse, si vulnérable… Elle devait le détester d'avoir profité de son désarroi pour la séduire. À dire vrai, il se sentait un peu honteux.

Il aurait dû se maîtriser. C'était agaçant de penser qu'il était incapable de dominer les pulsions de son corps.

Et voilà que cela le reprenait… Il avait envie de l'embrasser, de sentir ses lèvres s'ouvrir sous les siennes, de goûter son exquise douceur…

Il se détourna brusquement.

— Je connais un certain M. Cordell qui pourrait vous convenir, lança-t-il d'un ton faussement désinvolte. Il est jeune, présentable, et son avenir est prometteur. Il travaille chez mon avocat et il prendra rapidement du galon. Vous pourriez le rencontrer.

— Vous êtes trop aimable, milord.

Ses yeux brillaient comme des agates, et le feu de cheminée éclairait son visage d'un halo doré. Il se rappela la douceur de sa peau, ses longues jambes satinées, les seins fermes et délicieux.

— Si le mariage ne vous convient pas, nous pourrions envisager de vous installer dans une maison à la campagne, proposa-t-il, à sa propre surprise. Bien sûr, si je vous offre une maison, je m'attends à quelques... disons... quelques privilèges.

Elle se leva d'un bond, le visage crispé. Elle s'avança vers lui, sur le tapis où ils avaient fait l'amour, quelques jours auparavant.

Lorsqu'elle fut tout près, il perçut une lueur dans ses yeux et lui saisit la main.

— Ne me giflez pas une seconde fois. Vous risqueriez d'en subir les conséquences.

Elle le fusilla du regard.

— Rien n'est plus odieux que de subir vos suggestions insultantes ! Vous vous trompez, milord, je n'avais pas l'intention de vous frapper, bien que vous le méritiez. Je voulais seulement être assez proche pour que vous entendiez clairement ce que j'ai à vous dire : je n'ai pas besoin de votre aide pour trouver une solution à mon problème.

— Dans ce cas, débrouillez-vous ! lança-t-il en la relâchant.

Elle esquissa un sourire moqueur, comme si elle avait prévu sa réaction.

— Soyez généreux avec ma dot, lord Deverell, car il vaut mieux qu'on n'apprenne pas la vérité au sujet de notre... incartade. Votre grand-mère est ma marraine. On verrait d'un très mauvais œil que vous avez abusé de moi sous son toit. Certains pourraient même parler d'inceste, vous ne pensez pas ? Est-ce qu'on bannit encore les officiers de l'armée de Sa Majesté pour comportement immoral ? J'ignore les lois, mais je suis sûre que d'autres les connaissent bien... Pauvre marraine ! Son petit-fils, le célèbre héros, serait chassé du royaume. Quel terrible déshonneur !

Il plissa les yeux.

— Méfiez-vous, mademoiselle. Vous risquez de vous retrouver un jour à Covent Garden, avec les autres femmes tombées en disgrâce pour s'être imaginées au-dessus de leur condition !

— Si ce doit être le cas, je ne serai pas la seule à en souffrir !

Elle décocha ainsi sa dernière flèche, avant de partir, le dos rigide, la tête haute.

Éberlué, il resta immobile. Maudite soit-elle ! Il l'entendit parler à quelqu'un dans le vestibule, reconnut la voix de sa grand-mère.

La porte s'ouvrit à nouveau.

— Holt, te voilà ! Baxter m'avait annoncé ton arrivée, mais j'en ai eu assez de t'attendre... Que disais-tu à la chère Amalie ?

Il haussa les épaules, maussade.

— Que devrais-je lui dire ?

— Rien, mais elle semblait troublée. Es-tu certain de ne pas avoir été odieux avec elle ?

Lady Winford se dressait dans un rayon de soleil qui entrait par la fenêtre. Elle semblait décidée à obtenir une réponse précise.

— C'est probablement notre discussion sur le mariage qui l'a troublée, dit-il.

— Le mariage de notre Amalie ?

— *Votre* Amalie. Il est temps de mettre au point ses prochaines fiançailles.

La vieille dame esquissa un sourire.

— Bien sûr… le mariage. Et toi, n'as-tu rien à me dire, Holt ? ajouta-t-elle d'un air espiègle.

— Si, grand-mère.

Il vint déposer un baiser sur son front :

— Je m'en vais. À bientôt.

Il traversa le vestibule, et un valet de pied sortit héler un fiacre dans la rue. Sa grand-mère profita de cette attente pour passer de nouveau à l'attaque.

— Mais enfin, Holt, je croyais que tu voulais me parler…

— Non, j'étais venu voir Mlle Courtland.

— Ah ! s'exclama-t-elle avec un grand sourire. Parfait !

Une fois dans le fiacre, Deverell songea que sa grand-mère fomentait un mauvais coup. Il savait par ailleurs que Baxter était très perspicace mais, si le domestique était au courant au sujet de sa nuit avec Mlle Courtland, il garderait le silence. Jamais Baxter ne prendrait le risque de faire du mal à la vieille dame.

Pourtant, il commençait à se dire que sa grand-mère ne serait pas désolée d'apprendre la vérité. Si sa *charmante* Amalie se mariait dans la famille, la jeune femme ne la quitterait pas.

Bon sang, pourquoi n'avait-il pas écouté la voix de la raison ? Depuis, il n'avait que des ennuis.

Amalie tremblait encore de rage et d'exaspération, en arpentant sa chambre comme un lion en cage.

De quel droit ce mufle lui dictait-il son avenir ? Il ne possédait pas une once de sens moral. À ses yeux, elle n'était qu'un problème à régler au plus vite…

Elle avait espéré que sir Alex lui fournirait une solution, mais elle s'était trompée. Deverell devait la prendre pour une idiote. Heureusement que l'invité de sir Alex l'avait empêchée de formuler sa demande !

On frappa à la porte. Elle donna la permission d'entrer.

— Lady Winford s'inquiète que vous ne soyez pas descendue, mademoiselle, annonça Lucy. Si votre migraine va mieux, elle aimerait vous voir.

— Dites-lui que je ne vais pas mieux. Je préfère dîner dans ma chambre ce soir, mais je la verrai demain matin.

La nuit portait conseil. Le lendemain, elle aurait trouvé une explication à fournir à sa marraine.

Elle aurait aimé continuer à vivre comme si de rien n'était, et oublier cette nuit avec Deverell. Mais c'était impossible. Il voulait l'obliger à se marier et à quitter la maison de sa grand-mère. Si elle hésitait trop longtemps, elle serait prise au piège. Elle devait imaginer une solution avant qu'il ne lui force la main.

Malheureusement, Deverell ne semblait pas enclin à rejoindre l'armée, bien que Napoléon eût quitté la Russie, perdant plus de cinq cent mille hommes lors de sa retraite. Mais, alors que la guerre se poursuivait entre l'Amérique et l'Angleterre, Deverell restait chez lui. Elle qui le considérait comme un héros ! Quelle idiote !

Fatiguée, elle regarda par la fenêtre. Le jardin était plongé dans la pénombre. La lune éclairait la neige immaculée. Elle laissa l'empreinte de ses doigts sur la vitre froide.

Elle se rappela son premier jour à Londres, sa rencontre avec Deverell. Déjà, à l'époque, elle l'avait pris pour un être implacable. Elle avait eu raison.

Et elle n'arrivait même pas à le détester.

Fermant les yeux pour balayer sa douleur, elle composa dans sa tête une lettre pour don Carlos…

La pièce était assombrie par d'épais rideaux. Don Carlos de la Reine scruta les ombres. Discrète, comme à son habitude, Mme L'Aigle l'avait conduit jusqu'à cette pièce, au deuxième étage du club des Damnés où il devait rencontrer son contact anglais. Tout était silencieux. La voix qui lui parvint à travers les plis de la capuche qui masquait le visage de l'inconnu était assourdie.

— Retirez cette capuche. Je vous entends mal, demanda-t-il dans son mauvais anglais.

— Non. Le secret nous protège tous les deux, répliqua l'inconnu dans un espagnol parfait. Avez-vous les renseignements ?

— Oui, mais ils n'ont aucune valeur.

— C'est moi qui en déciderai. Donnez-les-moi.

Don Carlos retira un paquet de sa poche. La main gantée s'en empara.

— Excellent. Vous êtes aussi habile qu'on me l'avait laissé entendre. Faites-vous des progrès avec l'autre ?

Il haussa les épaules.

— C'est difficile. Elle est très réservée, comme tous les Anglais.

— Elle est américaine, et d'après ce que je sais elle n'est pas farouche.

Don Carlos esquissa une grimace.

— Les vierges se méfient des hommes. Je lui rends souvent visite, je la courtise... Je ne m'attendais pas à ce qu'elle soit aussi intelligente et prévenante.

— Ce serait bien si elle était encore plus prévenante. Mlle Courtland est ravissante. Mais rappelez-vous : vous devez attirer l'attention de Deverell de façon détournée. Il faut le perturber. Son intervention peut encore tout gâcher.

— Je ne comprends pas comment...

— Vous ne devez pas comprendre, mais obéir aux ordres.

Quand il avait accepté de jouer ce rôle, don Carlos n'avait pas prévu tout cela, mais ce n'était pas si terrible car Amalie était très jolie. De toute façon, il trouvait ce lord Deverell arrogant et méprisant. Il n'aimait pas qu'on le traite comme un moins-que-rien.

Sans la courageuse révolte espagnole qui divisait les forces de Napoléon, les Anglais auraient pu se retrouver sous la férule du Français. Deverell aurait dû se montrer reconnaissant, et rejoindre son régiment plutôt que de fourrer son nez dans des affaires qui ne le concernaient pas.

—Deverell s'est approché trop près de la vérité, murmura la voix masquée. S'il ne quitte pas l'Angleterre, il faudra l'empêcher de continuer son enquête par des moyens plus expéditifs. Mais ce n'est pas souhaitable, pour le moment.

—Ce n'est pas lui qui pose problème, mais ce fouineur qu'il emploie. Il est devenu dangereux.

—Je me suis personnellement occupé de Jemmy Taylor. Il ne renseignera plus personne.

Don Carlos eut un petit rire.

—On raconte que les Espagnols sont impitoyables, mais je trouve les Anglais bien plus terrifiants.

—Vos opinions m'importent peu. Faites ce que l'on vous demande et vous serez payé en retour.

—Je veux retrouver mon titre et mes terres. Je n'accepterai rien de moins. Ce Wellington insiste pour que ses troupes occupent mes propriétés. C'est intolérable.

—C'est moins terrible que de les voir aux mains de Napoléon. Les Français peuvent encore gagner.

—Je ne comprends pas pourquoi c'est si important de détourner l'attention de Deverell.

—Comme je vous l'ai dit, cela ne vous regarde pas. Continuez à utiliser Mlle Courtland pour embêter Deverell. Son retour en Angleterre est survenu à un moment peu propice. Épousez-la, s'il le faut, mais elle doit quitter l'Angleterre avec vous. Lord Deverell ne manquera pas de la suivre.

Don Carlos crut reconnaître une inflexion de voix familière, mais l'homme avait déjà disparu.

La porte refermée, il resta dans la pénombre, se demandant si ce jeu n'était pas trop dangereux pour lui. Ces Anglais étaient aussi doués que les Espagnols pour fomenter des intrigues, mais ils hésitaient à tuer Deverell. Le meurtre était pourtant la méthode la plus sûre pour éliminer une menace.

Tant pis... Il continuerait à courtiser la belle Amalie, avec la réjouissante perspective de bientôt retrouver ses terres.

16

Il gelait à pierre fendre et Deverell s'impatientait, les pieds glacés, en attendant Jemmy Taylor. D'ordinaire, rien ne pouvait empêcher Jemmy de se présenter à ses rendez-vous, tant il était poussé par la cupidité. Mais il avait plus d'une heure de retard, cette fois-ci.

Comprenant qu'il ne viendrait pas, Deverell s'éloigna.

Il arriva à Beacon House avec l'intention de se réchauffer avec un cognac devant un feu de cheminée. Baxter prit son manteau, et il lui demanda où était sa grand-mère.

— Je crois qu'elle est sortie avec Mme Fry, Monsieur.

— Par ce froid ?

— Oui, Monsieur. Les conditions sont déplorables dans l'une des prisons.

Deverell laissa échapper un soupir.

— Si je ne mets pas un terme à ses sottises, elle en mourra, grommela-t-il. Je vais l'attendre dans la bibliothèque… Le feu est-il allumé ?

— Non, Monsieur, nous sommes samedi.

— Samedi… Ah oui, le jour de congé des domestiques. Si elle en avait davantage que cinq à son service, la maison serait convenablement chauffée.

— Madame surveille ses ressources financières, et elle ne gaspille pas du bois quand ce n'est pas nécessaire. Mais je vais vous faire un feu, Monsieur.

— C'est inutile, Baxter. Je peux m'en occuper. Je vous sonnerai si nécessaire.

Il entra dans la bibliothèque, cherchant à deviner ce qui avait empêché Jemmy Taylor de se présenter à leur rendez-vous. Il avait vu Cochrane dans la matinée et s'agaçait de l'obstination du scientifique, qui refusait de se réfugier dans sa demeure en Écosse, où il aurait été en sécurité. Ce n'était pas une coïncidence s'il avait été agressé à son retour de chez Cochrane, la veille. Des hommes le surveillaient, et il ne pensait pas qu'il s'agissait d'espions français.

Un odieux soupçon commençait à se dessiner dans son esprit. Le gouvernement anglais trouvait probablement plus ennuyeux de laisser Cochrane libre de ses agissements, que de le contraindre à se cacher pour le reste de sa vie. En intimidant Cochrane, on l'obligeait à se terrer dans un trou perdu, le rendant inaccessible à ceux qui voulaient lui arracher les secrets de sa nouvelle arme. Et Deverell devenait lui-même un problème, car il cherchait à protéger l'inventeur…

Mais qu'adviendrait-il quand on s'apercevrait que l'intimidation était un échec ? Le gouvernement oserait-il assassiner l'un des siens, pour éviter que le secret ne tombe entre de mauvaises mains ?

Près de l'âtre, il alluma du papier journal. Le feu prit lentement, le papier se réduisant en cendre avant que les copeaux de bois ne s'enflamment.

Un bruit derrière lui l'alerta. Toujours accroupi, il se retourna, pour voir Mlle Courtland refermer la porte. Elle ne l'avait pas vu. Elle s'approcha du bureau, prit du papier et une plume dans un tiroir.

Il la regarda en silence, attendant qu'elle le remarque. Elle portait un peignoir aux manches ornées de dentelle, bien trop léger pour un froid pareil. Il lui allait à merveille, le rose profond offrant un joli contraste avec ses cheveux dénoués.

La lumière qui entrait par les fenêtres soulignait les formes de sa silhouette. Elle s'assit. Un agréable silence régnait dans la maison, puisque la plupart des domestiques étaient sortis.

Il continua à l'observer, amusé qu'elle fût trop absorbée pour s'apercevoir de sa présence. Elle trempa la plume dans l'encrier et se mit à écrire.

Il se redressa, s'approcha du bureau, l'épais tapis étouffant le bruit de ses bottes. Il fut touché par la beauté de sa nuque vulnérable.

Son œil avisa le nom inscrit en haut de la page : *Don Carlos*. Il se pencha pour lui prendre la lettre.

Avec un cri de surprise, elle laissa tomber la plume.

— Que… Comment osez-vous ! Je vous ordonne de me rendre cette lettre !

En dépit de son air échevelé et du peignoir transparent, elle conservait une dignité déconcertante. Les boucles sombres encadraient son visage, lumineux et captivant, et retombaient sur ses seins.

— Cette lettre est inutile, décréta-t-il.

— Je n'ai pas d'ordres à recevoir de vous, milord.

Il la scruta de la tête aux pieds, et elle songea à la dernière fois où il l'avait vue dans un peignoir. Elle croisa les bras sur sa poitrine, releva le menton d'un air de défi.

Il rit doucement et jeta la lettre dans le feu.

— Cela ne sert à rien, fit-elle d'un air condescendant. Je peux en écrire une autre, si cela me chante.

Agacé, il la dévisagea.

— Bon sang, êtes-vous à ce point désespérée pour vouloir épouser ce type louche et sans le sou ? Il n'est pas un prétendant digne d'une jeune femme qui veut visiblement s'élever dans la société.

— Serait-ce plus digne de devenir votre maîtresse et d'habiter un cottage loin de Londres, comme vous me l'avez proposé ?

— Ce serait un progrès, si l'on songe que vous êtes arrivée chez nous sans argent, en provenance des colonies, et que vos parents avaient été rejetés par la société.

Il savait qu'il était cruel. Il regretta aussitôt ces paroles.

Elle en eut le souffle coupé et ses yeux s'agrandirent. Enflammé par la colère, il la saisit par le poignet.

— Écoutez-moi, petite sotte! Don Carlos n'est pas un homme pour vous. Ni Maitland, mais je crois que vous l'avez enfin compris. Pourquoi diable ne voulez-vous pas m'écouter? Hélas, j'aurais dû me retenir et ne pas succomber à cet instant de désir passager. Cela nc nous apportera que des ennuis, et vous n'écoutez pas quand j'essaye de vous aider.

— M'aider? s'exclama-t-elle d'une voix proche de l'hystérie. Vous devez me prendre pour une idiote, lord Deverell, si vous pensez que je vous crois capable d'aider quelqu'un d'autre que vous-même. Vous ne songez qu'à votre intérêt, pas au mien ni à celui de votre grand-mère... Inutile de me regarder ainsi, vous savez que c'est vrai! Et je dois effectivement être stupide, puisque je vous avais pris pour un héros, un noble chevalier dévoué à la cause de l'Angleterre. Vous n'avez jamais pensé à votre grand-mère pendant votre absence, presque quatre années sans donner signe de vie, excepté par le biais de votre notaire. Non, milord, vous n'êtes pas un héros...

— Je ne l'ai jamais prétendu, rétorqua-t-il sèchement. Seigneur, il n'y a rien d'héroïque à se retrouver parmi des hommes qui meurent... C'est l'enfer, mademoiselle, un enfer créé par l'homme, des guerres déclenchées par des tyrans et menées par des politiciens. Les véritables héros sont les malheureux qui meurent par centaines. Non, je ne suis pas un héros, mais jamais je n'ai feint d'être ce que je ne suis pas. Peut-on dire la même chose de vous ? Cette envie de passer pour une lady, la saison que ma grand-mère vous a offerte pour vous dénicher un riche mari et vous procurer une vie confortable... Vous êtes une tricheuse, avec une âme et des yeux de Gitane.

Elle essaya en vain de le gifler.

— Vous voyez, s'amusa-t-il, je devine qui vous êtes sous vos beaux atours. Vous ne pouvez pas le dissimuler. Je vous ai percée à jour.

Elle se démena pour se libérer, retenant un sanglot. Le peignoir s'ouvrit, découvrant sa poitrine. Il caressa la peau satinée, effleura un mamelon. Aussitôt, le désir l'enflamma à nouveau.

— Maudite sois-tu pour te faire désirer ainsi, sorcière aux yeux verts !

Il l'attira brusquement à lui, plaqua ses lèvres sur les siennes. Ses doigts plongèrent dans ses cheveux et il goûta sa bouche avec une férocité qui le stupéfia. Seigneur, c'était de la folie !

Contrairement aux autres femmes, elle occupait sans cesse ses pensées. Mais aucune autre ne l'avait regardé avec ce dédain, comme si elle le mettait au défi, comme si elle possédait les secrets de son âme.

Il la serra contre lui, sentit son corps trembler. La peau était douce sous ses doigts, elle frissonnait tandis qu'il lui caressait les seins, le ventre. Il la souleva dans ses bras et la porta jusqu'au canapé.

Un cri aurait suffi pour alerter Baxter, mais elle resta silencieuse alors qu'il l'allongeait sur le canapé, baisant le point vulnérable sous son oreille.

— Seigneur, Amalie… murmura-t-il, glissant la langue dans sa bouche.

Dans la cheminée, le feu avait pris. Une bûche craqua, projetant une gerbe d'étincelles.

Il étudia le corps nacré de la jeune femme. Elle était magnifique, avec son visage empourpré, ses yeux écarquillés. Il posa les deux mains sur ses seins, incita les mamelons à se dresser. Une bohémienne, belle et raffinée, mais avec l'âme d'une femme sensuelle qui vient de découvrir l'amour…

Sa main descendit de ses seins à son ventre. Il l'entendit retenir son souffle lorsqu'il glissa les doigts dans les boucles au creux de ses jambes.

— Ouvrez les jambes pour moi, Amalie, dit-il.

Il caressa les lèvres humides jusqu'à ce qu'elle écarte les jambes, poussant un gémissement.

— Bon sang, vous me rendez fou… Je ne pense qu'à ça, à vous toucher, ici… et ici. Vous m'avez ensorcelé, petite sorcière…

Il se dépêcha de se déboutonner, libéra sa virilité dressée. Il glissa le long de son corps, continuant à lui caresser les seins. Elle tremblait d'excitation. De petits cris de plaisir lui échappèrent.

La main dans ses cheveux, il appuya fortement sa bouche sur la sienne. La jeune femme vibrait de désir. Sa résistance s'était dissoute en entendant sa confession : il la désirait, il pensait à elle… Cette idée la bouleversait.

Quand il la pénétra, elle s'ouvrit pour l'accueillir, l'entourant de ses bras, lui abandonnant sans retenue son corps et son cœur. C'était la chose la plus audacieuse qu'elle eût jamais faite.

Elle l'attira plus profondément en elle, comme pour s'assurer que ce n'était pas un rêve. Deverell la contemplait. Tous ses sens étaient en alerte, une sensation divine l'emplissait de bonheur.

Elle murmura son nom, telle une supplique, alors qu'il imprimait un rythme frénétique à leur danse. Puis, d'un seul coup, l'univers vacilla avant d'éclater en feu d'artifice. Elle fut vaguement consciente du murmure de Deverell, de la dernière poussée de son corps, avant qu'il ne se raidisse en tremblant…

Un long moment, il la tint serrée contre lui, le visage niché au creux de son cou, son souffle chaud effleurant sa peau.

Il se releva sur un coude et la contempla avec une drôle d'expression, laissant un doigt courir de son front à sa bouche.

— Petite bohémienne passionnée…

Il l'embrassa tendrement, puis ajouta :

— Vous savez quoi ? Je n'ai plus l'intention de vous laisser m'échapper.

Elle sourit, heureuse, un peu intimidée.

— Oui, les choses ont changé…

Il jouait avec les boucles de ses cheveux. Sa cicatrice lui donnait un air de pirate ou d'aventurier.

Il l'aida à rajuster son peignoir, baisa son cou en attachant ses cheveux avec un ruban.

— Demain, mon cocher viendra vous chercher. N'emportez pas de vêtements. Je vous achèterai ce qu'il faut.

— Demain ? s'étonna-t-elle. Mais... où allons-nous ?

— Nous ne pouvons pas rester à Londres et déclarer que vous êtes devenue ma maîtresse. Je redoute déjà de devoir l'annoncer à grand-mère.

D'un seul coup, elle se sentit glacée jusqu'au sang. Le sourire se figea sur son visage.

Surpris, il lui releva le menton d'un doigt.

— Qu'espériez-vous, petite Gitane ? Vous savez que je vous désire dans mon lit.

Elle retrouva sa voix et s'étonna d'être aussi calme.

— Vous m'acceptez dans votre lit, mais pas dans votre cœur. Est-ce cela que vous voulez dire, milord ?

— Milord ? C'est un peu formel, non ? Je vous offre une position dans la vie, mais je ne peux vous offrir mon nom.

— Je vois...

Il avait raison, elle avait été sotte de penser qu'il lui offrirait davantage.

Elle se tourna pour observer le feu, sentit son regard sur elle. Le silence complice était devenu lourd et oppressant.

— Cela ne me suffit pas, milord, reprit-elle enfin en le regardant en face. J'ai besoin d'être respectée. Vous trouverez cela peut-être amusant, après ce qui vient de se passer, mais je n'envisage pas de vivre au ban de la bonne société.

— Je vois que ma grand-mère vous a inculqué la droiture morale, lança-t-il, moqueur.

Elle secoua la tête.

— Non, milord, j'ai toujours été ainsi, mais vous ne pouvez pas le comprendre puisque vous ne songez jamais aux autres… C'est sans regret que je décline l'offre de devenir votre maîtresse, bien que d'autres femmes la trouveraient alléchante.

Il garda un visage impassible. Il était un homme diabolique, indifférent… Comment avait-elle pu l'oublier ?

Il la laissa quitter la bibliothèque, sans un mot. Au moment où elle franchissait le seuil, il la rappela :

— Don Carlos n'est pas l'homme que vous croyez. Vous seriez avisée de suivre mon conseil…

Lorsqu'elle referma la porte en la claquant, elle songea que ce geste scellait la fin de ses illusions.

17

Les joyeuses flammes léchaient les bûches, emplissant le salon de lady Winford d'une douce chaleur et du parfum de chêne brûlé. Sur le manteau de la cheminée, une pendule égrenait son tic-tac monotone.

— Quelle petite sotte ! gronda Holt. Mais elle n'y songe pas vraiment.

Sarah laissa échapper un soupir.

— Je crains qu'elle ne soit parfaitement décidée, au contraire. Cette dernière semaine, j'ai été hors de moi, et tu ne daignes réagir qu'aujourd'hui à mes appels désespérés. Que vas-tu faire ?

Il serra le poing et, dans son agitation, renversa une statuette de jaspe qui se fracassa sur le sol. L'un des éclats atterrit aux pieds de la vieille dame.

— Holt, tu dois faire quelque chose pour empêcher cela !

— Que suggérez-vous, grand-mère ? Un duel ? Des pistolets à vingt pas ? Ce serait la solution idéale. Mais don Carlos est peut-être très doué au pistolet.

Sarah grimaça.

— Tout ceci n'a rien d'une plaisanterie.

— C'est vrai, mais vous avez donné votre bénédiction à cette union, lui rappela-t-il froidement. Je me souviens que vous étiez enchantée que don Carlos vienne rendre visite à votre adorable Amalie.

— J'avoue que j'ai été trop enthousiaste. Pourquoi dois-tu toujours me rappeler les choses désagréables et oublier les positives ? Tu es exaspérant !

Elle ne pouvait pas lui avouer qu'elle avait seulement cherché à le rendre jaloux, en lui prouvant que d'autres hommes trouvaient Amalie irrésistible.

— Holt, tu dois empêcher ce mariage.

Il se mit à faire les cent pas dans la pièce.

— Pour une fois, nous sommes d'accord, mais pas pour les mêmes raisons. J'ai l'intention de mettre un terme à cette mascarade.

Elle se sentit soulagée.

— Je veux son bonheur, tu comprends, mais ce don Carlos… Oh, il est charmant, mais je ne crois pas qu'elle serait heureuse en Espagne.

Il s'arrêta pour la dévisager.

— Parfois, vous vous contredisez, grand-mère. Si vous jugez utile de faire des intrigues, vous devez veiller à ce que vos mensonges soient cohérents.

Elle le fusilla d'un regard indigné, mais ne protesta pas. Il avait deviné son subterfuge…

Il s'inclina sèchement et sortit.

Dans le vestibule, elle l'entendit discuter à voix basse avec Baxter. Son fidèle domestique lui raconterait tout, si cela était important. Elle avait une confiance aveugle en lui.

Deverell était si mystérieux… Pourquoi avait-il démissionné de l'armée ? Peut-être que les hommes se lassaient de la guerre, même les héros. Quelle importance ! Il allait rester en Angleterre, et elle était décidée à organiser son mariage avec Amalie. Elle était persuadée qu'ils seraient heureux ensemble. Elle ne s'était pas attendue à ce qu'ils se donnent l'un à l'autre aussi vite, mais c'était des choses qui arrivaient. Le dénouement promettait d'être favorable… à moins qu'Amalie n'épouse ce don Carlos, ce qui serait une catastrophe. Pourquoi Holt ne comprenait-il pas que la jeune fille était malheureuse et désespérée ? Elle devait se sentir si seule…

Avec un soupir, lady Winford se demanda si elle devait parler avec sa protégée. Ce serait affreux si la jeune fille sacrifiait sa vie à un mariage de convenance, alors qu'il suffisait d'un peu de patience.

Puis, effrayée, elle se dit que Holt pourrait être poussé à une réaction dangereuse, si don Carlos insistait pour épouser Amalie…

Deverell retrouva Stanfill au White's. Son ami l'attendait impatiemment à une table.

Comme d'habitude, le Beau Brummell, les lords Alvanley, Mildmay et Pierrepoint s'étaient placés près de la fenêtre, afin que leur élégance fût appréciée des passants.

Lorsque Holt entra dans le salon, lord Alvanley croisa son regard et l'invita d'un signe à se joindre à eux.

— Les Quatre Incomparables sont en pleine forme, remarqua Stanfill, tandis que Deverell les saluait de loin et s'asseyait près de son ami. Tous les dandys et les jeunes hommes de la ville donneraient cher pour être comptés parmi leurs amis mais, toi, tu te contentes de les saluer poliment.

— Pour l'instant, je n'ai pas le temps de me répandre en futilités. Qu'as-tu appris ?

— Don Carlos a été aperçu en compagnie de Maitland, et même de mon frère aîné, ce qui me stupéfait. Je ne pensais pas que quelqu'un qui porte le titre de lord Carlton serait aussi imprudent...

Il se pencha en avant pour ajouter :

— Comme tu l'avais soupçonné, il est agent secret, sinon il ne pourrait pas voyager aussi librement entre l'Espagne, la France et l'Angleterre. C'est incroyable qu'il n'ait pas été arrêté. On doit estimer en haut lieu qu'il est plus intéressant de le laisser en liberté.

— Je comprends la logique de Palmerston.

Lord Palmerston, le ministre de la Guerre, était connu pour avoir l'œil sur tout ce qui se passait dans le royaume.

Stanfill fit une moue.

— Il est vraiment désolant qu'on puisse abattre un Premier ministre dans le vestibule de la Chambre des communes sans que personne l'ait prévu, alors qu'on connaît le moindre détail des agissements d'un espion.

— On ne pouvait pas prévoir le geste de Bellingham.

— Pourquoi ? On savait qu'il en voulait à Perceval de l'avoir ruiné.

— La révolte des luddites à Nottingham a fait plus de mal que toutes les actions de ce pauvre Spencer Perceval. La situation économique est mauvaise. Les exportations ont diminué de trente pour cent, alors que les prix ont augmenté de quatre-vingt-dix pour cent. Et il y a cette maudite guerre avec les États-Unis. Par ailleurs, nous avons un roi fou et un régent dépensier... Une situation déplorable, et bien plus préoccupante que l'arrivée d'un énième espion.

Stanfill l'observa un instant.

— Y aurait-il une autre raison à ta colère ? s'amusa-t-il.

— En effet.

— Ah ! Alors je vais demander à mon valet de préparer ma tenue pour les duels.

Deverell esquissa un sourire.

— Tu as les preuves concernant don Carlos, je présume ?

Stanfill glissa un mouchoir sur la table. Quand Deverell s'en empara, il sentit des papiers sous le tissu. Il enfourna le tout dans sa poche.

— Dommage que les messagers n'arrivent pas toujours à destination, commenta Stanfill, une expression innocente sur son visage poupin.

Deverell songea que c'était l'une des raisons pour lesquelles le jeune vicomte était si doué pour ce métier. Il n'avait ni conscience ni scrupules et, s'il fallait éliminer un homme devenu dangereux, Stanfill y veillait sans état d'âme.

— Viendras-tu chez Amy Wilson ce soir ? demanda le vicomte. Elle a été désolée que tu n'aies pas été des nôtres, hier soir.

— Je laisse Brummell et Alvanley divertir la belle Amy et ses sœurs. Cent guinées pour quelques heures de batifolage sont un prix trop élevé, alors qu'il existe des jeunes femmes bien plus ravissantes et aussi enjouées.

— J'oubliais ta chanteuse d'opéra. À moins que tu ne songes à la charmante Mlle Courtland ? le taquina Stanfill. C'est fou ce que tu passes comme temps à Beacon House. Même pour un petit-fils dévoué…

Son ami le fusilla du regard.

— On dirait que tu es au courant de mes allées et venues. Pour n'importe qui d'autre, cette surveillance serait dangereuse…

Stanfill sourit, et Deverell se leva.

— Mes visites à Beacon House se font rares, précisa-t-il. Et je n'ai pas vu la chanteuse depuis deux mois.

Le vicomte haussa les sourcils.

— Vraiment ? Je croyais que tu t'étais attaché à Mlle Courtland…

— Pas du tout, mentit Deverell. Simplement, j'aimerais la marier au plus vite. Même à don Carlos, finalement.

Stanfill poussa un soupir.

— Dommage… J'avais espéré un nouveau duel.

— Tu vas être déçu, à moins que don Carlos ne provoque Mlle Courtland – ce qui est possible, après tout !

Accompagné par le rire de Stanfill, il quitta le cercle de gentlemen et se retrouva dans la rue froide de Londres où il héla un fiacre. Il avait réussi à appréhender un homme qui surveillait la demeure de sir Thomas Cochrane. L'interrogatoire n'avait pas permis d'obtenir de renseignements utiles, et Cochrane avait dû changer de résidence. Il ne comprenait pas comment les ennemis de Cochrane parvenaient toujours à savoir où celui-ci se trouvait. Ce serait une nouvelle mission à confier à Jemmy Taylor, quand il le verrait.

C'était étrange que l'ancien policier ne donnât pas de ses nouvelles. Après son entrevue avec don Carlos, il se mettrait à sa recherche…

La maison que louait l'Espagnol se trouvait dans une petite rue étroite derrière le Strand, dans le centre de Londres. Il dut tambouriner plusieurs fois à la porte, pour qu'on vînt lui ouvrir.

— Qu'est-ce que vous voulez ? demanda une voix rauque alors qu'un œil le scrutait à travers l'entrebâillement.

Ce n'était pas l'attitude d'un majordome, plutôt celle d'une cuisinière. Il poussa la porte. La vieille femme recula avec un cri. Des mèches grises désordonnées s'échappaient de sa coiffe.

— J'vais appeler le sergent de ville ! protesta-t-elle.

— Allez chercher votre maître, ordonna-t-il. Je suis venu voir don Carlos.

— Sortez d'ici… J'vais appeler le sergent !

— Je ne suis pas un cambrioleur. Est-ce que don Carlos de la Reine est présent ?

— Vous voulez dire, ce maudit Espagnol ? Il est pas là, et il reviendra pas.

Il regarda autour de lui, les sourcils froncés. La maison semblait vide. Dans le petit salon, des housses blanches recouvraient les meubles.

— Y a que moi, poursuivit la femme. Je viens nettoyer pour six shillings. Et c'est un vrai gentleman qui me paye, pas l'Espagnol…

Il la contourna, jeta un regard dans chaque pièce, avant de revenir vers elle.

— Quand est-il parti ?

— Ils partent avec la marée de ce matin. Sur le *Scrutiny*. Il a emmené son épouse avec lui… Bon débarras !

Elle sourit quand il lui jeta une pièce, et la mordit pour vérifier qu'elle était vraie.

— Si quelqu'un vous pose des questions, vous ne savez pas quand il est parti ni avec qui. C'est clair ?

— Ouais, milord. J'peux vous dire qu'il est avare, l'Espagnol. Mais il ne le montrait pas à sa femme, pour sûr. Elle est rudement jolie, celle-là… beaucoup trop bien pour lui, je vous assure.

— Une dame assez grande, avec des cheveux noirs et des yeux verts ?

— Tout juste ! Alors, vous la connaissez ?

Deverell était furieux, mais il ne pensait pas qu'ils avaient déjà quitté le pays. La marée ne serait pas pleine avant des heures. Il avait le temps de retrouver Mlle Courtland et de l'empêcher de faire la bêtise de sa vie.

Bon sang, si elle tenait tellement à se marier, il l'épouserait ! Ce qui ferait la joie de sa grand-mère et éviterait d'autres idioties. Il préférait encore l'épouser que d'apprendre à la vieille dame que sa « chère Amalie » s'était enfuie avec don Carlos.

Il quitta la maison et enfila ses gants.

— Lord Deverell ?

Il leva la tête, surpris, puis fit un bond de côté en apercevant du coin de l'œil un scintillement. Il bloqua l'attaque du poignard d'un bras, et décocha un coup de poing rageur dans la mâchoire de son agresseur. L'homme s'affala sur les marches.

D'autres mains l'empoignèrent, des jurons éclatèrent.

Deverell lutta comme un forcené, mais les coups pleuvaient sur lui. Soudain, une lumière blanche jaillit devant ses yeux, et il s'évanouit.

Il reprit conscience lentement. Un mal de tête lui martelait le crâne. Il faisait sombre. L'odeur était familière ; on ne l'oubliait jamais quand on avait servi sur un bateau. Il entendit le cliquetis des chaînes et des pas étouffés.

— Seigneur, où suis-je ? marmonna-t-il.

— Sur un fichu navire, l'ami, répondit une voix dans l'obscurité. Le *Fortune*.

Il avait une grosse bosse à l'arrière de la tête. Ses cheveux étaient poisseux de sang. Les chaînes pesaient sur ses poignets et ses chevilles.

Il tendit l'oreille, reconnaissant les bruits. Les marins étaient en train de lever l'ancre. Il allait se retrouver en pleine mer !

— Je dois sortir d'ici, grommela-t-il en essayant de se lever, mais la douleur était insoutenable.

Son compagnon invisible ricana.

— Comme nous tous, l'ami. Mais tu ne t'en tireras pas vivant. On nous a enlevés pour travailler sur ce navire hollandais.

Deverell réfléchit. Il avait été kidnappé. Mais les malfrats qui enlevaient des hommes en échange d'une somme d'argent pour les livrer à des capitaines peu scrupuleux ne s'en prenaient pas à des aristocrates dans les rues élégantes de Londres. Et les voyous l'avaient appelé par son nom.

Quelqu'un avait souhaité l'écarter.

C'était sans doute un coup de l'Espagnol, qui voulait empêcher qu'on gâche son mariage. Il se sentait idiot. Il avait laissé la colère l'aveugler. Il pensa également qu'Amalie lui avait tendu un piège. Comme il avait refusé de l'épouser, elle l'avait puni. Derrière ces yeux verts se cachait l'âme d'une calculatrice.

Lorsqu'ils auraient quitté le port, le capitaine viendrait les libérer et il lui expliquerait le malentendu. Ce serait improbable qu'un navire de commerce hollandais veuille garder un lord anglais à son bord…

Mais don Carlos avait tout prévu. Le quartier-maître était de son côté. Quand Holt protesta, l'homme lui donna un coup violent sur le crâne. Allongé sur le pont, la tête ensanglantée, il entendit le vieux marin se pencher sur lui :

— Écoute-moi, mon bonhomme, je me fiche de qui tu es. À partir de maintenant, tu vas obéir au doigt et à l'œil. C'est compris ? Boucle-la et travaille… Sinon, tu goûteras à mon fouet.

Son désir de vengeance naquit à cet instant-là, un désir terrible, attisé par la certitude que la « charmante Amalie » l'avait trahi.

Il se jura de survivre assez longtemps pour le lui faire payer.

18

Le navire fendait les eaux vertes et grises en soulevant des gerbes d'écume. Les voiles gonflées par le vent emportaient le bateau vers les côtes espagnoles. Accoudé au bastingage, don Carlos étudiait sa ravissante fiancée, les yeux mi-clos.

En quatre jours de mer, elle avait acquis un léger hâle, qui mettait en valeur sa beauté. Elle lui rappelait les filles de Saint-Sébastien.

— Vous aimerez mon pays, dit-il. Il est magnifique. Pour le moment, Saint-Sébastien n'est pas aussi attrayant que d'habitude, car votre lord Wellington a pillé la ville, mais elle s'en remettra. D'une colline qui surplombe la baie, on peut voir Miramar, la propriété où la famille royale espagnole passe ses étés.

Malgré son sourire, la jeune femme avait les yeux tristes. C'était ainsi depuis qu'elle avait accepté sa demande en mariage. Il avait été étonné qu'elle acceptât si promptement, et il avait eu ensuite de la peine à la convaincre d'attendre leur arrivée en Espagne pour la cérémonie.

— Je suis catholique, vous comprenez, avait-il expliqué. Un mariage n'est pas valide s'il n'a pas été consacré par un prêtre. Ici, la loi anglaise exige que le mariage soit célébré par un anglican. Mais nous allons obtenir une dérogation et, dès notre arrivée en Espagne, nous aurons deux cérémonies pour nous combler l'un comme l'autre...

L'argument avait été convaincant, et elle avait donné son accord. On aurait dit qu'elle n'avait qu'une hâte : quitter l'Angleterre.

Grâce aux documents dissimulés dans sa cabine, il obtiendrait ses titres et ses terres. Il se réjouissait de présenter à l'arrogant lord Wellington la missive de lord Palmerston, qui ordonnait qu'on lui rendît tout ce qu'on lui avait pris.

Il contempla le visage attristé d'Amalie, la pelisse qui la protégeait du vent froid, dissimulant ses charmes. Il les avait brièvement aperçus la première nuit à bord, lorsqu'il lui avait apporté un verre de sherry pour apaiser ses nausées.

Depuis, il était obsédé par les courbes délicieuses qu'il avait entrevues sous la légère mousseline de sa chemise de nuit, les mamelons sombres, les hanches, les fesses et les cuisses fuselées... Ce ne serait peut-être pas si désagréable d'être son mari, même s'il n'avait pas songé se remarier après la mort de sa première épouse, sa chère Maria – paix à son âme !

— Venez, ma colombe, murmura-t-il. Retournons dans votre cabine. Maintenant que le soleil s'est caché derrière les nuages, il fait froid sur ce pont.

Elle eut un dernier regard pour la mer infinie. La houle ondulait jusqu'à l'horizon. Des nuages gris avaient chassé le soleil.

— Jusqu'à maintenant nous avons eu de la chance avec le temps, mais je crains un orage. Nous ne sommes pas loin du golfe de Biscaye, et le temps est toujours changeant par ici. Je vais vous apporter une boisson chaude pour vous réchauffer…

Un cri attira leur attention. Le marin perché en haut du mât annonçait l'approche d'un navire.

Le capitaine leva sa longue-vue. Ils n'avaient pas croisé beaucoup de bateaux, car les navires de guerre britanniques et français patrouillaient du Portugal jusqu'à la Méditerranée, un nouveau jeu du chat et de la souris depuis que Wellington avait pris Salamanque et pillé Saint-Sébastien, situé non loin de la frontière française.

Blême, Amalie serra sa pelisse autour d'elle.

— Non… chuchota-t-elle. Mon Dieu, faites que cela ne recommence pas !

— De quoi parlez-vous, ma douce amie ? Ce n'est qu'un autre bateau. Ne voyez-vous pas son pavillon ?

Il regarda en direction du navire, puis devint livide. Ce n'était pas un vaisseau hollandais ou portugais, car il était très chargé et arborait un drapeau triangulaire, comme un navire arabe.

Un nuage de fumée blanche et un bruit de canonnade firent tanguer le *Scrutiny*. Des vagues se soulevèrent et se fracassèrent sur les ponts.

Amalie eut le souffle coupé. Elle ferma les yeux pour ne pas recevoir l'eau salée, et s'agrippa au bastingage.

— C'est ce qui aurait dû se passer la dernière fois, dit-elle d'une voix morne, l'air étrange. C'est mon destin et je ne peux pas y échapper...

Don Carlos songea qu'elle était au bord de la crise de nerfs.

— Descendez ! Nous saurons bientôt ce qu'ils veulent.

Elle eut un rire amer.

— Je sais ce qu'ils veulent...

Mais elle lui obéit, et se retrouva avec lui dans le corridor qui menait à sa cabine. Il y eut une autre canonnade, des hurlements d'hommes blessés.

— S'ils montent à bord, vous direz que vous êtes ma femme, compris ? Cela vous aidera d'être la filleule d'une aristocrate, car ils demanderont une rançon. Restez là, et ne sortez pas avant que tout soit calme, conclut-il en la poussant dans sa cabine.

Elle se contenta de le dévisager de ses immenses yeux verts.

Il remonta sur le pont.

La jeune femme tremblait de tous ses membres. C'était inutile de se cacher. Ils la trouveraient. Elle préféra attendre dans le corridor sombre, éclairé seulement par l'ouverture qui menait au pont. Elle sentit que le navire ralentissait, qu'on pliait les voiles. Il y eut des cris. Le bateau tangua. Puis des pas se précipitèrent sur le pont.

Son cauchemar recommençait. Elle se rappelait la dernière fois comme si c'était hier. Mais cette fois Christian n'était pas là pour la consoler. Elle ne s'était jamais sentie aussi seule de toute sa vie...

Les yeux fermés, elle s'adossa au mur, se préparant pour la fin inévitable. Tout lui était familier : les hurlements, les cris, les sabres qui s'entrechoquaient. Puis le silence, terrible.

Un voile semblait avoir enveloppé le bateau. On n'entendait que le crissement des cordes et le grincement du bois. L'air était saturé d'humidité. Un cri guttural résonna, avant de se taire brusquement.

De longues minutes s'écoulèrent. Elle leva les yeux, vit une ombre passer sur le carré de lumière. Des pieds nus descendirent l'échelle. Des pantalons bariolés entouraient les jambes bronzées. Un visage inconnu fouilla l'obscurité. Un visage à la peau sombre. Elle comprit que c'était bien pire que la première fois : ce n'étaient pas des pirates américains ou anglais, ni même français, mais des corsaires arabes. On racontait les pires histoires à leur sujet.

Son cœur battait la chamade. La gorge nouée, elle demeura immobile quand l'inconnu tendit une main vers elle.

Il lui effleura la joue, souriant et murmurant quelque chose dans sa langue musicale. Elle le suivit sans protester. Une étrange léthargie s'était emparée de son corps.

Sur le pont, les Arabes virevoltaient comme des oiseaux du paradis, escaladaient les cordages, descendaient dans les soutes, tandis que l'équipage était regroupé sous le grand mât. Don Carlos semblait terrifié. Des corps étaient éparpillés sur le pont, et les pirates les jetaient à la mer l'un après l'autre comme de vulgaires paquets de haillons.

Impassible, elle se laissa conduire vers le bastingage. On la souleva et elle se retrouva sur l'autre navire, peint de toutes les couleurs. D'autres prisonniers la suivirent, notamment les femmes qui voyageaient sur le *Scrutiny*. La plupart était trop effrayées pour parler, mais deux d'entre elles pleuraient de façon hystérique, et les Arabes les firent descendre dans une soute. Puis les pirates retirèrent les grappins qui retenaient les deux bateaux et abandonnèrent le *Scrutiny*.

La peur au ventre, elle se soumit en silence aux gestes et aux ordres criés dans une langue inconnue. Le navire fendait les eaux, gracieux et rapide.

Elle fut vaguement consciente de recevoir sa nourriture dans un bol et de manger avec les doigts, de boire un liquide sucré qui ressemblait à du lait coupé d'eau. Les femmes parlaient peu et jetaient des coups d'œil inquiets à leurs ravisseurs.

Il se mit à pleuvoir, cette nuit-là, et les Arabes se faufilèrent dans les cordages pour plier les voiles. Recroquevillée sous la tente de toile dressée au milieu du pont, Amalie regarda la pluie couler à flots et les éclairs déchirer le ciel...

Clignant des yeux le lendemain matin sous le soleil, Sarah Purcell, qu'elle avait connue sur le *Scrutiny,* lui dit soudain :

— Ils vont nous vendre, vous savez.

Amalie se demanda si elle avait l'air aussi hagard et épuisée que Sarah. Les autres se mirent à pleurer, mais elle resta silencieuse. À vrai dire, elle était étonnée d'être encore en vie.

— Que nous arrivera-t-il ? demanda une femme plus âgée.

— Mon mari m'a raconté que les femmes vendues par les Arabes deviennent des esclaves... ou pire.

Amalie ferma les yeux, essayant de ne pas penser à l'avenir.

Aucun pirate ne les maltraita. Ils se contentaient de leur apporter à boire et à manger. On leur avait fourni des seaux pour leurs besoins, leur montrant comment les verser par-dessus bord une fois utilisés.

Le troisième jour, la terre apparut à l'horizon. D'immenses rochers sortaient de la mer. Sarah expliqua qu'ils pénétraient dans la Méditerranée. Elle y était déjà venue, avec son mari.

Il faisait plus chaud, constata Amalie. Sa robe était sale et déchirée. On ne leur avait pas donné d'eau pour se laver, et la jeune femme ne pouvait s'empêcher de se gratter.

Elle pensa à sa marraine et regretta d'être partie sans lui dire au revoir. Elle avait eu tort de ne pas se confier à elle. Elle s'était laissé aveugler par l'humiliation et la colère, par la peur de lire la condamnation et la déception dans les yeux de la vieille dame.

Elle ne pouvait pas honnêtement en vouloir à Deverell. Il ne l'avait pas forcée. Elle devait assumer sa part de responsabilité. Pendant les années où il avait été loin de Londres, il n'avait cessé de hanter ses rêves et, lorsqu'il était revenu en héros, elle avait été heureuse à la perspective de le revoir.

Pauvre sotte !

Soudain, une certaine activité s'empara du bateau. Les pirates s'empressèrent de dégager le pont, et elle vit un autre navire s'approcher à toute allure. Hélas, il ne battait pas pavillon américain ou anglais.

— Cartagena, soupira Sarah. La ville de Cartagena s'est révoltée contre l'Espagne et possède son propre pavillon. Elle délivre des permissions à des corsaires qui sont censés n'attaquer que des bateaux espagnols, mais la plupart du temps ces pirates s'attaquent à tous les navires.

Amalie refréna un fou rire hystérique. Des pirates attaqués par d'autres pirates !... Elle se rappela un jour en Virginie, lorsqu'elle avait pêché un poisson et qu'elle s'était aperçue qu'il avait avalé un autre poisson qui lui-même en avait avalé un plus petit... Elle avait imaginé une longue série de poissons mangeant et se faisant manger.

C'était exactement ce qui se passait.

L'autre bateau tira une salve menaçante. Les voiles dépliées claquaient au vent. Les Arabes voulaient essayer de semer leurs poursuivants.

Serrées les unes contre les autres, les femmes savaient que le dénouement, quel qu'il fût, ne changerait rien à leur sort.

Enfin, le bateau arabe fut rattrapé. Des hommes grimpèrent à bord, et la résistance fut réprimée de façon impitoyable. Amalie était inquiète : ces pirates semblaient pires que les autres...

L'un des nouveaux arrivants poussa un cri de joie en découvrant les femmes, et empoigna par les cheveux celle qui était la plus proche. Ce fut la malheureuse Sarah.

En français, il se vanta auprès de ses amis qu'il allait la garder comme butin personnel. Sarah se démenait alors qu'il la caressait avec insolence.

Quand il l'obligea à s'allonger sur le pont et retroussa sa jupe, tout le monde devina ses intentions. Furieuse, Amalie bondit pour se jeter sur lui. Galvanisée par une colère noire, elle réalisa à peine qu'elle hurlait, le traitant de porc et de chien, lui décochant des coups sur la tête.

Avec un cri de rage, l'homme se redressa, et elle retomba en arrière. Elle reprit son souffle, puis saisit un morceau de bois en se redressant et l'assomma. L'homme s'écroula à côté de Sarah. Alors qu'elle s'apprêtait à le frapper à nouveau, une main lui retint le bras et la força à lâcher son arme.

Elle donna un coup de pied dans le tibia de son agresseur. Il grogna, et la tira si brusquement en arrière qu'elle tomba à ses pieds. Essoufflée, les cheveux dans les yeux, elle leva la tête vers lui.

Abasourdie, elle crut entendre ses oreilles tinter. Un visage familier la contemplait, un visage aimé, qu'elle avait vu mille fois dans ses rêves, ces dernières années. Il n'avait été qu'un adolescent dégingandé, quand ils avaient été séparés. Désormais, il était devenu un homme…

— Attachez-le et enfermez-le dans la soute, ordonna-t-il en indiquant le pirate affalé sur le pont. Et si un autre d'entre vous essaye de s'en prendre à ces femmes, il aura affaire à moi !

Christian la força à se lever. Puis il s'immobilisa, scrutant son visage avec des yeux aussi verts que les siens.

— Mon Dieu… Amie ?

Pour la première fois de sa vie, Amalie s'évanouit.

Livre IV

LE CONFLIT

19

La Nouvelle-Orléans, 1814

Le soleil d'août chauffait les rues bondées et les demeures situées dans le quartier du Carré. Du balcon de la maison qui se dressait à l'angle de la rue de Toulouse et de la rue de Chartres, on respirait les effluves entêtants du jasmin et du romarin. Accoudée à la balustrade en fer forgé, Amalie agitait un éventail en dentelle.

Elle apercevait la flèche de la cathédrale qui dominait le Cabildo et les toits de la ville. Au-delà de la cathédrale, on vendait des oranges, des bananes, de la « bière douce » – une bière au gingembre qu'on laissait rafraîchir dans de grands tonneaux – et de l'« estomac mulâtre », plus communément appelé pain d'épice. L'odeur alléchante du sucre brûlé et des pralines parfumait l'air. De l'autre côté de la place d'Armes, des petites cabanes s'alignaient le long des quais, proposant des huîtres qu'apportaient tous les jours les pêcheurs.

Elle s'ennuyait et regrettait de ne pas avoir accepté l'invitation du séduisant créole, Philippe Duverné, pour se promener le long du fleuve. Mais, bien qu'il fût très en retard, elle attendait la visite de Christian. Le soleil brûlant créait comme des vagues de chaleur dans les rues.

Elle aurait eu moins chaud dans une carriole ouverte avec Philippe. Ils auraient été déguster un chocolat au café de l'Aguila, ou une glace près de la place d'Armes. Philippe l'amusait car il lui faisait des compliments, sans jamais désespérer, même si ses flatteries n'obtenaient pas le succès escompté.

Christian prétendait qu'elle aguichait les hommes, et elle se disait qu'il avait peut-être raison. C'était plus amusant de flirter que de prendre ses soupirants au sérieux – une leçon qu'elle aurait dû apprendre beaucoup plus tôt…

Désormais, elle écoutait les compliments avec un sourire, mais les ignorait. Beaucoup d'hommes venaient lui rendre visite dans la ravissante maison en briques à deux étages, construite après l'incendie de 1788.

Au début, elle avait connu des mois difficiles. Traumatisée par son aventure, elle ne quittait pas cette maison que Christian lui avait achetée au cœur de La Nouvelle-Orléans. Puis les cauchemars avaient cessé, et peu à peu elle avait accepté de voir du monde. Elle avait découvert qu'elle jouissait d'une certaine popularité. On la prenait pour la sœur d'un capitaine de marine fortuné. C'était une mascarade, mais Christian avait insisté pour qu'elle jouât son rôle avec conviction. Les citoyens de La Nouvelle-Orléans achetaient volontiers des marchandises aux corsaires qui les fournissaient en tissus somptueux, meubles, peintures et objets d'art, mais ils ne les fréquentaient pas en société.

Elle s'appelait désormais Amalie Cambre. Elle profitait des leçons de français que sa marraine l'avait obligée à prendre, et restait discrète pour ne pas attirer l'attention sur son frère. Grâce à sa nouvelle identité, elle avait presque le sentiment d'être devenue une autre personne. L'étiquette n'était pas aussi stricte qu'à Londres, mais elle ne sortait jamais sans sa femme de chambre, et respectait toutes les règles de bienséance comme une jeune femme bien née. Tant de choses avaient changé, depuis un an et demi, qu'elle avait l'impression de ne plus se reconnaître.

La Nouvelle-Orléans était une ville trépidante, à la fois sensuelle et pieuse, qui appartenait désormais aux États-Unis, mais qui regorgeait d'Américains, de Français et d'Espagnols.

Et de pirates, songea-t-elle, plissant des yeux à cause du soleil en voyant Christian apparaître au coin de la rue – ou plutôt Kit Silver, puisque c'était son nouveau nom. Alors que Jean Laffite, avec ses vêtements élégants et son insouciance, ressemblait à un gentleman, son frère avait curieusement l'air d'un pirate. Elle avait de la peine à retrouver chez cet homme au visage sévère, qui parlait d'arraisonner des navires et d'échapper aux douaniers, l'adolescent d'autrefois.

Les expressions de son visage et sa voix lui rappelaient parfois Deverell.

Deverell... Ce nom évoquait tellement de souvenirs douloureux ! Pendant les premiers mois à La Nouvelle-Orléans, elle avait réfléchi aux émotions qui l'avaient poussée à accepter la proposition de don Carlos, et à s'enfuir de Londres sans même dire adieu à sa marraine. Elle n'aurait pas supporté de vivre près de Deverell, sachant qu'il continuerait à venir à Beacon House, qu'elle serait obligée de le revoir, alors qu'il n'était nullement attaché à elle...

Christian avait-il deviné son trouble ? Il parlait peu, mais parfois il la contemplait d'un air perçant comme s'il devinait que son insouciance était feinte. Mais elle ne pouvait pas se confier à lui et avouer ce qu'elle avait fait avec Deverell.

Il savait, bien entendu, que leur marraine était une femme merveilleuse, généreuse et attachante, qui souffrait sans aucun doute de la disparition de sa filleule, pensant qu'elle était morte. Quand elle avait voulu lui écrire pour lui dire qu'elle était saine et sauve, Christian s'était montré inflexible.

— Non, il n'en est pas question, Amie. C'est trop risqué. Elle s'habituera à ton absence.

— Mais elle est âgée et elle tient à moi ! C'est cruel de ne pas lui dire que je suis en bonne santé. Je peux être discrète. Je n'ai pas besoin de préciser où je me trouve.

— C'est trop dangereux.

Il n'avait pas voulu discuter davantage.

Mais elle n'avait pas obéi. Une lettre sans adresse d'expéditeur ne pouvait faire de mal. Elle avait donc envoyé une courte missive à sa marraine, pour la rassurer, lui disant qu'elle pensait à elle avec beaucoup de tendresse, même si elle ne pouvait pas revenir à Londres.

La lettre n'était probablement pas arrivée à destination, car la guerre entre l'Amérique et la Grande-Bretagne s'était aggravée depuis l'abdication de Napoléon en avril. Le blocus des ports américains s'était intensifié, et seuls les corsaires parvenaient à naviguer. La Fondation Laffite s'enrichissait, bien que la situation fût de plus en plus risquée pour les pirates…

Elle descendit accueillir Christian dans la cour intérieure de la belle maison. Il portait une chemise blanche ouverte au col, de hautes bottes noires, et ne semblait pas souffrir de la chaleur accablante.

Il l'étreignit avec affection, comme lorsqu'ils étaient enfants.

— Je m'inquiétais pour toi, dit-elle. On parle des bateaux anglais qui patrouillent dans le golfe, et par ailleurs le gouverneur Claiborne est déterminé à débarrasser la Louisiane des pirates.

— J'ai eu un contretemps, expliqua-t-il avec un sourire joyeux qui le faisait paraître plus jeune que ses vingt-cinq ans. Laffite a un nouveau client pour ses marchandises, j'ai dû l'accompagner à Barataria.

Elle lui prit le bras.

— Un vieil homme riche et bedonnant est-il plus important que moi ? plaisanta-t-elle.

Il éclata de rire.

— Il est peut-être riche, mais il n'est ni vieux ni gros.

— J'espère que tu es prudent. Je déteste quand tu viens à La Nouvelle-Orléans. Après ce qui est arrivé à Pierre, j'ai toujours peur que tu te fasses arrêter.

— Je ne suis pas aussi connu que Pierre, ce qui me convient parfaitement. Pour Claiborne, je ne suis qu'une des centaines de personnes qui traitent avec Jean Laffite. Pierre possède un magasin. Il était une proie facile.

Elle soupira. De toute façon, Christian n'en ferait qu'à sa tête. Même enfant, il avait désobéi à leurs parents puis à leurs tuteurs, traînant sur les quais du port.

Elle demanda à Solange, sa domestique, de leur apporter du jus de fruits frais, des friandises et un verre de la liqueur qu'appréciait son frère.

— Notre maison est presque terminée, dit-il d'un air satisfait.

Il guetta sa réaction, car il savait qu'elle n'avait pas envie de quitter la ville. Mais il semblait si fier qu'elle lui sourit.

— J'en suis ravie, même si j'ai apprécié mon séjour en ville. J'ai appris à aimer La Nouvelle-Orléans…

— Tu aimeras l'île encore davantage. Je ne veux pas que tu restes ici pendant la mauvaise saison, lorsqu'il y a l'épidémie de fièvre jaune. C'est chaque année la même chose, à la fin de l'été. Tu seras plus en sûreté à Belle Terre.

Elle se rappela l'année précédente, quand la

fièvre jaune avait ravagé la ville. Tous ceux qui possédaient des plantations avaient fui la cité. Toutes les maisons avaient été fermées, les volets tirés pour repousser la chaleur oppressante et les relents des caniveaux.

Les esclaves avaient été les plus gravement atteints. Ils étaient tombés comme des mouches, contaminés par les épaisses vapeurs qui s'élevaient des marais autour de la ville.

— Par ailleurs, je peux entrer et sortir de Belle Terre sans attirer l'attention, ajouta Christian.

Elle posa une main sur son bras.

— Christian, tu ne crois pas qu'il serait temps d'arrêter ? Nous pourrions retourner en Virginie ou…

— Enfin, Amie, tu ne vas pas recommencer ! s'écria-t-il, agacé.

Il se jeta dans un fauteuil, à l'ombre d'un palmier.

— Je n'ai pas le choix. Quand le capitaine Jack m'a pris sur son bateau, je suis devenu un pirate comme les autres. S'ils m'avaient attrapé à Kingston, j'aurais été pendu avec eux. J'ai eu une chance folle d'avoir été accepté par Laffite.

— Une si grande chance que chaque fois que tu viens en ville, je crains que tu ne sois arrêté ! se moqua-t-elle. Pardonne-moi, mais j'ai tellement peur. Ça ne pourra pas continuer éternellement, tu le sais.

Il laissa échapper un soupir.

— Je sais, répliqua-t-il d'un air sombre. Mais je ne suis pas comme les autres, dépensant tout mon argent. J'ai fait des économies. Désormais, je possède ma maison et ma terre, même si la propriété n'est pas aussi importante que je l'aurais souhaité. Un jour, je pourrai commencer une nouvelle vie ailleurs, mais pour le moment je dois rester. Si tu ne veux pas demeurer avec moi, je t'enverrai où tu le désires...

— Bien sûr que non ! Nous resterons ensemble, dit-elle en venant s'agenouiller près de lui. Je ne veux pas te perdre une seconde fois, c'est tout.

Il sourit en lui caressant les cheveux.

— Moi non plus, Amie, je ne veux pas te perdre une seconde fois.

Kit examina sa sœur, le cœur serré. Elle avait raison, mais il refusait de le lui avouer. Il était en danger, d'autant que le gouverneur Claiborne avait décuplé ses efforts pour débarrasser Barataria des pirates, en proclamant haut et fort ses intentions.

Comme à son habitude, Jean Laffite avait réagi avec panache et insolence. Il était revenu à La Nouvelle-Orléans pour y donner de grandes fêtes, recevant les marchands les plus éminents à ses dîners, se montrant dans les cafés entouré de ses amis.

Claiborne avait lancé contre lui une procédure judiciaire. Le tribunal l'avait mis en accusation, ainsi que les autres membres de Barataria. Considéré comme complice, Pierre avait été jeté en prison, et sa demande de libération sous caution avait été rejetée. Aussitôt, Jean Laffite s'était adressé à deux des meilleurs avocats de Louisiane, John Grymes et Edward Livingston.

La cupidité était une motivation puissante, et Grymes avait démissionné de son poste de procureur pour accepter le dossier et défendre Pierre Laffite.

Ces remous marquaient toutefois la fin d'une époque. Les temps s'annonçaient difficiles pour les pirates.

Kit se félicitait d'avoir construit une maison sur une île du golfe du Mexique. Il pourrait y garder Amalie en toute sécurité, laisser passer un peu de temps, avant de s'établir ailleurs comme un homme d'affaires fortuné. Il pensa à la Virginie, aux criques et aux plages qu'il avait tant aimées enfant, aux vertes prairies, aux douces collines où un homme pouvait faire fortune en plantant du tabac ou du coton. La vie serait belle, pour lui comme pour Amalie.

Sa sœur avait tellement changé...

Une ombre de tristesse voilait son regard quand elle croyait qu'il ne l'observait pas, et il s'interrogea à nouveau sur les événements qui l'avaient conduite à se trouver sur un navire avec cet aristocrate espagnol. Cela n'avait pas été une histoire d'amour, elle n'avait jamais semblé s'inquiéter du sort de son fiancé, don Carlos.

Il devinait pourtant qu'elle avait le cœur brisé. Par deux fois, il avait surpris des larmes dans ses yeux, son visage crispé de désarroi, et il avait compris qu'un homme en était la cause...

Il la força à se relever et glissa un bras autour de sa taille. Elle avait perdu du poids, elle était légère comme une plume, les traits amaigris, et ses yeux lui mangeaient le visage.

— Une fois que tu seras installée, Thérèse te nourrira de soupe au gombo pour te remplumer! décréta-t-il, un sourire aux lèvres. La maison n'est pas grande, mais elle est confortable. Ce n'est peut-être pas aussi excitant que La Nouvelle-Orléans, mais tu seras libre de revenir en ville de temps à autre. Tu apprendras à aimer Belle Terre, j'en suis sûr.

— Je n'en doute pas, Christian.

Elle lui sourit, mais ce sourire n'effleurait pas ses yeux. Silencieusement, il maudit l'homme qui l'avait blessée.

Si jamais il rencontrait ce goujat, il se ferait une joie de l'embrocher avec son sabre!

Belle Terre ressemblait exactement à la description de Christian. Nichée dans la verdure, la belle maison en cyprès possédait un toit de bardeaux. Les grandes fenêtres aux volets en bois laissaient pénétrer la lumière et la brise salée de la mer. L'île, d'une cinquantaine de kilomètres de long, était située non loin de la côte.

Elle était assez éloignée de La Nouvelle-Orléans et de Barataria pour ne pas être visitée par les douaniers, mais une journée de mer suffisait à rejoindre la ville.

Le *Cafuego*, le bateau de Christian, était un sloop rapide, armé de canons jusqu'aux dents, ce qui avait effrayé Amalie.

— Je n'ai pas oublié les leçons apprises sur le *Success* ou sur le bateau du capitaine Jack, lui avait expliqué Kit. Je n'ai pas l'intention de me faire rattraper.

Il demeura un mois à Belle Terre, avant d'annoncer qu'il devait repartir. D'ici quelque temps, il aurait assez d'argent pour les emmener loin de la Louisiane et oublier son passé de pirate.

— Quand pars-tu ? demanda-t-elle d'une voix tremblante.

— Demain matin, mais il y a une fête ce soir sur la plage. Les femmes font la cuisine depuis des heures. Nous aurons du cochon rôti et des crabes. Tu aimes le crabe. Tu te rappelles quand tu les pêchais ?

Elle poussa un soupir.

— Oui, et je me rappelle comment les autres crabes empêchaient toujours celui qui voulait s'échapper de s'enfuir. Ce sera la même chose, quand tu voudras quitter Barataria.

Il fronça les sourcils.

Elle devait accepter la situation. Elle n'avait pas le choix…

Des feux parsemaient la plage de sable fin qui entourait une partie de la maison. Des herbes folles poussaient sur les dunes, ainsi que des fleurs sauvages d'un bleu éclatant. Le soleil de la fin d'après-midi drapait les eaux du golfe d'une couleur orange et jaune, et l'horizon semblait prêt à absorber le globe brûlant tel un prédateur marin.

Elle étudia les silhouettes qui entouraient les feux. Kit lui présenta les nouveaux membres de son équipage, son visage sévère leur rappelant qu'il ne tolérerait aucun comportement offensant envers sa sœur.

Ils étaient polis, bien qu'un peu frustes. Ils étaient tous impatients de reprendre la mer.

Bientôt, Amalie commença à s'amuser. Elle souriait et tapait des mains en rythme avec la musique. On respirait l'odeur délicieuse du cochon qui tournait au-dessus d'un feu de bois ; la graisse grésillait en tombant dans les flammes. Le vin, dérobé à un navire marchand français, coulait à flots. Quand le soleil s'effaça derrière l'horizon, on alluma des torches.

Quelques-unes des femmes de pirates se mirent à danser, leurs cheveux libres virevoltant autour de leurs visages. Les flammes éclairaient leurs corps satinés qui s'agitaient au son des tambours et des guitares.

Kit ne s'étonna pas lorsque Rosa s'approcha d'Amalie.

— Vous allez danser avec nous ?

— Oh... non, je ne crois pas, hésita la jeune femme, en regardant son frère qui haussa les épaules. Peut-être que si, après tout, si vous voulez bien me montrer comment, se ravisa-t-elle d'un ton plus ferme.

Ravie que cette dame – qu'elle avait prise tout d'abord pour une souris timide, jusqu'à ce que Kit lui raconte comment elle avait failli tuer l'un de ses hommes sur le vaisseau arabe – acceptât sa proposition, Rosa lui offrit un sourire enchanté et la conduisit vers le cercle des danseuses.

Kit s'amusa de voir les chaussures d'Amalie soulever de petites gerbes de sable, alors qu'elle essayait maladroitement d'imiter les mouvements sensuels de Rosa.

Il se rappela sa sœur sur le navire arabe, sa colère d'une rare violence qui l'avait consterné.

Que lui était-il arrivé, pour qu'elle eût autant changé ? Ce n'était pas seulement à cause des pirates, même s'ils l'avaient effrayée. Il y avait autre chose… un regret, une détresse profonde qui se cachaient sous sa sérénité apparente.

Il était heureux, ce soir, de la voir s'amuser.

Riant aux éclats, à bout de souffle, Amalie retira ses chaussures et ses bas, les donna à Solange avant de retourner danser.

Lorsqu'elle eut enfin compris les pas, la jeune femme retira les peignes qui retenaient ses longs cheveux noirs. Ils glissèrent en cascade sur ses épaules. Elle portait une chemise au décolleté profond comme celui de Rosa, blanche et brodée de fil rouge. Sa jupe tournoyait autour d'elle à chaque mouvement.

Les pieds d'Amalie tapaient en mesure, pour soutenir la cadence endiablée des guitares. Quelqu'un lui tendit un verre de vin, qu'elle but avec plaisir.

Le rythme sensuel des instruments s'accentua, accompagné des cris et des claquements de mains. D'autres femmes se joignirent aux danseuses. Mais c'était Amalie qui attirait les regards des hommes. Elle imitait Rosa, relevant sa jupe pour dévoiler des chevilles et des mollets fins, jouant à flirter, lançant des œillades avec des mouvements dédaigneux de la tête.

« Seigneur, pensa Kit, surpris et troublé. Elle leur ressemble vraiment ! On dirait une fille sauvage comme Rosa… »

Ses lèvres pulpeuses affichant un sourire aguicheur, les yeux mi-clos, le visage échauffé par la danse, Amalie s'abandonnait à la musique. Ses épaules pâles luisaient, son visage était rêveur, elle dansait comme seule danse une femme qui a connu un homme.

Il comprit alors qu'il ne s'était pas trompé. Sa sœur pleurait un amant. Et il se demanda, furieux, qui était cet homme, et pourquoi il l'avait quittée.

Une sourde colère s'éveilla en lui, à la pensée qu'un homme avait pris l'innocence de sa sœur, pour ensuite l'abandonner.

—*Amante,* murmura Rosa en s'approchant. Ta sœur n'est pas la dame que tu t'imaginais, n'est-ce pas ? Elle danse comme une Gitane, comme nous autres.

—Ma sœur a toujours eu du tempérament, répliqua-t-il, pensif.

Elle éclata de rire.

—Regarde-la, elle danse avec Miguel. Non, elle n'est pas la petite souris timide que je pensais... Regarde comme elle bouge !

Les hommes encerclaient Amalie en tapant dans leurs mains. Elle accepta un autre verre de vin, renversa la tête pour le boire d'un trait. Elle transpirait, ses vêtements lui collaient à la peau. Avec la lueur du feu derrière elle, on devinait la forme de ses longues jambes.

Elle avait l'air sauvage, passionnée, provocante...

Il ne voulait pas qu'elle se montrât ainsi devant son équipage, aussi dévergondée que les femmes qui vivaient avec les pirates. Il s'avança avec l'intention de l'empêcher de continuer.

Rosa le retint par le bras.

— Il faut la laisser. C'est une adulte, non ? C'est bien qu'elle danse. Comme ça, toi et moi, on peut s'éclipser quelques instants...

— Lâche-moi, Rosa !

Fâchée, elle obéit, lançant une tirade en espagnol à laquelle il répondit. Il était trop occupé par l'idée de rejoindre Amalie, pour remarquer qu'une partie de ses hommes avaient délaissé leur poste de surveillance, sur la plage, et s'approchaient.

Puis il reconnut l'homme qui les accompagnait. C'était le dernier client en date de Laffite... Que diable faisait-il ici ?

Kit alla le saluer. Il vit Amalie trébucher, et cesser de danser. Son sourire s'effaça de son beau visage. Les joues empourprées, ses cheveux sombres déployés sur les épaules, elle dévisageait le nouvel arrivant d'un regard tranchant comme une épée.

D'une voix horrifiée, il l'entendit s'exclamer :

— Vous !

20

— Bonjour, jolie Gitane. Moi aussi, je suis heureux de vous revoir, susurra Deverell d'une voix dangereusement douce.

Elle blêmit. À la lueur des flammes, ses yeux paraissaient avoir foncé, se dit-il. Combien de facettes possédait cette femme, qui dansait avec une grâce sensuelle, ses vêtements la moulant comme une seconde peau, si transparents que chacun voyait l'aréole de ses mamelons et le galbe de ses cuisses ?

Il repensa à une autre nuit, à un autre feu, à des membres dénudés et des seins délicieux qui s'offraient à ses mains et à sa bouche… Visiblement, elle avait gagné en expérience. Aucune femme ne pouvait danser de cette manière si elle ne connaissait pas parfaitement tous les rouages de la séduction. Il n'aurait pas dû s'en étonner. Il n'avait jamais cru à la respectabilité dans laquelle elle se drapait. Une mascarade, destinée à tromper sa grand-mère, et il avait failli s'y laisser prendre lui aussi.

Bon sang ! Il avait même envisagé de l'épouser pour l'éloigner de don Carlos !

Après son évasion de ce terrible bateau où il était prisonnier, après l'avoir cherchée pendant six mois en Espagne et dans l'océan Indien, poursuivant les pirates qui l'avaient enlevée, voilà qu'elle était enfin devant lui. Elle était retombée sur ses pattes comme un chat. Un petit chat pervers...

— Braxton, dit Kit Silver, rompant le lourd silence. Vous connaissez ma sœur ?

— Nous nous sommes rencontrés, il y a fort longtemps...

— Est-ce que Laffite vous a envoyé ici ? demanda Silver, les sourcils froncés. Nous devions nous voir sur Grande Terre.

Le ton de voix était hostile. Deverell se tourna vers le jeune homme qui le dévisageait d'un air soupçonneux.

— Il y a eu un changement dans le programme. Mais nous en discuterons plus tard, quand vous aurez lu la lettre de Laffite.

— Venez à la maison, dit Silver. Nous pourrons parler à notre aise.

Amalie s'était remise de ses émotions. Elle lui jeta un regard furtif, avant de se détourner.

Il la rejoignit.

— Vous viendrez vous joindre à nous, mademoiselle, n'est-ce pas ? demanda-t-il en lui prenant la main pour la porter à ses lèvres.

Il serra sa main un peu trop fort.

— Je ne m'occupe jamais des affaires de mon frère, répliqua-t-elle froidement.

—Venez quand même. Nous pourrions parler... de l'ancien temps.

—Les souvenirs ne sont pas toujours agréables à évoquer, monsieur.

Lâchant sa main, il comprit qu'elle n'avait pas parlé de lui à son frère, et qu'elle n'en avait pas l'intention. Il pourrait profiter de cette aubaine, mais c'était une arme à double tranchant car elle pouvait changer d'avis à tout moment. Kit Silver était visiblement protecteur envers sa sœur, et tout homme qui avait vécu cinq ans comme pirate n'éprouvait aucune hésitation à se venger.

—Nous vous regretterons, murmura-t-il, mais elle ne fut pas dupe de sa galanterie.

Perchée sur une colline qui dominait la baie, la maison se confondait avec les arbres. S'il n'y avait pas eu de lumière aux fenêtres, elle aurait été invisible. Même de jour, elle devait être difficile à repérer.

Deverell suivit Silver le long d'un chemin étroit. La lune les éclairait faiblement.

La maison était spacieuse. La pièce principale occupait tout le devant de la demeure et s'ouvrait sur une large véranda. Les portes-fenêtres laissaient pénétrer la brise qui jouait avec les fins rideaux. La pièce était meublée d'objets élégants. Kit Silver ne choisissait que le meilleur, parmi ses butins.

—Quel rapport avez-vous avec ma sœur? demanda le pirate après avoir versé deux cognacs dans des verres en cristal.

—Nous nous sommes rencontrés à Londres,

il y a quelques années. Je ne l'avais pas vue depuis longtemps.

Les yeux de Silver avaient la même teinte émeraude que ceux de sa sœur, mais le regard était sévère. Toute trace de douceur avait disparu de son visage. Il possédait la même insolence qu'Amalie, une arrogance probablement héritée de leurs ancêtres illustres. Silver... un surnom dérivé de lord Silverage. Son grand-père avait été un aristocrate de la couronne d'Angleterre, alors que le petit-fils était corsaire.

— Donnez-moi la lettre de Laffite, exigea-t-il soudain.

Deverell la lui tendit, et Silver la parcourut à la lumière d'une lampe.

Sirotant son cognac, Deverell examina l'épais tapis d'Orient, ainsi que la peinture d'un maître hollandais accrochée au mur. La piraterie rapportait gros, semblait-il.

— Qui vous a permis de faire cette proposition ? demanda Silver.

— Le gouvernement britannique.

Kit hocha la tête.

— J'avais prévenu le patron que vous n'étiez pas un marchand, comme vous le prétendiez.

Deverell haussa les épaules.

— Un petit mensonge pour tâter le terrain... Que pensez-vous de notre offre ?

— Comme Laffite, je veux y réfléchir. On dirait que les Britanniques comptent sur la victoire, alors que rien n'est encore joué. Trente mille dollars et des garanties de terres américaines sont une offre plutôt alléchante, mais il faut avoir ces terres pour pouvoir les donner.

—Ils savent prévoir l'avenir.

« Maudit Bathurst, je savais bien que ça ne marcherait pas ! » songea Holt. La prise de La Nouvelle-Orléans était indispensable à une victoire britannique, car cela permettrait de contrôler l'embouchure du Mississippi, empêchant ainsi les Américains d'avoir accès à la mer. C'était une position stratégique, mais le secrétariat à la Guerre s'était trompé sur l'état d'esprit des habitants de la Louisiane, pensant qu'ils désiraient soit l'indépendance soit retourner sous la férule espagnole.

Le colonel Nicholls, qui venait de prendre la Floride aux Espagnols, avait donné l'ordre à ses officiers de se rendre à Barataria afin d'offrir à Laffite des terres, une protection, le rang de capitaine dans la marine britannique et de l'argent pour les rejoindre. Deverell s'y était opposé, devinant la position du pirate, mais on ne l'avait pas écouté.

Les jours précédents lui avaient donné raison, car Laffite tardait à donner sa réponse. Tant que Pierre Laffite se trouverait dans une prison de La Nouvelle-Orléans, son frère hésiterait à prendre le risque de trahir les autorités américaines.

—Avez-vous un endroit où dormir ce soir, monsieur Braxton ? Ou devrais-je vous appeler par votre grade dans la marine ?

—Mon navire se trouve dans la baie, j'y passerai la nuit. Et vous pouvez m'appeler Braxton.

C'était inutile d'entrer dans le détail des titres et des grades, surtout en ce moment. En arrivant sur l'île, Deverell n'avait eu qu'une idée : rejoindre La Nouvelle-Orléans au plus vite.

Mais c'était avant de revoir Amalie Courtland, avant d'avoir eu la preuve que le pirate connu sous le nom de Kit Silver était bien son frère, Christian Courtland... C'était un soupçon dont il n'avait fait part à personne, pas même à Nicholls. Il est vrai qu'il ne s'était pas attendu à la trouver sur l'île...

Les sept mois de calvaire qu'il avait endurés à bord du *Fortune* resteraient à jamais gravés dans sa mémoire.

Lorsqu'il avait été sauvé par une frégate anglaise, il avait été accueilli au sein de la marine britannique avec une promotion, et on lui avait accordé le commandement d'une frégate. On lui avait demandé de reprendre du service, car l'Angleterre avait besoin d'hommes capables en Amérique, et il avait accompagné Nicholls pour reprendre la Floride aux Espagnols. Une tâche difficile, qui lui avait toutefois permis de se rapprocher de son objectif.

En recevant la lettre de la jeune femme, sa grand-mère avait pleuré de soulagement, car sa chère Amalie était encore en vie. Elle lui avait fait part de la bonne nouvelle. Après enquête, il avait eu la certitude de la trouver à La Nouvelle-Orléans. Mais là-bas, le nom de Courtland était inconnu...

Kit Silver le scrutait avec attention.

— Il se fait tard, et notre maison est confortable. Passez la nuit chez nous, Braxton, et demain matin nous partirons ensemble.

Deverell s'inclina.

— Vous êtes généreux. J'avoue que ce serait agréable de dormir pour une fois sur la terre ferme.

— Mais auparavant, venez nous rejoindre sur la plage. Les musiciens sont très doués, et nous avons du vin français. Une pure merveille.

Les deux hommes se levèrent.

— Je vais envoyer un message à mon second pour le prévenir.

— René s'en chargera pour vous. Je vais vous le présenter, puis vous nous rejoindrez sur la plage.

— D'accord.

Deverell songea que Kit préférait se montrer prudent, mais il comprenait une telle attitude. Tout le monde savait à La Nouvelle-Orléans que Claiborne voulait se débarrasser des pirates.

Frissonnant dans l'air frais de la nuit, Amalie contemplait d'un air inquiet les fenêtres allumées.

Deverell… Ici !

Comment l'avait-il trouvée ? Était-ce une coïncidence qui l'avait amené jusqu'à cette île ?

Elle savait que sa présence avait un rapport avec Jean Laffite, mais elle se demandait s'il était également à sa recherche.

Il avait changé. Il semblait encore plus inflexible et affûté, avec une nouvelle balafre sur la joue gauche. On aurait dit l'un des pirates de Jean Laffite qui écumaient les mers depuis des années. Quand il avait tenu sa main, elle avait frémi en voyant la lueur menaçante dans son regard…

Mon Dieu, voilà qu'il revenait avec Kit !

Elle se leva d'un bond. Elle avait envie de fuir, et regrettait d'avoir abusé du vin. Pourquoi était-elle toujours un peu ivre aux moments les plus inopportuns, elle qui ne buvait jamais ?

— Nous revoilà, murmura Deverell lorsqu'ils la rejoignirent.

Elle redressa les épaules.

— Braxton m'a dit que vous vous êtes connus autrefois à Londres, lança Kit.

— À Londres, en effet, dit-elle. Il… il connaît lady Winford.

— Je la connais bien, mais cela fait quelque temps que je n'ai pas été en Angleterre, précisa Deverell.

— Ce doit être agréable de voyager de par le monde.

Deverell eut un sourire crispé.

— Hélas, je ne conseillerais à personne de voyager dans les mêmes conditions que moi. Mais ce fut une bonne leçon de survie.

— Dans ce cas, nous avons été à la même école, commenta Kit.

Amalie contemplait le visage de Deverell, éclairé par les feux de camp. Il avait un air terriblement dangereux, avec ses sourcils noirs et le pli cynique de ses lèvres.

Qu'avait-il voulu dire, en parlant de survie ?

Mais pourquoi s'en faisait-elle ? Il avait été très clair : il la voulait dans son lit, mais pas dans sa vie. Pourquoi le craindrait-elle, puisqu'elle se trouvait sous la protection de son frère ?

Quand Miguel vint lui demander de danser à nouveau, elle afficha un sourire désinvolte et accepta d'un air joyeux.

— J'ai envie de m'amuser, ce soir. La nuit est magnifique, et cela fait longtemps que je n'ai pas dansé avec un jeune homme aussi séduisant.

Kit fronça les sourcils, visiblement estomaqué.

Elle s'éloigna, sentant les yeux perçants de Deverell lui brûler le dos.

Bien qu'elle virevoltât à nouveau, la gaieté de la nuit avait disparu. Elle n'avait qu'une envie : se réfugier dans sa chambre. Pour la première fois depuis que Kit l'avait sauvée, elle se sentait mal à l'aise… et en danger.

— *Ay, Dios mio !* s'enflamma Miguel. Vous dansez comme un ange, *señorita* Cambre… Vous êtes si belle.

— Je ne danse pas aussi bien que Rosa et les autres.

Le jeune homme secoua la tête.

— Ce n'est pas vrai. Vous dansez comme si vous aviez le rythme dans le sang, comme une vraie Gitane… Si votre frère n'était pas aussi sévère, je vous apprendrais le *jarabe*, car c'est une danse inventée pour les femmes comme vous.

Elle lui adressa un sourire langoureux, mais c'était en pensant aux yeux bleu nuit qui l'observaient…

Miguel osa s'approcher si près, pendant la danse, que son torse lui frôla les seins.

La musique s'accéléra, tel un pouls plaintif et envoûtant, et elle se concentra sur le rythme primitif, oubliant toute inhibition. Son corps bougeait naturellement, ses pieds nus martelaient le sable, alors qu'elle s'abandonnait au *corrido,* bercée par les compliments de Miguel, consciente du regard exaspéré de son frère.

Mais c'était surtout le visage de Deverell qui était le plus frappant : ses yeux plissés lançaient des éclairs, sa peau brunie par le soleil et sa haute taille lui donnaient une allure redoutable, même parmi les pirates.

Brusquement, elle éprouva une vive satisfaction. Deverell était en colère, et elle comprit qu'en exhibant ainsi son corps elle se vengeait. Elle lui montrait qu'il avait eu tort de la laisser partir. Elle reconnaissait la moue de ses lèvres, se rappelant l'intensité de son regard lorsqu'il l'avait tenue dans ses bras et l'avait désirée.

Alors elle flirta avec Miguel, rejetant ses longs cheveux avec le même mouvement de tête que Rosa, afin qu'ils lui frappent le torse. Le jeune homme lui saisit les mains, l'attira à lui, si bien qu'elle sentit sa virilité et comprit qu'il la désirait.

Elle esquissa un sourire, releva sa jupe pour dévoiler ses mollets, puis s'écarta en virevoltant. C'était une danse qui proclamait son indépendance, sa liberté de décider qui elle choisirait d'aimer.

Miguel suivait les pas de la danse. Il lui tourna le dos, frappant du pied sur le sable. Elle fit de même. Elle percevait la chaleur de son corps le long de sa colonne vertébrale, les muscles de ses épaules.

Puis, quand elle lui fit face à nouveau, le souffle un peu court, elle s'aperçut que Deverell avait pris la place de Miguel et lui jetait un regard de défi.

Silencieux, il arqua un sourcil devant sa surprise.

Refusant de se laisser intimider, elle lui décocha un sourire moqueur, avant de s'écarter de quelques pas. Elle leva lentement les bras, dans un mouvement sensuel que Rosa avait exécuté devant Kit, et remonta ses cheveux avant de les laisser retomber.

Une étrange lueur traversa les yeux de Deverell. Son sourire se figea.

— Petite sauvageonne... Vous avez appris beaucoup de choses, depuis notre dernière rencontre.

— J'ai appris à éviter certains hommes, monsieur *Braxton*... ou dois-je vous appeler par votre vrai nom ?

— Comme vous voulez.

Elle plissa les yeux, le laissa s'approcher, puis recula, soulevant de petites gerbes de sable. Il la suivit des yeux d'un air sévère.

Elle ne put éviter la main qui lui saisit le bras. Il l'attira contre lui. Il bougeait avec aisance, comme s'il dansait le *corrido* depuis toujours, mais il ignora les pas afin de se coller à elle. La boucle de son ceinturon s'imprima sur son ventre. Elle trébucha. La main de Deverell dans son dos la brûlait, à travers l'étoffe de sa chemise.

La musique s'arrêta, et elle croisa le regard furibond de Kit. Une bûche se fendit dans le feu, projetant un millier d'étincelles.

Deverell s'inclina comme s'ils se trouvaient dans une salle de bal à Londres, puis s'éloigna d'un pas assuré.

Elle accepta le verre de vin que lui tendait Miguel.

Le restant de la soirée, elle évita Deverell. Elle était décidée à parler de lui à son frère à la première occasion – en omettant, bien sûr, de mentionner leurs relations intimes. Mais Christian devait savoir qui était ce lord, qui ne ressemblait pas à un aristocrate mais à un aventurier, avec sa chemise déboutonnée, ses pantalons beiges, ses hautes bottes noires et son sabre.

Comme s'il devinait qu'elle l'évitait délibérément, et pour mieux l'insulter, Deverell flirta avec sa servante, Solange. En dansant, la jeune femme lui décochait des œillades enjôleuses sous ses longs cils.

C'était tout ce qu'il voulait d'une femme : une brève liaison sans conséquences. Amalie n'oubliait pas qu'il n'offrait rien de plus…

La nuit avançait, et les marins devenaient plus bruyants. Il faisait chaud, même en ce mois de septembre, l'air était humide et poisseux. Les vêtements d'Amalie lui collaient à la peau, elle rêvait d'un bain et d'une boisson fraîche. Elle chercha Kit des yeux, en vain. Alors elle rejoignit Rosa.

— Rosa, veuillez dire à mon frère que je suis allée me coucher. Il se fait tard, je suis fatiguée. Il fait trop chaud pour moi.

— Il ne fait pas si chaud que cela, s'amusa Rosa. Mais je n'ai pas autant dansé que vous, je n'ai pas fouetté le sang des hommes comme vous l'avez fait. Qui allez-vous choisir comme amant ce soir ?

Amalie sentit sa gorge se nouer.

— Personne...

— Miguel a envie de vous, et c'est un amant fabuleux. Nous avons été très proches, autrefois.

Agacée par la tournure que prenait la conversation, Amalie s'éclipsa sans un mot de plus. Elle n'appela pas Solange car celle-ci avait disparu avec Deverell, probablement pour trouver un coin tranquille...

Il faisait plus frais en haut de la colline, la brise agitait les longs rideaux. Elle referma les portes-fenêtres, préférant être tranquille, mais les sons étouffés de la fête lui parvenaient encore.

La Nouvelle-Orléans lui manquait... Elle regrettait d'avoir suivi Christian sur cette île isolée. Mais comment le lui avouer alors qu'il avait construit cette maison pour elle, pour qu'ils puissent être ensemble, ses incursions en ville étant trop risquées ?

Elle aimait l'excitation de la ville, les théâtres,

les fêtes. Comme on la prenait pour la sœur d'un capitaine respectable, elle était bien accueillie dans la société. Désormais, elle se sentait seule, même avec Kit. Et voilà qu'il allait la laisser... Elle s'inquiéterait pour lui chaque jour.

À son retour, elle insisterait pour revenir en ville, car les maladies contagieuses de la fin de l'été auraient disparu. Les théâtres allaient rouvrir leurs portes, la vie reprendrait son cours normal, les citadins rejoindraient leurs demeures, et la ville retrouverait toute sa vitalité. Certes, les forces britanniques se rapprochaient, mais elles n'étaient pas si menaçantes, tout de même. Dans les journaux, on disait que le conflit se concentrait sur la côte Est, près du Canada et autour de New York.

Mais beaucoup de choses pouvaient se passer en un mois. Christian avait dit que les forces britanniques convoitaient la Floride et Mobile Bay. Était-ce la raison de la présence de Deverell ?

Elle était nerveuse. Elle aurait voulu parler à son frère, lui expliquer qui était Deverell, et essayer de savoir pourquoi celui-ci était venu sur Belle Terre.

Elle savait qu'il n'aurait pas fait ce long voyage seulement pour la retrouver. Lorsqu'elle avait été à Londres, elle lui avait été indifférente. Il n'aurait pas perdu son temps à la chercher à l'autre bout du monde...

En dépit de sa fatigue, elle arpentait la pièce. Elle était certaine que Deverell allait leur causer des ennuis.

Il était très tard, à présent. Christian n'était toujours pas rentré. Elle décida de lui parler le lendemain, avant son départ. Elle posa une lampe près de son lit – mais suffisamment loin pour que la flamme n'enflammât pas la moustiquaire.

Elle se dévêtit. On entendait encore résonner quelques rires. Elle se lava avec un savon parfumé que son frère lui avait acheté, l'assurant qu'il ne faisait pas partie d'un butin, mais elle était troublée, car tout l'argent de Kit provenait de ses pillages.

Si seulement il voulait bien l'écouter... Ils pourraient retourner en Virginie, ou même en Caroline... Là où personne ne les connaissait. Ils pourraient commencer une nouvelle existence sans toujours craindre le pire. Elle aimait bien Jean Laffite : il était séduisant et galant homme, il lui baisait la main chaque fois en déclarant qu'elle était la femme la plus belle de tout le territoire. Mais la Louisiane appartenait désormais aux États-Unis. La situation avait changé, les gens aussi. L'avenir ne serait plus aussi facile pour les pirates.

Elle revêtit une chemise de nuit légère, souffla la bougie et se coucha. Elle avait ouvert la fenêtre, mais l'air restait étouffant. On entendait les bruits de la fête, les cris des oiseaux de nuit, le crissement des insectes.

Elle se retourna dans tous les sens, se demandant si elle n'avait pas attrapé la fièvre en dépit de ses précautions. Il faisait pourtant plus frais qu'en ville. Là-bas, les rues devenaient étouffantes, et on accueillait la saison des pluies avec un immense soulagement. C'était l'une de ses périodes préférées, car les caniveaux étaient propres et les « banquettes », qui bordaient les rues, protégeaient de la boue.

Elle était éloignée de tout sur cette île. Le silence l'oppressait, et elle refusait de se rappeler les souvenirs d'une autre ville, si différente, et d'un homme qui lui avait dérobé son cœur…

21

D'étranges rêves la hantaient, des images confuses où planait un mauvais pressentiment. Deverell était toujours dans ses rêves, avec son regard cruel, ses caresses légères. Ses bras étaient engourdis comme si elle nageait sous l'eau. Elle se sentait lourde, elle n'arrivait pas à lui échapper.

Elle se mit à gémir.

Un murmure, un souffle chaud sur sa joue, quelqu'un qui lui disait de rester silencieuse…

Elle ouvrit les yeux avec peine. Elle n'y voyait pas clair, mais elle comprit que ce n'était pas un rêve : Deverell était bel et bien auprès d'elle.

Il posa une main sur sa bouche.

— Ne criez pas, à moins que vous ne souhaitiez que le sang coule. Je ne suis pas d'humeur charitable… C'est compris ?

Elle hocha la tête.

— Vous me promettez de ne pas crier si je retire ma main ? Je vous préviens, c'est votre gorge que je trancherai en premier.

Son ton était si menaçant qu'elle le crut sur parole. Dans la pénombre, elle ne distinguait pas sa silhouette, seulement ses dents et la lueur de ses yeux.

— Parfait, je vois que vous êtes enfin obéissante... Quelle surprise de vous trouver ici ! À La Nouvelle-Orléans, personne ne vous connaissait, ni vous ni votre frère. Évidemment, j'ignorais votre nouveau nom. Cambre... n'est-ce pas ? C'est votre charmante domestique qui me l'a appris.

Lorsqu'il ôta sa main, elle songea à crier, puis se ravisa. Il y avait trop de bruit, de musique et de rires : personne ne l'entendrait à moins d'être dans la maison. Et elle n'était pas certaine que Christian fût rentré. Elle resta allongée, tendue, alors qu'il allumait la lampe. Une douce lumière emplit la pièce.

Elle regarda la porte. Trop loin. Elle n'aurait pas le temps de s'enfuir.

— Je pense à vous depuis plus d'une année, dit-il en s'asseyant sur le bord du lit. Vous devinez sûrement pourquoi...

Méfiante, elle le dévisagea.

— Non. Pourquoi avez-vous pensé à moi, alors que vous ne le faisiez jamais en Angleterre ?

— Oh, j'avais le temps de penser à vous, quand j'astiquais les ponts sous un soleil brûlant. Depuis notre dernière rencontre, mes connaissances maritimes se sont considérablement renforcées. Mais vous le savez parfaitement.

Elle fronça les sourcils.

— Comment le saurais-je ? s'étonna-t-elle, humectant ses lèvres.

Il lui saisit cruellement le poignet, passa le pouce sur la paume de sa main.

— Pas de durillons. Ce serait différent si vous aviez navigué sur le bateau où j'étais. Ils sont très efficaces pour faire travailler les paresseux.

— Que voulez-vous... ?

— Non, fit-il en posant un doigt sur ses lèvres. Ne parlez pas. J'ai attendu cet instant pendant des mois, et je veux le savourer. Vous avez l'air effrayée, ma chère... L'êtes-vous vraiment ?

Il ne voulait pas de réponse. Il garda son pouce sur ses lèvres, effleura sa joue, puis sa mâchoire. Il toucha son oreille, taquina une boucle de cheveux, enfouit sa main dans la lourde chevelure.

Il ressemblait à un félin, un animal dangereux, agressif, prêt à se venger. Elle avait peur, effectivement : elle devinait qu'il ne plaisantait pas.

Où était passé Christian ? Quelles étaient les intentions de Deverell ? Sa colère n'était pas justifiée ; il la rendait responsable de quelque chose dont elle ignorait tout. Elle était perplexe, et elle voulait qu'il s'en aille.

Brusquement, il arracha le drap léger qui la recouvrait et la plaqua d'un bras sur le matelas.

— J'ai décidé d'accepter votre invitation.

Elle tressaillit.

— Je ne vous ai pas invité à venir ici !

Elle essaya vainement de le repousser. Il déchira la chemise de nuit.

— Mais si, ironisa-t-il. Vous avez invité tous les hommes présents ce soir. Je ne suis pas assez stupide pour refuser une invitation aussi flagrante.

— Vous avez mal compris...

— Pas du tout. Même votre frère a compris, et il est furieux, d'ailleurs. Quelle peau douce... fit-il en la caressant. Je me demande combien d'hommes vous avez connus après moi...

— Lâchez-moi !

Il éclata d'un rire menaçant.

Elle voulut s'écarter, mais il la maintenait fermement. Il taquina ses mamelons, lui rappelant des souvenirs inoubliables... Pourquoi la torturait-il ainsi ? Il ne l'aimait pas, il ne l'avait jamais aimée ! Il voulait seulement se venger, l'humilier, parce qu'elle avait été un obstacle entre lui et sa grand-mère.

— Laissez-moi... et je ne dirai rien à mon frère.

Il eut un nouveau rire.

— Pauvre créature... J'ai pensé à vous chaque jour, chaque heure pendant ces longs mois de captivité, sur ce bateau de cauchemar où votre amant et vous m'avez jeté. J'ai juré que vous me le payeriez tous les deux.

Elle se raidit. Elle commençait à comprendre. Mais allait-il accepter de l'écouter ?

— Quelle petite crapule vous êtes devenue, sans même une pensée pour votre fiancé ! ajouta-t-il. À moins que vous ne l'ayez épousé ? Quelle importance... Il est mort en maudissant votre nom.

— Don Carlos est mort ? murmura-t-elle, glacée. Comment ?

— C'est moi qui l'ai tué, petite catin ! Je l'ai envoyé en enfer et, s'il y a une justice, son enfer sera aussi terrible que celui que j'ai connu sur le *Fortune*. Mais ne craignez rien. Je n'ai pas l'intention de vous provoquer en duel, à votre tour. Il y a d'autres méthodes pour me venger que je trouve plus… plaisantes.

Encore choquée par la nouvelle, elle le laissa la débarrasser de sa chemise de nuit sans protester, le regarda déboutonner son pantalon. Son cauchemar était devenu réalité.

Qu'avait-il dit ? Une vengeance, un duel ?

Deverell caressa ses seins, fit se dresser les mamelons. Il les attira l'un après l'autre dans sa bouche, allumant un brasier dans le corps d'Amalie. Elle s'attendait à des gestes brusques, cruels, mais c'était encore pire, car il la forçait à lui répondre, à réagir.

Il savait où la toucher, comme s'il avait vraiment visité ses rêves, ceux qui la réveillaient la nuit, la laissant insatisfaite et haletante…

Elle voulut fuir, mais il la retenait prisonnière, ses mains habiles provoquant de délicieux tourments.

Puis il lui écarta les cuisses, laissant ses doigts glisser sur la toison humide. Elle s'arqua vers lui. Un court instant, elle crut être à nouveau dans la bibliothèque, quand il l'avait tenue entre ses bras avec une tendresse infinie, lui murmurant des mots doux à l'oreille… quand elle croyait encore en l'amour.

L'illusion éclata en mille morceaux lorsqu'il la prit sans prévenir, la pénétrant d'un seul coup. Elle poussa un cri. Elle leva les mains, les plaqua contre son torse nu pour le repousser. Il plaqua ses poignets au-dessus de sa tête. Elle était prisonnière de ce monstre !

— Qu'espériez-vous, Gitane ? Une réunion amicale autour d'une tasse de thé ? Ce ne sont pas des retrouvailles mais une vengeance.

Elle ouvrit la bouche pour hurler sa colère et sa frustration, pour alerter les autres, mais il fut plus rapide et plaqua une main sur ses lèvres. C'était affreux…

Il ne retira sa main que pour l'embrasser sauvagement, alors qu'il l'immobilisait de tout son poids.

C'était inutile de se débattre, pourtant elle continuait à résister. Elle ne voulait pas se soumettre à cette injustice. Mais il était plus fort, et elle se sentit rapidement épuisée par cette lutte inégale.

Il lui caressa les seins avec une tendresse incongrue. C'était une façon de l'aguicher, de la taquiner, de solliciter une réponse malgré elle.

Elle retint son souffle quand il la pénétra plus profondément. Rendant les armes, elle leva les hanches pour mieux accueillir ses lancées, alors que des frissons délicieux commençaient à la parcourir. Il imprimait une cadence sauvage à leurs corps. C'était comme si la danse de tout à l'heure se poursuivait, de plus en plus effrénée. Puis un grondement retentit dans ses oreilles, telles les vagues se brisant sur la grève, et le plaisir explosa en un millier d'étoiles…

Elle se laissa retomber sur le dos, tremblante d'émotion, et murmura :

— Maudit sois-tu !

Il rit doucement.

— Il ne fallait pas m'aguicher, petite sauvageonne. Pensiez-vous que je serais assez mal élevé pour refuser votre proposition ?

Elle écarta brusquement sa chemise, trouva sa peau nue et y enfonça les ongles.

Furieux, il lui saisit le bras.

— Bon sang, est-ce que vous n'en avez pas fait assez ? Est-ce que cela ne vous a pas suffi de me faire kidnapper pour que ma grand-mère me croie mort ?

— Pourquoi ne m'écoutez-vous pas ? protesta-t-elle, furieuse. Je ne suis en rien responsable de ce qui vous est arrivé… Mais vous êtes toujours vivant, et en pleine santé, alors cela n'a pas dû être si terrible…

Il plaqua le bras de la jeune femme sur son dos.

— Non ? Touchez mon dos et vous aurez une idée de ce que j'ai enduré !

D'une main tremblante, elle caressa les boursouflures qui striaient sa peau. Horrifiée, elle serra le poing.

— Le fouet laisse des marques, chère demoiselle. Et les marques s'infectent. Si l'homme est chanceux, il survit. Mais beaucoup de malheureux succombent.

Elle dut faire un effort pour ne pas baisser les yeux, face à son regard impitoyable. Elle ne voulait pas lui donner cette satisfaction.

— Je n'y suis pour rien, affirma-t-elle résolument. Mais je ne sais pas ce qu'il en était de don Carlos... Croyez-moi ou non, mais jusqu'à ce soir j'ignorais tout de cette histoire d'enlèvement.

— Quelle actrice ! Vous pourriez faire fortune au théâtre, si vous décidiez de revenir à Londres.

Ses paroles étaient dures, mais elle perçut une certaine hésitation dans sa voix.

— Je dis la vérité, même si je ne peux pas vous le prouver.

— Bon sang, il faudrait que je sois un imbécile pour vous croire !

— Je suppose que vous avez raison, dit-elle calmement.

Il se leva, la recouvrit avec le drap et se rhabilla. Elle frissonna. La lumière de la lampe éclairait les murs d'une couleur rose pâle. Il semblait si distant, si impénétrable...

Elle le rejoignit et lui toucha l'épaule.

— Pas de fausse sensiblerie, je vous en prie, gronda-t-il. Je me demande bien pourquoi je vous crois, même maintenant, alors que je sais ce que vous êtes devenue.

— Et que suis-je devenue ? rétorqua-t-elle en s'asseyant sur le lit. Une catin ? Mais vous pensiez déjà cela à Londres. Je le voyais dans votre regard, je l'entendais au son de votre voix. Vous avez été étonné que je sois vierge. Vous vous imaginiez que j'étais comme les autres femmes que vous fréquentiez. Quel choc vous avez dû ressentir !

Il eut un sourire cynique.

—En effet. Vous n'étiez pas la catin que j'espérais.

—Que vous *espériez* ?

—Évidemment... Vous croyez que j'ai l'habitude de déflorer des ingénues ?

Elle resta un instant silencieuse. Elle l'avait désiré, elle aussi. Il avait hanté ses rêves pendant si longtemps. Peut-être que ses sentiments pour elle étaient plus profonds qu'il ne voulait l'admettre...

—Je me suis donnée à vous librement car j'ai pensé que vous m'offririez quelque chose en retour.

—Vous vouliez être payée pour vos services ? se moqua-t-il.

—Je n'ai jamais eu besoin de votre argent, mais d'une chose que vous ne souhaitiez pas me donner. Un jour, vous m'avez dit : « Je vous offre un toit, mais pas mon nom... » Je n'ai pas oublié ces paroles.

Le silence s'établit entre eux. Il semblait fatigué. Des rides marquaient sa bouche, et la cicatrice sur sa joue paraissait plus profonde encore.

—Vous n'avez pas dit à votre frère qui j'étais...

—Pas encore. Si vous tenez à votre peau, vous serez parti d'ici avant l'aube.

—Vous n'hésiteriez pas à le prévenir, n'est-ce pas ?

—Bien sûr que non. Je ferais tout pour protéger Christian. Mais si vous partez maintenant, je ne lui parlerai que demain matin. Vous serez loin. Si vous restez, il vous tuera.

Il la contempla quelques secondes en silence.

— Il aurait peut-être plus de difficultés que vous ne le pensez…

Elle haussa les sourcils.

— Voulez-vous le mettre au défi ?

— Je n'ai jamais esquivé un défi et ce n'est pas maintenant que je vais commencer, dit-il en se penchant pour la soulever, nue, dans ses bras. Je devrais vous emmener. Vous êtes une menace pour moi…

Il éclata de rire, puis corrigea :

— Mais je vous laisse à votre frère le pirate.

Il fit glisser sa main le long de son dos nu, la saisissant par les fesses pour la serrer contre lui, et elle sentit qu'il avait encore envie d'elle.

À bout de souffle, effrayée et excitée à la fois, elle sentit son cœur s'emballer, ses seins frôler la chemise en coton, les boutons s'imprimer sur sa peau fragile.

Avec un gémissement, il enfouit son visage dans son cou.

— Je dois être fou, mais je ne veux pas partir. Vous ne me créez que des ennuis et, si j'étais sensé, je retournerais à mon bateau et je vous chasserais de mon esprit…

Mais il la repoussait sur le lit, se déboutonnait, la pénétrait avec ce mouvement fluide qu'elle adorait.

Cette fois-ci, elle s'offrit à lui volontiers, s'abandonnant à ses émotions et à son désir, au secret espoir qui s'était réveillé au plus profond de son cœur.

Et cette fois, elle fut certaine qu'il tenait à elle.

Lorsque la passion se fut apaisée, lorsque la lampe fut éteinte, plongeant la chambre dans l'obscurité, elle songea qu'elle avait dû traverser la moitié du globe pour connaître ce bonheur.

Et elle sombra dans un sommeil sans rêves.

22

Le soleil matinal, qui glissait ses rayons à travers les volets, la réveilla.

Elle étendit la main... mais ne rencontra que du vide.

Elle s'assit, nue, son corps portant encore les traces de leur nuit d'amour. Mais il était parti.

Pas de mot, pas d'adieu, rien que le silence. Et lorsqu'elle descendit jusqu'à la plage, elle vit que son navire avait disparu. Il avait profité de la première marée pour s'évanouir sur l'océan...

Christian la scruta en silence quand elle prétendit avoir trop bu la veille.

— Je ne m'absente que quelques jours, expliqua-t-il en la serrant dans ses bras. Paturzo et Miguel restent ici pour veiller sur toi.

— Tu seras prudent ?

Il rit doucement, glissa une mèche de ses cheveux derrière son oreille.

— Je suis toujours prudent.

« Mais cela ne suffira pas, songea-t-elle, si le gouverneur de Louisiane persiste dans sa lutte contre les pirates. » Ils en avaient souvent discuté, mais Christian ne voulait rien entendre.

Elle s'efforça de sourire, regardant le *Cafuego* s'éloigner vers les eaux du golfe, le vent gonflant ses voiles.

Les journées défilèrent lentement. Il se passa presque une semaine jusqu'au retour de Christian. Son équipage riait et plaisantait. Ils avaient trouvé un galion espagnol non loin des côtes de Cuba, ses soutes remplies d'argent provenant des mines de Mexico.

— Ma part du butin permettra de nous acheter une plantation entière, annonça Kit, enchanté. Désormais, nous pouvons partir en Virginie, en Caroline, là où tu veux... Je vais nous trouver une maison bien plus grande que celle-ci, Amie, et tu redeviendras une dame du monde !

À la tombée de la nuit, elle le rejoignit sur la plage où les marins buvaient du rhum, du vin, et s'amusaient autour des feux de camp.

— C'est du vin espagnol et de l'argent espagnol, expliqua Christian d'un air satisfait.

Il glissa un bras autour de sa taille, l'incita à se joindre aux danseurs. Un peu plus tard, quand elle s'éclipsa, ni Kit ni Rosa ne le remarquèrent.

En dépit de cette promesse d'une vie nouvelle, où elle n'aurait plus constamment peur pour son frère, Amalie avait le cœur lourd.

Comment avait-elle pu se tromper à ce point ?

Deverell n'était pas revenu, il ne lui avait pas envoyé de message. Elle aurait dû avouer à

Christian qui il était, mais le moment ne s'était pas présenté. Et maintenant que Deverell était parti, et qu'ils allaient partir à leur tour, c'était inutile. Elle avait été sotte de croire qu'il tenait à elle, alors qu'il n'avait voulu que son silence !

Il avait réussi son coup : elle n'avait rien dit à son frère…

La nuit était déjà avancée lorsqu'elle se coucha. Les bruits chaotiques qui montaient de la plage faisaient écho à ses tourments. Dans quelques jours, ils auraient quitté Belle Terre, abandonné la maison aux odeurs de peinture et de bois neuf.

Bien que ce fût la mi-septembre, il faisait encore bon. Elle laissa les volets ouverts. La brise soulevait les légers rideaux. Le temps était humide, elle préféra se coucher nue. Longtemps, elle resta allongée sur le dos, regardant la demi-lune à travers la moustiquaire.

Le lendemain, elle demanderait à Kit de l'accompagner le plus vite possible à La Nouvelle-Orléans. Elle ne supporterait pas de rester une journée supplémentaire sur l'île, de dormir une nuit de plus dans ce lit où elle avait cru que le bonheur lui tendait enfin les bras…

Elle finit par s'endormir.

Lorsqu'elle se réveilla, il faisait toujours nuit. Un étrange silence régnait sur l'île. Ses yeux s'habituèrent à la faible lumière de la lune. Elle tendit l'oreille pour entendre les bruits de la fête, mais seuls les vagues sur la plage, les coassements des grenouilles et les crissements des insectes lui parvenaient.

Puis il y eut un bruit infime, un frôlement qui l'alerta, avant qu'une main ne se plaquât sur sa bouche.

— Ne criez pas ! gronda une voix familière, et elle hocha la tête.

Tout de noir vêtu, Deverell retira sa main.

— Habillez-vous, Amalie, ordonna-t-il. Vous devez quitter Belle Terre.

— Je n'ai pas l'intention de partir seulement parce que vous...

Il repoussa le drap, et esquissa un sourire en découvrant sa nudité.

— Une chemise de nuit peu appropriée, madame, mais elle me plaît.

Il ne lui donna pas le temps de s'habiller. Il la poussa vers la fenêtre.

— Prenez vos affaires. Vous les mettrez plus tard.

En dépit de ses protestations, il l'entraîna sur la véranda puis vers le terrain où l'on avait prévu d'agrandir la maison. Elle trébucha sur une planche. Avec un juron, il la souleva dans ses bras.

Au loin, une vision d'horreur la fit frissonner.

Un navire en flammes se dirigeait vers Belle Terre, flanqué de deux autres bateaux qui ressemblaient à des oiseaux de proie. L'un des voiliers cracha une bouffée de fumée blanche. Un sifflement aigu rompit le silence, puis un fracas infernal retentit alors que le boulet de canon s'écrasait sur la maison.

La force de l'explosion les projeta à terre. Une pluie de débris les recouvrit. Deverell s'était couché sur elle, la protégeant de son corps.

Abasourdie, elle respira une odeur de soufre. Il la releva et lui ordonna de s'habiller au plus vite.

Avec des doigts malhabiles, elle enfila sa camisole et sa chemise. Ses mains tremblaient tellement qu'elle ne réussit pas à attacher sa jupe. Irrité, il s'agenouilla pour l'aider.

— Est-ce que ce sont des navires anglais qui nous tirent dessus ? demanda-t-elle, perplexe.

— Non, ma chérie. Ce sont des Américains. Le gouverneur Claiborne est fidèle à sa parole. Il veut débarrasser la Louisiane de ses pirates.

Horrifiée, elle le dévisagea.

— Vous les avez amenés jusqu'ici…

— Je n'ai pas eu besoin de le faire. Ils ont trouvé l'île tout seuls. Venez, nous n'avons pas le temps de bavarder… Vite !

Elle s'arracha à lui, tourna les talons et repartit vers la maison.

— Je dois trouver Christian…

Bien qu'elle se débattît, il la saisit par la taille et la balança sur son épaule comme un sac de farine, puis descendit la colline à travers les arbres.

Elle sanglotait tandis qu'une nouvelle averse de feu s'abattait sur la petite île.

— Seigneur… Christian !

Kit était allongé dans un hamac, Rosa près de lui. Lorsque les premiers coups de feu éclatèrent, il était sur le point de s'assoupir, après une soirée mouvementée passée avec sa maîtresse. Le bruit de la canonnade lui fit lever la tête. Il vit un navire brûler. Le *Cafuego* était-il la proie des flammes ? Il reconnut le son tonitruant des canons.

Il sauta du hamac, prit ses pistolets et son sabre. Rosa tomba, nue, sur le sable. Elle cligna des yeux, désemparée.

— *Amante !*

— Viens, il faut partir ! s'écria-t-il en lui prenant la main.

Un boulet explosa non loin. Il la poussa vers la forêt en lui ordonnant de s'enfuir, avant de traverser la plage, décidé à sauver sa sœur qui dormait dans la maison. Les pirates se dispersaient autour de lui.

Parvenu en haut d'une dune, il vit la maison brûler. Des flammes jaunes et or répandaient une lumière diabolique sur les arbres et se reflétaient dans les eaux de la baie. Derrière la maison, les arbres calcinés se découpaient comme de la dentelle noire. Les murs en bois s'effondraient, éclatant dans des gerbes d'étincelles.

Avec un cri d'angoisse, il voulut grimper la colline, mais la chaleur l'empêchait d'avancer. Il tomba à genoux, bouleversé.

Amalie...

Des explosions résonnaient dans la nuit, faisaient trembler la terre. Il se força à se relever. Si elle dormait quand l'attaque avait débuté, elle était morte. Autrement... elle était en train de fuir avec les autres.

—*Capitan !* cria Miguel, le visage noir de suie, les traits tirés d'angoisse. Ils ont débarqué sur la plage !...

Kit se retourna. Il devinait la silhouette des deux bateaux de guerre, et reconnut les mâts de son navire qui brûlait.

—Qui est-ce ? demanda-t-il, la gorge sèche.

—Des Américains. Patterson et Ross...

Il avait pourtant prévenu Laffite. Claiborne avait envoyé le colonel Ross et le commodore Patterson pour les anéantir. Il était prêt à parier que Barataria serait leur prochaine cible.

Amalie était recroquevillée dans les maréca-ges, regardant Deverell avec inquiétude. Qu'avait-il l'intention de faire ? Son regard implacable et son visage sévère l'effrayaient, ainsi que la brusquerie avec laquelle il la traitait.

Sur le sable qui occupait une grande partie de Belle Terre, poussaient des arbres et des arbustes. On y trouvait aussi des mares d'eau salée. Heureusement, Deverell avait découvert une source d'eau pure entre deux rochers pour se désaltérer.

Désormais, le soleil brillait haut dans le ciel.

—Où m'emmenez-vous ? demanda-t-elle.

—Il n'y a pas beaucoup de solutions. Mon bateau a jeté l'ancre de l'autre côté de l'île. À moins que quelqu'un ne l'ait déjà repéré. Si c'est le cas, priez que ce soit les hommes de Silver qui nous trouvent parce que, si vous êtes arrêtée en compagnie d'un espion anglais, je doute que la marine américaine se montre clémente.

— Pourquoi avez-vous tout détruit ? lança-t-elle d'une voix sourde.

— C'est Claiborne qui a envoyé Patterson, je n'y suis pour rien. J'appartiens au camp de ses ennemis.

— Mais vous étiez au courant ! s'exclama-t-elle. Vous auriez pu nous prévenir !

Il haussa les épaules.

— Pour quelle raison ? C'était évident que ni Laffite ni votre frère n'avaient l'intention de devenir nos alliés, et c'était une manière de nous débarrasser d'eux sans gaspiller nos munitions.

Elle glissa ses pieds nus sous elle, essayant de comprendre.

— Mais alors pourquoi êtes-vous ici ? Si vous saviez que Claiborne allait nous attaquer, pourquoi êtes-vous revenu ?

— J'aimerais bien le savoir ! grommela-t-il. C'était idiot de ma part. On m'avait d'abord dit que seul Barataria serait attaqué, et puis hier j'ai appris qu'ils avaient l'intention de détruire Belle Terre aussi. Quand je suis arrivé, Patterson était déjà là. Je n'ai eu le temps que de vous sortir de la maison.

— Vous auriez pu prévenir Christian…

— Alors qu'il me soupçonne déjà de trahison ? J'aurais terminé embroché comme un agneau rôti !

Elle frissonna.

— Bon sang, Amalie, je serais accusé de haute trahison si mon officier supérieur apprenait ma présence ici ! Et je doute que Patterson me croirait si j'essayais de le convaincre que je ne suis pas un allié des pirates… Disons que j'ai des raisons personnelles pour me trouver ici, et elles n'ont rien à voir avec les pirates… ni avec vous.

Elle détourna les yeux. Une fumée grise s'élevait encore dans le ciel. Son frère avait-il survécu ? La détresse lui nouait la gorge. Elle aurait voulu hurler, se précipiter à la recherche de Christian, mais elle savait que c'était inutile.

S'il était en vie, il serait furieux qu'elle prît un risque pareil. Et s'il ne l'était pas… Elle chassa vite cette pensée.

— Nous allions partir, le saviez-vous ? dit-elle. Hier soir, nous avons fêté son retour sur la plage. Il avait l'intention d'arrêter, on s'apprêtait à retourner en Virginie…

Elle se tut. Il ne la quittait pas des yeux. Elle s'attendait à une remarque banale, du genre « ceux qui vivent par l'épée meurent par l'épée ». Mais il resta silencieux, se contentant de l'attirer à lui quand elle se mit à sangloter.

C'était naturel de pleurer dans ses bras. Le soleil les écrasait de sa chaleur. Son cœur battait la chamade. Il avait placé une main rassurante dans le creux de son dos.

Lorsqu'il l'embrassa, le baiser fut tendre, lui aussi. Il goûta ses lèvres et ses larmes salées. Elle s'agrippa à lui. Il l'allongea sur le sable, et elle regarda le ciel bleu avec des yeux voilés de larmes. Son corps s'ouvrit pour accueillir le sien, et bientôt elle oublia la douleur, emportée par le rythme de leur désir.

Avec des cris stridents, les mouettes striaient le ciel de leurs ailes blanches. Elle ferma les yeux pour savourer ce moment d'exquis abandon.

Hélas, il fut trop bref. Holt retira le sable de ses cheveux, l'aida à ajuster ses vêtements. Il lui prit le menton et examina son visage, effleurant sa bouche d'un doigt. Il semblait fatigué.

— Vous savez que je dois repartir, Amalie. Ce n'est pas ce que je désire, mais je n'ai pas le choix. Et vous allez me détester à cause de cela.

— Non, je ne…

— Si. Vous allez me haïr. Vous me détesterez autant que je me détesterai moi-même.

Elle frissonna en dépit du soleil brûlant. Et, longtemps après qu'ils furent montés dans la barque qu'il avait dissimulée dans une crique, elle resta troublée, réfléchissant à ses paroles.

Elle ne comprit qu'une fois arrivée à La Nouvelle-Orléans.

23

Barataria avait capitulé. La belle maison en briques de Jean Laffite n'était plus qu'un tas de ruines fumantes. Les entrepôts avaient été incendiés, les tavernes et les maisons détruites par les forces de Patterson.

Sur les ordres de Laffite, les pirates s'étaient repliés dans les marécages.

Kit les retrouva dans un vaste campement. D'humeur morose, ils étaient trempés par la pluie qui s'était brusquement abattue sur la région.

Pourtant, Laffite l'accueillit avec un grand sourire, ce qui était étonnant, vu les circonstances.

— Te voilà enfin ! Tu as réussi à échapper au barrage de Patterson.

— Avec difficulté. Je n'ai pas eu le temps de te prévenir avant qu'il n'attaque Barataria. Mon navire a brûlé et nous avons été bloqués sur l'île jusqu'à hier.

— C'est René qui vous a amenés jusqu'ici,

n'est-ce pas ? Comme tu vois, nous n'avons pas eu le temps de nous retourner, nous non plus.

Il haussa les épaules d'un air fataliste, puis ajouta :

— Patterson a été très consciencieux... Mais j'ai un plan, maintenant que les Anglais ont été assez généreux pour détourner l'attention de Claiborne.

— Ma sœur est aux mains de l'ennemi, lâcha brusquement Kit.

Jean fronça les sourcils.

— Comment cela ? N'était-elle pas avec toi ?

— Les premières attaques de Patterson ont détruit ma maison. L'un de mes hommes a vu ma sœur : elle a été emmenée de force par l'officier britannique que tu m'avais envoyé avec ta lettre.

— Moi ? Non, l'ami, je ne t'ai pas envoyé de lettre, mais les Anglais sont venus ici avec la même proposition. Je leur ai dit que je devais réfléchir, puis j'ai écrit au gouverneur de La Nouvelle-Orléans pour lui proposer notre soutien en échange d'une amnistie générale. Voilà sa réponse, grommela-t-il en montrant le campement. Je ne l'admets pas.

— Alors Braxton a menti, quand il m'a dit que tu l'avais envoyé chez moi ?

— En effet.

Laffite regarda les hommes recroquevillés près du feu. Le brouillard enroulait ses écharpes blanches autour des arbres.

— Si ce Braxton a ta sœur, nous les trouverons. Mais nous devons d'abord nous rendre à

La Nouvelle-Orléans, car je pense que Claiborne est prêt à nous écouter. Il a relâché Pierre, même s'il prétend que ce n'est pas vrai et que c'est une évasion. J'ai bon espoir de trouver avec lui un terrain d'entente.

— Pourquoi penses-tu qu'il t'écouterait maintenant ?

— Parce que les Anglais ont incendié Washington, pris Pensacola aux Espagnols, et qu'ils menacent Mobile Bay. Leur colonel Nicholls a appelé tous les créoles à les soutenir. De son côté, le général Jackson a demandé des hommes et des munitions au président Monroe mais, comme Washington a brûlé, personne ne peut les aider. (Il eut un sourire rusé.) Jackson a exhorté tous les habitants de Louisiane à résister face aux envahisseurs britanniques. Comme tu sais, nous sommes des habitants de Louisiane, et nous sommes des combattants... Vas-tu te joindre à nous ?

— Oui, et j'ai une idée pour vous être utile. Maintenant que mes biens ont été détruits, je n'ai plus rien à perdre. Dis-moi, est-ce que Daniel Clark possède encore son dépôt de pêche à la jonction d'Esplanade et de la route du Bayou ?

— Mais oui, sur les bords du fleuve. Il nous aidait à écouler nos marchandises le long du Bayou Sauvage, quand les douaniers devenaient trop pressants. Qu'as-tu l'intention de faire ?

— Je vais me faire passer pour un riche marchand de Virginie. Personne à La Nouvelle-Orléans ne me connaît, car j'ai été très prudent, pour préserver Amalie.

Laffite éclata de rire, attirant l'attention de son camarade Dominique You qui s'approcha. Jean posa une main affectueuse sur l'épaule de Kit :

— Dominique, mon bon ami, nous allons avoir notre espion au sein du cercle de Claiborne !

Kit sourit. Il n'était pas intéressé par Claiborne, mais par Holt Braxton qui avait enlevé Amie.

Il avait la ferme intention de la retrouver, et de tuer ce maudit Anglais.

24

La nuit, Maspero devenait un café, un bar et un lieu de rencontres pour ceux qui aimaient jouer. L'entrée principale de la maison en bois à deux étages se trouvait rue de Chartres.

Lorsque Deverell s'y présenta, le domestique noir le salua.

— Bonsoir, Monsieur. Êtes-vous venu jouer ?

C'était un code entre eux, et Holt posa discrètement une pièce d'or dans la paume du serviteur.

— Seulement si les enjeux sont élevés.

— Dans le coin se trouve un partenaire comme vous le souhaitez, Monsieur.

Le bruit et les rires l'assaillirent alors qu'il se dirigeait vers la petite table située dans une semi-pénombre. La fumée lui piquait les yeux.

— Tu as pris ton temps pour venir, plaisanta une voix familière.

Il s'assit avant de répondre.

— J'ai été retenu.

— Une femme, je présume… Tu n'as pas changé, depuis notre dernière rencontre.

—Toi non plus.

Des yeux vifs l'examinaient sous des paupières plissées. Son ami Stanfill affichait toujours le même sourire désinvolte.

—Je dois corriger ma dernière remarque, précisa David. Tu as changé. Tu ressembles à un créole, ce qui est une bonne chose.

—En effet, je me fonds plutôt bien dans la foule.

Deverell attendit la suite, alors qu'autrefois il aurait été plus impatient. Mais, avec les années, il avait appris la patience, la valeur du temps et de la liberté. Curieusement, il se sentait une certaine affinité avec ces Américains frustes, si attachés à leur indépendance. Ils étaient prêts à mourir pour obtenir le droit de rédiger leurs propres lois et d'élire leurs représentants.

Il pensa au régent, irascible, gâté et obstiné, qui menait l'Angleterre à la banqueroute, avec le soutien de son frère dépensier, le duc d'York, dont la carrière militaire était une mascarade. Des six jeunes frères du régent, seuls deux évitaient de vider les caisses.

—As-tu eu du succès ? demanda Stanfill.

—L'aigle s'est envolé.

C'était l'information dont avait besoin Nicholls : le général américain Andrew Jackson avait déclenché son offensive et se dirigeait vers La Nouvelle-Orléans, pour défendre la ville contre une invasion britannique. Jackson avait déjà réussi à chasser les forces anglaises de Pensacola, et il gardait la mainmise sur Fort Bowyer à l'entrée de Mobile Bay.

— Qu'en est-il des guides locaux ?

Une autre question codée. Deverell haussa les épaules.

— Tout est encore incertain. Ils doivent rencontrer le général Humbert ce soir.

Cette phrase avait une connotation menaçante, car Humbert était un ennemi acharné des Anglais, et un ami de Laffite.

— Est-ce que Claiborne hésite ?

— Je crois que le gouverneur acceptera leur aide, le moment venu.

Laffite et ses hommes n'avaient pas encore officiellement été reconnus comme défenseurs de La Nouvelle-Orléans, mais Claiborne tolérait leur présence en ville. Il craignait l'invasion anglaise, et il avait besoin de bras pour défendre sa cité.

— Prends du cognac, proposa Stanfill en lui donnant un verre. Il est excellent, un cru français qui arrive tout droit de Paris.

Deverell sirota le liquide ambré en examinant son ami. Il y avait entre eux une tension qui n'existait pas auparavant.

— Une vieille connaissance est arrivée à La Nouvelle-Orléans, reprit soudain Stanfill. Tu te souviens de sir Alex Maitland ?

Deverell haussa les sourcils.

— Bon sang ! Qu'est-ce qu'il fabrique ici ? Il n'est pas du genre à participer à un conflit.

— C'est bien ce que je me disais, acquiesça Stanfill, mais son air indifférent ne cachait pas son regard acéré. Je me demande s'il est venu revoir ta protégée.

— Ma protégée ? s'amusa Deverell. Je ne sais pas si le terme est exact.

— Elle est sous ta protection, et elle est un pion important. Amène-la ce soir.

— C'est moi qui déciderai s'il faut se servir d'elle ou non !

Stanfill fit glisser son pouce sur le bord de son verre.

— N'oublie pas que tu es toujours un officier de la marine royale…

— Seulement quand cela arrange Son Altesse royale, ironisa Deverell. Amalie est effectivement sous ma responsabilité, et j'ai l'intention de veiller sur elle.

Il se leva et quitta un Stanfill étonné.

Dehors, il pleuvait, les rues devenaient boueuses. Il se dirigea vers la petite maison, rue Rampart, où il avait installé Amalie. De nombreux gentlemen créoles logeaient leurs maîtresses dans ces coquettes maisons blanches.

— Tu n'es pas habillée, dit-il en la trouvant en robe de chambre. Nous devons assister au banquet d'adieu pour le Chevalier dans une heure.

Elle esquissa une grimace.

— Je n'ai pas l'intention de m'y rendre. Je refuse d'être présentée comme ta maîtresse !

— Tu n'as pas le choix. Tu vas m'accompagner. Claiborne croit que je suis le comte d'Avril, et il apprécie mes conseils avisés.

— Ce serait amusant de voir sa réaction si je lui révélais ta véritable identité, rétorqua-t-elle. Que dirait-il en apprenant qu'un homme qu'il a reçu sous son toit est en réalité un espion anglais ?

— Il serait moins choqué qu'en apprenant que Christian Courtland, originaire de Virginie, est l'homme qu'il a accusé de piraterie et qu'il veut arrêter, le célèbre capitaine Kit Silver. Si tu coopères, je n'aurai pas à le mettre au courant.

Elle lui jeta un regard furieux.

— Tu es l'homme le plus méprisable que je connaisse !

Il ne protesta pas.

Cette soirée d'adieu en l'honneur du Chevalier, qui rentrait en France suite à la défaite de Napoléon, lui permettrait de rencontrer des créoles qui se rallieraient peut-être à la cause anglaise, s'ils pensaient que les Américains allaient perdre la ville. Stanfill répétait inlassablement que ces créoles étaient d'origine française ou espagnole, qu'ils éprouvaient peu de loyauté envers le gouvernement américain, et qu'ils n'étaient intéressés que par leurs terres. Mais contrairement à son ami, Deverell avait deviné que ces hommes étaient farouchement attachés à leur indépendance.

Amalie le regardait, furieuse. Il lui avait pourtant dit, sur l'île, qu'elle le haïrait. Se le rappelait-elle ?

— Vas-tu t'habiller de ton plein gré, ou dois-je m'en occuper ? Ne m'oblige pas à être cruel, Amalie. Tu sais que je dois t'emmener ce soir.

— Je crois que tu as peur que je ne m'enfuie. Tu as peur de ce que je pourrais dire…

Il la saisit par les épaules et la secoua légèrement.

— Je n'aime pas les subterfuges, mais nous

sommes en guerre. Je suis fidèle à une cause et je la défendrai de mon mieux. Si tu n'as aucune loyauté envers l'Angleterre, ce que je peux comprendre, rappelle-toi au moins que j'essaye d'éviter un bain de sang.

— Cela t'importe peu ! Tu veux seulement livrer La Nouvelle-Orléans aux Anglais et vaincre les forces américaines. Je suis née dans ce pays, je ne peux pas rester les bras ballants pendant que vous le détruisez !

— Les Anglais ne veulent rien détruire, seulement occuper. Mais pourquoi est-ce que je perds mon temps à me justifier ? Je ne te dois aucune explication. Habille-toi, ou je vais finir par penser que tu me veux dans ton lit !

Furieuse, elle lui obéit.

« Que Nicholls et ses idées d'espionnage aillent au diable ! » songea Deverell.

Il aurait préféré planifier l'attaque de la ville, plutôt que de se faire passer pour un créole afin de découvrir les intentions américaines. C'était Nicholls qui avait eu l'idée d'utiliser Amalie. Holt avait protesté, avant de songer à ce qui pouvait arriver à la jeune femme si elle rejoignait son frère. Il s'était rappelé qu'elle avait échappé de justesse à la mort sur Belle Terre. Les pirates étaient tolérés en ville pour le moment, mais bientôt ils seraient à nouveau pourchassés, et Deverell ne voulait pas lui faire courir un aussi grand danger.

Il ignorait pourquoi il s'inquiétait pour elle... Il aurait dû être heureux de se débarrasser d'elle, avec ses yeux accusateurs et sa mauvaise volonté. Même au lit, elle commençait toujours par lutter, avant de s'abandonner avec de doux soupirs, ce qui était à la fois excitant et agaçant.

Bon sang ! Il était prisonnier du désir qu'il éprouvait pour cette femme. Même si la guerre se terminait et que l'Amérique déposait les armes, il ne pourrait pas l'abandonner…

Bernard de Marigny, qui avait hébergé le duc d'Orléans et ses frères lors de leur séjour quelques années auparavant, était déjà arrivé au théâtre Saint-Philippe, quand ils firent leur entrée.

L'homme séduisant, aux grands yeux sombres et au nez aquilin, admira Amalie, s'étonnant en silence qu'elle n'eût pas de chaperon.

— Je suis honoré de faire votre connaissance, madame, dit Marigny en s'inclinant. Il est rare de voir une pareille beauté parmi nous.

Amalie sourit au créole, mais son regard restait triste.

— Vous me flattez, monsieur.

— Monsieur d'Avril, me permettez-vous d'inviter cette jeune femme à danser ?

Deverell donna sa permission, ce qui irrita Amalie.

Elle était magnifique dans sa robe de soie rose qui drapait son corps mince sans dissimuler ses charmes. Le profond décolleté était souligné d'un ruban. Alors qu'elle tournoyait, la soie virevoltait autour de ses jambes en une caresse agréable. Ses cheveux noirs, piqués de roses, étaient relevés en chignon ; seules quelques boucles retombaient sur son front, ses oreilles et sa nuque. Parmi la foule de dames créoles, parées de leurs plus belles robes, en soie colorée, en taffetas et en velours brodés, elle attirait tous les regards.

Sous les lustres étincelants, deux rangées de loges s'alignaient le long des murs ; on avait installé un parquet pour danser, et des plantes vertes en décoration. Deverell remarqua que Stanfill était déjà arrivé. Il devisait avec sir Alex Maitland, toujours aussi élégant.

Marigny lui ramena Amalie, et demanda s'il s'amusait.

— C'est toujours un plaisir d'être en si agréable compagnie, monsieur, répondit Deverell. Je présume qu'il y aura des jeux de dés, plus tard.

— J'adore les jeux de hasard ! s'exclama Marigny. Bien des fortunes ont été faites sur un coup de dés.

Deverell acquiesça.

— Et perdues, précisa-t-il.

— Bien sûr, mais certains hommes ne s'en préoccupent guère. Surtout lorsque l'enjeu est plus important que de l'argent. Surtout lorsqu'ils ont de la chance.

— Je m'incline devant votre chance. J'en ai manqué, ces derniers temps.

— Dommage. Peut-être vous trompez-vous de jeu, monsieur d'Avril ?

— C'est possible… concéda Deverell avec un sourire.

— Ah, voilà enfin le Chevalier ! Est-ce que vous vous connaissez ?

— Nous nous sommes rencontrés lors de mon arrivée en ville.

Le vieux monsieur, surnommé le Chevalier, ne suivait pas la mode. Il portait une perruque poudrée, des hauts-de-chausses et des bas de soie, des manchettes en dentelle et des boucles d'argent sur ses chaussures.

Il salua Amalie avec courtoisie.

— Vous êtes venu me dire au revoir, monsieur d'Avril ? C'est un grand bonheur pour moi, et peut-être même pour Marigny qui a daigné assister à ma fête. C'est agréable de ne pas voir un seul Américain dans les parages.

Le Français exilé était connu pour détester les Américains. Il ne dissimulait pas non plus son dégoût pour les idées d'égalité qui trouvaient un écho parmi les créoles depuis la Terreur. Il passa un quart d'heure à attaquer ces nouvelles idées, et ne se laissa interrompre que par l'arrivée de Stanfill et de Maitland.

Le Chevalier sembla méfiant, mais on présenta le vicomte comme un marchand anglais.

C'était une guerre étrange, qui permettait que des ennemis se côtoient, alors qu'il était fort possible qu'ils se retrouvent ensuite sur les champs de bataille.

Deverell étudia sir Maitland, s'interrogeant sur sa présence à La Nouvelle-Orléans.

Maitland baisa la main d'Amalie.

— Nous nous retrouvons, madame Cambre, murmura-t-il, ce qui la fit rougir.

Deverell remarqua sa réaction. Bon sang, est-ce qu'elle ressentait encore quelque chose pour cet imbécile ?

Il posa une main sur son avant-bras d'un air

possessif, ravi de noter la surprise de Maitland. Haussant les épaules, celui-ci se tourna vers le Chevalier.

— Ma mère est née ici, expliqua-t-il. Sa famille française possède encore des terres au-delà du bayou de Saint-Jean. C'est mon devoir, en tant que fils cadet, de les visiter de temps à autre…

Le Chevalier se mit à parler de la France, de la Louisiane et de Napoléon.

Amalie resta silencieuse. Deverell se demanda si elle avait été intime avec Maitland. Sa présence ici ne pouvait être une coïncidence, et il se rappela les questions restées sans réponse quand, à Londres, quelqu'un avait surveillé sa relation avec Cochrane – une surveillance qui s'était soldée par son enlèvement et sa captivité sur un bateau hollandais…

Deverell et Stanfill s'éloignèrent vers une alcôve pour discuter tranquillement.

— Voulais-tu qu'elle soit présente ce soir à cause de Maitland ? demanda Deverell. Je me demande si ce bellâtre dit la vérité.

— Nous verrons bien, répliqua Stanfill. À un moment ou à un autre, Maitland sera obligé d'abattre ses cartes.

Ils regardèrent les danseurs évoluer sur le parquet.

— L'aigle dont nous avons parlé vole plus rapidement que prévu, murmura Stanfill sans bouger les lèvres. Il s'approche en ce moment même. Tu dois retourner sur ton navire.

Ainsi, tout ce subterfuge aurait été inutile car,

une fois que Jackson arriverait à La Nouvelle-Orléans, la bataille serait inévitable.

Il vit Amalie adresser un sourire crispé à Maitland. Elle serait probablement heureuse d'apprendre qu'il quittait la ville. Mais il n'avait pas l'intention de la laisser aux griffes de Maitland.

Le Chevalier s'était éclipsé, et la jeune femme se retrouva face au regard implacable de Maitland.

— Oublions les politesses, murmura sir Alex, l'entraînant vers la piste de danse. Vous êtes ici sous un faux nom, avec Deverell, alors que Londres croit que vous habitez l'Espagne avec votre époux don Carlos… Comment est-ce possible ?

Une valse débuta. Il la tenait fermement. Elle avait mal à la tête et rêvait de retrouver la petite maison douillette de la rue Rampart.

C'était cruel de la part de Deverell de l'avoir forcée à venir. Maintenant, tout le monde savait qu'elle était sa maîtresse. Pourquoi n'arrivait-elle pas à le détester ?

Elle songea comme Maitland était insipide, en comparaison…

La danse se termina. Maitland l'entraîna vers un coin discret et lui tendit un verre de punch. Elle avait espéré séduire cet homme, à une époque. Mais, désormais, il la laissait totalement indifférente.

Après la destruction de Belle Terre, elle avait compris qu'elle était amoureuse de Holt Braxton, l'homme qui hantait ses rêves depuis qu'elle avait dix-sept ans…

Elle espérait que Christian lui pardonnerait un jour, car il rendait Deverell responsable de sa ruine.

Le plus difficile, c'était d'être séparée de son frère. Elle savait qu'il se trouvait en ville, car Deverell lui avait dit qu'il se faisait passer pour un riche marchand de Virginie, sous son vrai nom.

— Mais pourquoi ? avait-elle demandé, interloquée.

— Il peut ainsi se mouvoir dans les mêmes cercles que nous, et il pourra plus aisément me tuer, avait expliqué Deverell en lui caressant les seins.

— Te tuer !

— Ne t'inquiète pas pour moi. Je ne lui faciliterai pas la tâche.

— Il se trouve que je m'inquiète pour lui ! avait-elle répliqué vertement.

Ces derniers temps, elle était en colère contre lui. Son indifférence l'irritait. Pourquoi ne pouvait-il pas la tenir dans ses bras, comme il l'avait fait sur Belle Terre, avec une tendresse qui était presque de l'amour ? C'était comme s'il redoutait de trop s'impliquer, comme s'il craignait qu'elle ne devine son intérêt pour elle. Si seulement il laissait tomber cette façade…

— Madame Cambre, me ferez-vous l'honneur d'une autre danse ? demanda Maitland.

— Je dois décliner votre invitation, sir Alex. Je suis fatiguée ce soir.

— Ce sera la dernière. À une époque, vous êtes venue me rendre visite chez moi, vous vous souvenez ?

— En effet, pour emprunter un livre.

— Était-ce la vraie raison ? J'ai toujours pensé qu'il y avait autre chose.

Elle haussa les épaules délicatement.

— Voilà une drôle d'idée, sir Alex.

Il rit doucement, et dans ses yeux gris brilla une étincelle inquiétante.

— Je crois que vous ne dites pas toute la vérité, mais je le comprends. C'est l'influence de Deverell. Il sait manipuler les femmes…

Une certaine agressivité dans sa voix la mit mal à l'aise. Elle repoussa sa main.

— Vous allez trop loin, sir Alex…

— Voyons, vous n'êtes plus l'innocente d'autrefois. Ici, personne ne vous prend pour une ingénue. À La Nouvelle-Orléans, chacun sait que vous êtes entretenue et que vous habitez la rue Rampart. N'ayez pas l'air aussi furieuse, tout cela m'indiffère.

— Ce n'est ni le lieu ni le moment pour avoir cette conversation, sir Alex.

— Votre amant est un assassin, et vous devriez savoir ce dont il est capable.

Un frisson parcourut l'échine de la jeune femme.

— Je ne veux pas entendre…

— Et pourtant c'est la vérité. Demandez-lui de vous parler de Roger Wickham, fit-il en lui effleurant la joue d'un doigt. Il ne peut pas nier l'avoir tué, même s'il n'a pas appuyé sur la gâchette. Quelle tragédie… Mais vous avez blêmi, madame. Rassurez-vous, il ne va sûrement pas s'en prendre à vous.

Par-dessus l'épaule de sir Alex, elle vit Deverell s'éloigner en compagnie du vicomte. Comment osait-il la laisser avec Maitland ! On aurait dit qu'il l'avait oubliée, alors qu'il avait insisté pour qu'elle l'accompagne. Elle enrageait. Et sir Alex l'effrayait. Le scandale causé par la mort de lord Wickham, qui s'était suicidé dans sa bibliothèque, avait eu lieu bien avant son arrivée à Londres…

— Veuillez m'excuser, sir Alex, dit-elle.

Il se faisait tard. Elle avait mal à la tête, elle était nerveuse. Furieuse que Deverell eût disparu, elle décida de repartir sans lui.

Elle prétendit souffrir d'une migraine, et Marigny fit appeler l'une de ses voitures, l'y installant avec des briques chaudes et donnant ses instructions au cocher.

— J'espère que vous serez bientôt remise, conclut-il en souriant.

Non, elle ne serait pas bientôt remise, songea-t-elle alors que les fers des chevaux résonnaient sur les pavés. Sa maladie n'avait aucun remède…

Tilly l'aida à se dévêtir, lui apporta une tasse de chocolat chaud et la mit au lit.

— Ce n'est pas une nuit pour être dehors toute seule, la réprimanda la jolie mulâtre.

— Tu peux aller te coucher, Tilly. Il se fait tard et je suis épuisée.

Après avoir rangé la chambre, ajouté une brique chaude au pied du lit, Tilly éteignit la lumière. Seule une lampe resta allumée dans le hall.

Bien plus tard, elle entendit Deverell rentrer. La porte claqua derrière lui. Il s'arrêta sur le seuil de la chambre, sa silhouette éclairée par la lampe. Elle se rappela les accusations de sir Alex, et frissonna. Elle savait qu'il était incapable de tuer de sang-froid. Mais le connaissait-elle vraiment ?

« Lord Wickham s'est donné la mort », se rappela-t-elle. Marraine avait été outrée par les ragots qui avaient continué à circuler.

— Comment va ton mal de tête, chérie ? se moqua-t-il.

— Il vient d'empirer. Mais ça ira mieux demain.

— Je n'en doute pas. Pourquoi ne m'as-tu pas dit que tu partais ? demanda-t-il en entrant dans la chambre.

— Tu étais occupé.

Elle évita de le regarder, devinant qu'il était en colère.

— M. Marigny m'a renvoyée dans sa propre voiture, expliqua-t-elle.

— J'ai passé une heure à te chercher. J'ai même pensé qu'on t'avait enlevée.

Elle roula sur le dos.

— Et qui voudrait m'enlever ?

— N'importe quel homme avec du sang dans les veines ! répliqua-t-il en riant. Tu étais magnifique, ce soir… Je t'ai vue avec Maitland. Autrefois, tu aurais bien aimé l'épouser.

Sous ses paroles amères, elle devinait autre chose. Elle le toucha d'une main hésitante. Elle sentit son corps tendu, les muscles frémissants.

— As-tu eu peur pour moi ? murmura-t-elle.

— Ça te ferait plaisir que je réponde oui ?

— Seulement si tu es sincère.

Il y eut un long silence. Elle respira l'odeur du cognac.

Il rit doucement et lui caressa les cheveux.

— Je suis sincère, chuchota-t-il.

Cette fois-ci, quand il vint vers elle, elle ne lutta pas mais se donna à lui avec une ardeur qui l'étonna. Il y répondit aussitôt, sans même se dévêtir. Puis il la rejoignit sous les draps, et s'endormit en la serrant dans ses bras…

Elle resta longtemps éveillée. Elle savait qu'il l'aimait, mais elle désespérait de l'entendre un jour prononcer les mots.

Elle lui caressa la joue et murmura :

— Je t'aime.

Comme seule réponse, elle écouta la douce cadence de son souffle.

25

Jean-Robert-Marie Humbert, né en France, vétéran des guerres d'Irlande, s'était élevé de sa condition modeste pour devenir un général de Napoléon. Plus tard, l'empereur avait provoqué la chute de Humbert, sans parvenir à l'écraser. L'ancien général avait échappé de justesse à une arrestation et il s'était exilé à La Nouvelle-Orléans, peu de temps après que la ville eut été achetée par les États-Unis.

D'une présence impressionnante, il imposait le respect, évitait la société en général, préférait les cafés et les cabarets, où il avait rencontré les pirates de Barataria quelques années auparavant.

Kit Silver était assis dans un coin du cabaret de Turpin, un lieu de rendez-vous apprécié par Laffite et ses amis. Il était arrivé tôt, pour jouer son rôle de marchand américain. Il avait discuté avec M. Turpin de la menace anglaise, joué au piquet, tout en étant ignoré par les hommes qu'il connaissait depuis quatre ans.

Tous attendaient l'arrivée de Humbert. Aux petites tables carrées, Jean et Pierre Laffite se trouvaient en compagnie de Beluche, de Dominique You, de leur banquier Jean-Baptiste Sauvinet, et de Vincent Gambie qu'on surnommait « Nez coupé » parce qu'il en avait perdu une partie lors d'un combat.

La tension était extrême. Les rumeurs de l'avancée de Jackson étaient redoutées par les uns et fêtées par les autres.

Quand Humbert arriva, dominant d'une tête les créoles, il s'assit à la table des Laffite. On lui apporta un verre et il étudia la salle.

— Nous sommes tous des patriotes ici, dit-il. Le général Jackson mérite notre respect. Il verra que nous sommes capables de défendre notre ville, car chaque homme a été assigné à un poste. Nous sommes moins nombreux que nos ennemis…

Il fit une pause pour regarder autour de lui.

— … mais nous sommes plus courageux, conclut-il.

Un cri d'enthousiasme lui répondit.

Kit sourit. Humbert avait le don de motiver ses troupes. Il comprenait comment cet homme d'origine modeste avait gravi les rangs de l'armée napoléonienne…

Et, quand il rencontra le général Jackson, il comprit comment ce soldat avait gagné le respect de combattants redoutables tels Humbert et Saint-Gêmes, des vétérans de nombreuses batailles.

Jackson arriva à La Nouvelle-Orléans souffrant d'une mauvaise fièvre, mais il prépara le combat depuis sa chambre d'hôtel, sur la rue Royale.

Les Anglais avaient été victorieux au lac de Borgne ; ils maîtrisaient les lacs et les fleuves aux alentours de la ville. On avait décrété la loi martiale, tandis que Jackson mobilisait tous les hommes valides de la ville, excepté les sujets britanniques.

Jean Laffite et ses amis se portèrent volontaires. Jackson accepta leur offre, assigna Dominique You et Renato Beluche à des détachements d'artillerie, alors qu'il avait autrefois qualifié ces gens de bandits.

Humbert reçut le grade de général de brigade. Ce n'était pas une sinécure. Il devait diriger les hommes à cheval, dont le travail était d'espionner les mouvements de l'ennemi. Pour Humbert, qui détestait les Anglais, c'était l'occasion de régler d'anciens comptes.

Pour Kit Silver, qui détestait *un* Anglais en particulier, c'était l'occasion de se venger.

En dépit de toutes les précautions prises par leurs adversaires, les Anglais empruntèrent une voie maritime que les Américains avaient omis de surveiller. Ils s'engagèrent dans un bayou boueux, par une nuit obscure. Après une lutte sévère, ils capturèrent un détachement américain à l'embouchure du bayou Bienvenue, la nuit du 22 décembre. Puis les Anglais avancèrent le long des bayous jusqu'à la plantation des

Villeré. Là, ils firent prisonnier un autre détachement.

Bientôt, La Nouvelle-Orléans apprit que l'ennemi n'était qu'à une dizaine de kilomètres seulement de son objectif final : la ville elle-même.

Kit se trouvait avec Jackson, quand Augustin Rousseau et Philippe Villeré arrivèrent, essoufflés et couverts de boue, pour informer le général de l'invasion anglaise.

Allongé sur un sofa dans son quartier général, Jackson se leva d'un bond et écrasa un poing sur la table.

— Bonté divine, il faut les repousser tout de suite !

Puis, s'étant calmé, il appela ses aides auprès de lui et déclara :

— Messieurs, les Anglais sont à nos portes. Nous devons nous battre ce soir.

Kit accueillit la nouvelle avec satisfaction. On l'envoya en mission, avec un détachement. La pluie s'était transformée en verglas sur les routes, que le passage des chariots avait endommagées. Il fit grimper un bas-côté à son cheval pour éviter les ornières, et atteignit sa destination, glacé jusqu'aux os et tremblant de froid.

— Major Plauché, dit-il en lui tendant une missive. Vous êtes rappelé à La Nouvelle-Orléans aussi vite que possible. Les Anglais arrivent.

Surpris, Plauché l'invita à se réchauffer auprès du feu de cheminée, ouvrit la dépêche, puis donna l'ordre de marcher du Fort Saint John jusqu'à la ville.

— S'il le faut, nous courrons tout le chemin ! ajouta-t-il fermement.

Au milieu de l'après-midi, le bataillon de Plauché pénétra dans la ville. Ils avaient en effet couru une bonne partie du chemin. Ils furent rejoints par d'autres troupes américaines, et tous se rassemblèrent sur la place d'Armes.

Profitant de l'avantage de l'obscurité et de la surprise, la petite armée se divisa à la tombée de la nuit.

La première salve vint d'un navire américain, le *Carolina,* amarré de l'autre côté du campement britannique.

L'avance américaine fut accueillie par un feu nourri. Les balles de plomb sifflaient aux oreilles de Kit. Il entendit hurler un homme près de lui. Il avait l'habitude de ce genre de scènes, bien qu'il les eût vécues plus souvent sur le pont d'un navire.

Tandis que les Américains repoussaient les envahisseurs, des renforts anglais arrivèrent, et l'intensité de la bataille augmenta. La nuit était déchirée par les éclairs des fusillades.

Kit luttait pour gagner du terrain, la boue glacée entrait dans ses bottes. Il glissa une fois, releva son épée dans un geste instinctif pour parer l'attaque d'une baïonnette. Autour de lui, souvent isolés de leurs bataillons, les hommes se battaient eux aussi au corps à corps.

À bout de souffle, désorienté, il regarda autour de lui. Les soldats reculaient au bout d'un champ.

Sur sa droite, il entendit le son d'une lutte. Il transpirait, son souffle restait suspendu dans l'air comme de la buée. Il s'essuya les yeux pour y voir plus clair. Puis il rit doucement, en reconnaissant l'un des hommes qui combattaient sur le sol gelé.

Lentement, il laissa tomber son fusil sans munitions et agrippa son sabre ensanglanté.

L'occasion était trop belle.

Il s'avança, attendit que les deux épées se séparent légèrement, puis déclara :

— Monsieur, vous êtes mon prisonnier. Jetez votre arme !

Un coup de canon éclaira le visage de l'homme qui l'observait d'un air ironique.

— Si vous voulez mon épée, Courtland, il faudra venir me la prendre...

Kit eut un sourire cruel.

— Rien ne me ferait plus plaisir.

L'adversaire de Braxton, qui soufflait bruyamment, éclata de rire.

— Je ne suis pas votre pire ennemi ce soir, Deverell, lança-t-il avec un accent anglais.

Avant que Kit pût réagir, l'inconnu disparut parmi les ombres noires qui s'étendaient au-delà du champ de canne à sucre. Il se retrouva seul avec Braxton – lord Deverell – et le maintint en respect avec la pointe de son sabre.

— On dirait que vous autres Anglais n'arrivez même pas à vous entendre entre vous. Et vous prétendez que les Américains sont querelleurs !

— Si vous avez l'intention d'utiliser votre arme, veuillez vous dépêcher, car j'ai des affaires pressantes à régler.

Kit recula d'un pas et leva son sabre. Holt fit

de même. Le fracas des lames se perdit dans le tonnerre de la canonnade venant des navires.

Le sol trembla sous l'effet d'une explosion, mais les deux combattants ne le remarquèrent pas.

26

Réveillée par de lointains échos de tonnerre, Amalie ouvrit les yeux et se retourna dans son lit. Encore de la pluie ! Il pleuvait toujours en décembre, à La Nouvelle-Orléans. La lumière de la lampe placée dans le hall éclairait une partie de sa chambre.

Il faisait froid et humide, ce qui lui rappelait l'Angleterre, et elle repensa à sa marraine. Celle-ci savait-elle que Deverell se trouvait à La Nouvelle-Orléans ? À moins qu'il ne fût déjà reparti. Elle ne l'avait pas vu depuis quinze jours.

Il avait prétendu avoir des choses importantes à faire. Georges avait été chargé de s'occuper d'elle en son absence. Holt l'avait embauché pour cette raison.

— Mais je suis certain que tout ira bien pour toi, ma chérie, s'était-il gentiment moqué alors qu'elle protestait. Tu retomberas comme toujours sur tes pieds.

Elle avait été triste, car il se comportait à nouveau de manière distante avec elle, alors qu'elle avait espéré un peu de tendresse...

Et voilà qu'elle était seule, avec deux serviteurs à son service, et ce Georges qui lui donnait des frissons. Il observait tout, dormait dans la chambre près de la porte d'entrée, « simple précaution » disait-il, et obéissait aux instructions de son maître comme un chien bien dressé. On aurait dit que Deverell n'avait pas confiance en elle, qu'il craignait qu'elle ne s'enfuie.

Mais pour aller où ? Elle n'avait nul endroit où se réfugier. Même l'Angleterre lui était interdite, car là-bas tout le monde la croyait mariée à don Carlos et vivant en Espagne.

Le lendemain soir, ce serait la veille de Noël, et elle se sentait si seule, sans même Christian pour la consoler...

Un nouveau claquement de tonnerre résonna au loin. Elle se redressa, inquiète.

Puis Tilly entra dans sa chambre, effrayée :

— C'est les canons, Madame ! Près de Chalmette et de la plantation des McCarthy, là où je suis née... Venez vite, Madame, j'ai peur que les Anglais n'envahissent la ville... Mon Dieu !

— Ça suffit ! gronda Amalie en se levant. Il est inutile de perdre son sang-froid. Où est Georges ?

— Je ne sais pas, Madame...

Tilly se tordit les mains, avant d'éclater en sanglots.

Pour l'occuper, Amie l'envoya allumer une lampe et chercher Georges. Elle s'habilla rapidement avec des vêtements chauds.

Elle boutonnait ses bottines quand la petite servante revint, les yeux écarquillés de peur.

— Je n'arrive pas à le trouver… Qu'allons-nous faire ? se lamenta-t-elle.

— Quel imbécile, ce Georges ! Toujours dans mes pattes et, quand on a besoin de lui, il disparaît ! Tant pis. Va chercher ton manteau. Nous devons être prêtes, au cas où il faudrait s'enfuir… Ne me regarde pas comme ça ! Ce n'est pas la fin du monde. J'ai survécu à pire.

Elle avait survécu à des attaques de pirates, à un bombardement du gouvernement américain sur Belle Terre, et elle n'avait pas l'intention de se laisser abattre.

Dans la pièce où Georges avait l'habitude de dormir, elle alluma un feu de cheminée tandis que Tilly leur préparait des boissons chaudes. Les flammes crépitèrent joyeusement.

On frappa à la porte d'entrée.

— C'est sûrement Georges, Tilly. Va ouvrir.

Un courant d'air glacial s'engouffra dans le hall quand Tilly ouvrit la porte. Mais ce n'était pas Georges. En apercevant sir Alex, la main d'Amalie se crispa sur le tisonnier.

— Sir Alex ! Qu'est-ce qui vous amène ici ?

Il était couvert de boue, et une tache sombre lui maculait la joue.

— Deverell m'envoie vous chercher.

Elle fronça les sourcils, étonnée.

— Où est-il ?

— Il est blessé. Il vous réclame… Dépêchez-vous ! Je ne sais pas combien de temps il va tenir.

Elle eut l'impression que son corps se vidait de son sang. Pétrifiée, elle entendit le glapissement horrifié de Tilly.

— Dépêchez-vous ! insista sir Alex, furieux.

Son instinct, et la certitude que Deverell n'aurait jamais confié un message aussi important à sir Alex, la firent hésiter.

— Dites-moi où il se trouve. Georges m'emmènera.

Sir Alex lui saisit brutalement le poignet.

— Georges n'est pas en état de vous aider, je le crains... Prenez votre manteau !

Sans réfléchir, elle leva le tisonnier et le frappa à l'épaule. Il répliqua par une gifle retentissante, qui la fit tomber par terre. Des étoiles explosèrent derrière ses paupières.

— Petite salope... Donne-moi ça !

Il lui arracha le tisonnier, ordonna à Tilly de cesser ses hurlements. Puis il attrapa Amalie par les cheveux et la força à se relever.

Il la souleva et l'emporta. Dehors, l'air glacé fouetta son corps, et elle commença à sangloter de frayeur tandis qu'ils disparaissaient dans l'obscurité.

Les alentours de la rue des Marais étaient considérés comme une frontière invisible entre la terre ferme et les marécages, un coupe-gorge où seuls s'aventuraient les fugitifs et la racaille.

Dans la partie la plus éloignée, le long d'un bayou, on avait construit une hutte de branchages pour s'abriter du vent et de la pluie. Des odeurs nauséabondes flottaient dans l'air, et des bruits étranges retentissaient. Amalie pensa aux crocodiles qui rôdaient dans les marais, à leurs gueules aux dents acérées.

Sir Alex, accroupi près de la porte de la hutte, ne semblait pas souffrir de l'humidité ni du froid.

— Qu'allez-vous me faire ? demanda-t-elle.

— Vous utiliser, bien sûr, dit-il en levant la chandelle qu'il venait d'allumer pour mieux la voir. Mais pas de la manière que vous craignez...

Il eut un rire cruel, puis ajouta :

— Deverell viendra vous sauver. Comme le diable, il survit toujours à tout. Il saura nous trouver.

— Pourquoi ?

— Oh, cela n'a rien à voir avec vous. Vous êtes tombée dans le piège par hasard. La Providence vous a envoyée en Angleterre et m'a fourni une arme contre lui. Il a autant de vies qu'un chat, sinon il serait mort depuis longtemps. Heureusement, j'avais des relations ici et j'ai pu le suivre sans éveiller les soupçons. Seul ce maudit vicomte s'est méfié de moi ! Lui, c'est une autre épine dans mon pied. Il ne perd rien pour attendre.

Elle avait vraiment peur, car sir Alex semblait fou à lier. Elle ne comprenait pas un traître mot de ce qu'il racontait. Était-ce la lumière diffuse ou la férocité de sa voix ? En tout cas, elle le trouvait soudain encore plus dangereux que les animaux des marais...

Des mèches blondes retombaient en désordre sur son front, et la tache sur sa joue était du sang. La plaie défigurait son magnifique visage. Un ange des ténèbres...

Il sourit.

— Nous devons nous préparer à le recevoir. Je veux détourner son attention. Avec Deverell, il faut mettre toutes les chances de son côté.

D'un geste brusque, il lui déchira sa robe. Puis il l'enjamba alors qu'elle se débattait. Il lui saisit les poignets.

— Vous avez du tempérament, ce n'est guère étonnant que vous l'ayez séduit. Il se lasse facilement, mais vous avez retenu son attention plus longtemps que les autres… Ah non, pas ça !

Elle le griffa avec ses ongles, essaya de lui donner un coup de tête sur le menton. Il la frappa si fort qu'elle faillit s'évanouir.

Elle eut vaguement conscience qu'il lui ligotait les mains et les pieds. Puis elle s'aperçut qu'elle était nue. Un sanglot terrifié échappa à sa gorge nouée.

Sir Alex passa une main sur ses seins, esquissant une grimace de dégoût.

— Je n'ai jamais compris l'attirance des hommes pour le corps féminin, excepté pour la beauté intacte des statues. Les Grecs ont divinement maîtrisé cet art complexe.

Elle frémit alors que sa main descendait sur son ventre. Ses yeux gris la terrifiaient.

— Il m'a pris quelque chose de précieux, vous savez, et j'ai l'intention de lui rendre la pareille. Malheureusement, vous êtes l'arme que je dois utiliser, même si je ne vous en veux pas personnellement. Mais Deverell doit souffrir autant que j'ai souffert. Vous comprenez ?

Elle claquait des dents, les larmes aux yeux,

mais il demeurait impassible. Puis il se leva, arma son pistolet.

— Je crois l'entendre arriver. L'heure de la vengeance a sonné. Vous m'excuserez si j'insiste pour que vous restiez silencieuse. Un bruit de votre part, et je serais contraint de le tuer avant d'être prêt.

Il posa la bougie sur un tabouret branlant auprès d'elle. La lumière luisait sur la peau opaline de ses cuisses, de son ventre et de ses seins dénudés. Elle frémit et ses muscles se contractèrent. Chaque souffle était un tourment.

La porte s'ouvrit.

— Une petite fête à laquelle je n'ai pas été convié ? ironisa Deverell, l'air furibond.

— Mais vous êtes l'invité d'honneur, Deverell, ricana sir Alex.

— C'est une chance que je vous aie trouvé.

— Je n'en ai jamais douté. Je n'ai pas essayé de me cacher.

— En effet, vous avez laissé suffisamment d'indices, dit Deverell en entrant dans la hutte.

La bouche pincée, il observa Amalie, tremblante et nue. Il croisa les bras.

Maitland arqua un sourcil.

— Elle vous attendait avec impatience. Contrairement à moi, elle n'était pas certaine que vous viendriez.

Deverell calculait la distance qui le séparait du pistolet. Maitland ne pouvait pas le rater.

— Laissez-la partir, Maitland. C'est moi que vous voulez. Je suis là.

L'autre éclata d'un rire dément.

— Mais je ne veux pas seulement vous tuer… Je veux vous voir souffrir.

Sir Alex s'agenouilla près d'Amalie pour la caresser, sans lâcher le pistolet.

— Voyez comment elle tressaille quand je la touche. La coquine… Comment réagirait-elle si je faisais bien davantage ?

Deverell était fou de rage, mais il ne bougea pas lorsque Maitland tritura un sein de la jeune femme. Amalie gémit, retenant le sanglot qui lui nouait la gorge.

— Si vous lui faites mal, je vous tuerai, dit froidement Deverell.

— Ce sont des menaces en l'air. Ce soir, c'est moi qui décide. Il ne nous reste pas beaucoup de temps, et j'ai l'intention de vous torturer autant que possible. Je veux que vous sachiez ce que j'ai éprouvé quand Roger est mort…

— Roger Wickham s'est suicidé.

— Non ! Il ne se serait jamais tué si vous ne l'aviez pas déshonoré auparavant. Sa vie s'est terminée quand vous l'avez humilié devant toute la société. Seigneur, comme je vous ai haï toutes ces années, comme je vous ai haï à l'époque et comme j'ai eu envie de vous tuer… Il était l'homme que j'aimais par-dessus tout, et vous l'avez détruit !

— Il s'est détruit lui-même, Maitland. Il a tiré avant la fin du décompte, lors du duel.

— Vous deviez mourir !… Vous avez survécu à tout, même au *Fortune* ! C'est incroyable !

Deverell se raidit.

— C'est vous qui m'avez fait kidnapper ?

—Oui, mais ce maudit vicomte vous a trouvé, en dépit de mes efforts. J'ai pourtant pensé qu'il aurait été content d'apprendre que votre sort était réglé, puisqu'il avait cherché à vous éloigner après l'incident avec Cochrane. Et si vous étiez mort, comme prévu, cela aurait été une parfaite mise en garde envers ceux qui s'intéressaient de trop près à l'arme que Cochrane avait inventée.

—Une arme jamais employée. Tant d'efforts pour rien. Cela a dû vous énerver considérablement.

Observant le visage de Maitland, il se déplaça légèrement.

—Restez tranquille, Deverell. Une balle de pistolet cause de gros dégâts. Désormais, vous allez comprendre ce que l'on ressent quand on voit souffrir la personne qu'on aime...

Sir Alex fit glisser sa main sur Amalie. La tension dans la petite hutte était extrême. Au loin, la canonnade résonnait de façon plus sporadique.

Holt remarqua le poignard dans la main de Maitland, la pointe posée sur le sein de la jeune femme. Il comprit qu'il n'avait plus le temps de tergiverser.

Il se jeta en avant. Le coup de feu claqua. La balle le perfora et il ressentit une douleur brûlante. Il entendit Amalie crier, Maitland pousser un juron.

Il s'empara du bras de son adversaire, roula dans la poussière avec lui, l'obligea à lâcher le poignard en lui brisant le poignet. Mais Maitland était plus vigoureux qu'il n'en avait l'air. Ils luttèrent avec l'énergie du désespoir. Enfin, Holt abattit son poing sur le nez de Maitland. Le sang gicla. Son ennemi poussa un gémissement et s'évanouit.

Puis un cri s'éleva. À travers la sueur qui coulait dans ses yeux, il vit les flammes lécher la paillasse d'Amalie. En se renversant, la chandelle avait mis le feu à la hutte. Des étincelles tombaient sur le corps de la jeune femme. Il repoussa Maitland et se précipita vers elle.

Sa main gauche était inerte, mais il utilisa le poignard pour trancher les cordes qui la ligotaient. Les flammes avaient déjà embrasé le toit, l'un des murs s'affaissa.

La tirant derrière lui, il parvint à sortir de la hutte. Dehors, l'air glacial lui scia les poumons. Toussant, secoué de spasmes, il tomba à genoux.

Elle le força à se relever.

— Des chevaux arrivent… Lève-toi, je t'en supplie… Si les Américains t'attrapent, ils te pendront comme espion…

Hébété, il la suivit dans les marais sombres qui s'étendaient au-delà de la hutte.

27

C'était terminé. La Nouvelle-Orléans avait repoussé les envahisseurs anglais. Le général Jackson était fêté comme un héros, ainsi que les hommes qui avaient combattu à ses côtés.

Amalie se tenait à la fenêtre de la petite maison de la rue Rampart, sous la froide lumière de janvier. Elle entendait le bruit des célébrations, mais son cœur demeurait empli de tristesse.

Il était reparti, avec les navires anglais et le vicomte Stanfill.

Elle comprenait que c'était trop dangereux pour lui de s'attarder à La Nouvelle-Orléans, mais elle avait espéré qu'il l'emmènerait, ou qu'il s'arrangerait pour qu'elle le rejoigne. Pourtant, une fois remis de sa blessure, il était resté intraitable.

— C'est aussi bien, avait-il dit. Si ton frère et moi nous revoyons, les choses risquent de mal se terminer.

Christian haïssait Deverell, et il l'aurait tué si l'éclat d'un boulet de canon ne l'avait assommé, alors qu'ils se battaient.

— Un canon américain ! lui avait expliqué son frère. Braxton a eu de la chance. Quand je me suis réveillé, il avait disparu. Heureusement pour toi, il a su te trouver.

Elle était certaine que sir Alex l'aurait tuée, si Deverell n'était pas intervenu. Maitland était mort dans l'incendie de la hutte. C'était Georges qui avait dit à Deverell où la trouver. Elle frémit à nouveau en imaginant ce qui serait arrivé si Tilly n'avait pas découvert Georges, ligoté dans l'appentis.

Georges avait été l'espion de Stanfill, chargé de la surveiller ainsi que Maitland…

Kit entra dans le salon et lui décocha un regard noir avant de s'installer près du feu. Il refusait de comprendre les sentiments de sa sœur.

— J'ai rejoint les troupes de Jackson. Il a accordé le pardon aux pirates de Barataria, et je vais le suivre quand il quittera La Nouvelle-Orléans.

Les larmes aux yeux, elle hocha la tête.

— Je suis heureuse. C'est une nouvelle chance pour toi, Christian. Pour nous deux.

— Je ne sais pas quoi faire avec toi, Amalie. Tu ne peux pas rester ici. Pas après…

Elle eut un triste sourire.

— En effet, toute la ville en parle… Je pourrais toujours devenir la maîtresse d'un homme fortuné. C'est drôle que des gens qui me traitaient autrefois avec respect me regardent maintenant comme si j'étais une misérable catin.

— Tu t'es montrée au bras de Braxton dans toute la ville, grommela Kit. Comment as-tu pu le laisser faire, Amalie ?

— Après Belle Terre, je n'avais pas beaucoup de choix, rétorqua-t-elle, heurtée par son dégoût. Était-ce si différent que d'être la sœur d'un pirate ?

Il poussa un soupir.

— Tu as raison, Amalie. Je suis désolé… Tu ne m'as jamais dit qui il était.

— Je savais que tu ne comprendrais pas.

— C'est vrai… je n'y arrive pas.

Il se détourna, troublé. Elle vint poser une main sur son épaule.

— Je suis désolée, Christian. J'aurais dû t'en parler, mais ce n'était jamais le bon moment.

Il la serra contre lui.

— J'ai un peu d'argent de côté. Cela devrait te suffire jusqu'à mon retour. Nous partirons ensuite pour la Virginie, et je deviendrai capitaine de marine marchande. Un jour, j'aurai assez d'argent pour nous entretenir tous les deux. (Il sourit.) Et, ce jour-là, tu seras vraiment la sœur d'un capitaine !

Après son départ, Amalie monta dans la chambre qu'elle avait partagée avec Deverell. Rien n'avait changé, les meubles étaient les mêmes, mais la pièce semblait désespérément vide et froide.

Comme son cœur.

Elle portait un sentiment de solitude qui resterait à jamais inconsolable. Elle se demanda s'il aurait été mieux de ne jamais l'avoir aimé, plutôt que de savoir qu'il ne l'avait jamais aimée en retour. Qu'est-ce qui était plus cruel ?

La pluie cinglait les vitres, et elle se coucha après avoir éteint la lampe. La nuit était terrible. Elle écouta le vent gémir autour de la maison ; les branches des arbres frôlaient le toit.

Un raclement se fit entendre.

Le cœur battant, elle vit une silhouette se détacher devant la lampe du corridor.

— Tilly ?

— Non, répondit une voix familière, et elle se redressa en retenant son souffle.

— Deverell…

— Tu sais, dit-il comme s'il venait seulement de la quitter, alors qu'il était parti depuis des semaines. Nous n'avons pas besoin d'être toujours aussi polis l'un envers l'autre. Mon prénom est Holt. Tu crois que tu pourrais l'utiliser ?

Elle le serra contre elle en riant.

— Je crois que ce serait possible, Holt… Et toi, comment vas-tu m'appeler ?

Il l'embrassa, ses lèvres ardentes lui volant son souffle. Quand il leva la tête, elle remarqua la lueur qui pétillait dans son regard.

— Mon amour, mon cœur, mon épouse… Voilà comment je vais t'appeler. Pour toujours.

— Tu veux dire…

— Viens avec moi, Amalie, mon amour. J'ai démissionné de l'armée, et je rentre à la maison. Je te veux à mes côtés. Crois-tu que tu pourrais supporter de vivre en Angleterre ?

Elle lui offrit son plus gracieux sourire.

— Oui ! Je peux vivre n'importe où, avec toi.

Lentement, il la repoussa sur les oreillers, l'entoura de ses bras puissants.

Et elle comprit qu'elle ne se sentirait plus jamais seule…

5828

Composition Chesteroc International Graphics
Achevé d'imprimer en Europe (France)
par Maury-Eurolivres – 45300 Manchecourt
le 2 mars 2001.
Dépôt légal 2 mars 2001. ISBN 2-290-31024-7

Éditions J'ai lu
84, rue de Grenelle, 75007 Paris
Diffusion France et étranger : Flammarion